모우어

천선란 소설

모우어

문학동네

만나서 반가워요, 당신을 기다렸어요.

차례

얼지 않는 호수

그녀는 그 일대의 파수꾼으로 삼십삼 년을 보냈다. 누군가 그녀에게 직책을 준 것도 아닌데, 그녀는 얼어버린 땅에서 그것만이 자신의 일이라는 듯이, 파수의 일을 하지 않으면 자신의 존재 가치를 잃기라도 하는 것처럼 생의 반을 그곳의 파수꾼으로 보냈다.

파수꾼 이전에 그녀는 방랑자였다. 죽은 엘크의 가죽을 엮어 만든 외투와 질긴 나뭇잎을 토끼 가죽 밑에 덧대어 만든 신발이, 어딜 가나 몰아치는 매서운 눈바람으로부터 그녀를 보호해주는 전부였다. 북쪽으로 갈수록 산맥은 가팔라졌고 밤이 되면 살을 에는 듯한 추위가 몰아쳤지만, 한낮의 태양이 그 모든 고통을 잊게 할 만큼 따사로웠다. 햇빛이 반사된 빙하는 눈이 부실 정도로 반짝였다. 그녀는 낮이 되면 옷가지를 전부 벗고 차디찬 빙하에 누워 온몸으로 햇볕을 즐겼다. 얼어죽을 것 같은 추위 속에서도 땀에 머리카락이 달라붙고 코끝이 녹아내릴 듯한 더위를 느낄 수 있다는 것에 경탄하면서. 그녀는 산맥을 따라 계속 북쪽으로 향했다. 풍경은 점점 더 황량해졌다. 세상은 머리털처럼 솟아 있는 나무와 빙하, 그뿐이었다. 그녀가 믿었던 푸른 대지는 허상이라고, 세계가 말해주고 있었다. 뼈가 조각나는 듯한 추위로.

방랑을 그만두어도 되겠다고 생각했을 때 전해듣기만 했던, 하지만 누구도 그런 눈보라가 실재한다고 믿지 않던, '횡사의 눈보라'가 몰아치기 시작했다. 인류가 남긴 해묵은 때가 뒤엉킨 눈보라였다. 바람소리가 마치 지구의 절규처럼 들리며 한 번 그 속에 들어가면 죽을 때까지 방황한다고 했던가. 횡사의 눈보라가 보이면 있는 힘껏 도망치거나 바위나 나무에 자신을 묶어두라는 조언도 들었지만 다 부질없었다. 바람이 갑작스럽게 세게 불어온다고 느낀 찰나, 눈보라가 그녀를 덮쳤다. 방향감각은 물론이고, 그녀에게 단단히 박혀 있던 삶의 의지, 희망, 기대 같은 것들이 순식간에 사라졌다. 그 정도의 위력이었다. 눈보라의 소리는 지구의 절규가 아니라 통쾌한 웃음처럼 느껴졌다. 얼어붙은 시대에도 햇볕을 느끼며 버텨보겠다던 자신의 의지가 얼마나 가소로운 것이었는지 깨달았다. 모든 마음을 박탈당한 채 그녀가 순순히 죽음의 겹을 쌓고 있던 때, 멀지 않은 곳에서 누군가 말을 걸었다.

'이리 와.'

낮고, 차분하고, 따뜻하며 두려움이나 다급함 따위가 섞이지 않은 목소리. 그녀는 사후死後의 속삭임이라 생각했다. 그렇지 않고서야 이 상황에서 저토록 차분할 수 있다니. 소리를 따라가면 죽을 것이다. 아니, 그렇다면 따라가는 것이 좋은 것인가?

'당신, 왜 움직이지 않지? 이리 와.'

그녀는 어쩌면 이번이 죽음의 기회일지도 모른다는 짧은 고민을 한 뒤 소리를 따라 움직였다. 그리고 그곳에는 산양 한 마리가 있었다. 행성의 지층을 떼어 만든 듯한 거대한 뿔과 수평선을 담은 듯한 눈동자, 생의 안내자 같은 얼굴을 한 산양이 횡사의 눈보라 속에서 그녀를 응시하고 있었다. 그녀와 눈이 마주치자, 산양이 걸음을 옮겼다. 그녀가 쉬이 따라가지 못하고 망설이자 산양이 걸음을 멈춘 채 그녀를 바라보았다.

'이리 와. 나가자.'

그녀는 산양을 따라 눈보라를 벗어났다.

산양이 그녀를 데려간 곳은 산맥의 중심이자 아주 오래전 인간들이 많이 찾았다는 도시였다. 하지만 그녀가 방랑하며 마주쳤던 도시와 같은 단어로 부르기에 이곳에는 그만큼 높고 큰 건물이 없었다. 눈에 파묻혀 삼각 지붕만 간신히 보이는 수준이었고, 규모도 그다지 크지 않았다. 앞서 걷던 산양이 멈춰 그녀에게 물었다.

'추운가? 배가 고픈가? 졸음이 오는가?'

그녀는 그제야 산양이 말을 할 때마다 뿔 사이, 머리 가죽 밑으로 은은하게 빛나는 빛을 발견했다. 그녀는 춥고, 배도 고프고, 졸음도 온다고 대답했다. 산양은 그녀를 높은 지대에 만들어진 호텔로 안내했다. 누군가가 짧게 머물다 간 흔적이 호텔 곳곳에 남아 있었다. 읽을 수 없는 글자로 쓰인 책과 의미를 알 수 없는 그림들, 싹을 틔우지 못한 씨앗, 짐승의 송곳니나 발톱 같은 것들이.

'이십 년 전까지 종종 인간이 방문했지만, 혹한이 심해지면서 이곳까지 오지 못한다. 아무도 없었다, 이십 년 동안. 어쩌다 여기까지 오게 됐지?'

이유도, 목적도 없었다. 아니, 한때 이유와 목적이 있었다. 눈보라가 삼킨 한 인간을 찾기 위해서였다. 행성의 틈에 끼여 누군가가 자신을 찾기를, 구조되기를 기다리고 있을지도 모르는 한 인간을 찾아 떠나왔으나 혹한에 죽었다 살아나기를 반복한 뒤 그녀는 그런 희망을 버렸다. 이 행성에 틈은 없다. 깊은 곳 구석구석까지 추위가 스며들어 있다.

그녀는 그때부터 자신을 '떠도는 자'라 여겼다. 떠돌기 위해서는 목적이 없어야 했다. 한때 꿈꿨던 풀이 자라는 초원은 오래 머물지 못하고 사라졌다. 그뒤로 이 땅에서 살아남기 위해서는 무엇도 기대하지 않아야 한다는 결론에 도달했다. 그녀는 보이는 것만 세상이라 받아들였다. 산양은 그녀에게 가장 탁월한 적응 방식을 택한 것이라 말해주었다.

산양의 이름은 '폴'이다. 산양의 목소리는 성대가 아닌 머리뼈에서 나왔고, 머리뼈 아래에는 칩이 박혀 있었다. 폴의 머리에 칩을 심은 이는 삼십오 년 전 세상을 떠났다. 그에게는 여러 개의 칩이 있었고, 세계 곳곳을 떠돌며 동물의 머리뼈에 칩을 심어두고 다녔었다고 폴이 말했다. 왜 그런 짓을 했는지는 알 수 없었으나, 그녀는 그 덕분에 폴과 대화할 수 있었다. 폴이 이곳을 떠나지 않는다기에 그녀도 방랑자의 생활을 그만두었다. 폴의 동료들이 이 도시를 은신처로 삼고 있었다. 칩을 심은 산양은 폴뿐이었다.

'이렇게 사고하는 산양은 나뿐이다. 어느 날 머리뼈에 바람이 드는 감각을 느꼈지. 실제로 머리뼈를 열어서 느꼈던 것일 수도 있지만 이건 중의적인 표현이야. 바람을 느낀 후로 세상이 선명하게 보였다. 이전에는 내가 가야 할 길, 먹어야 할 이끼, 잠들 수 있는 어둠이 전부였는데 이제는 내가 가지 않을 길, 이끼 옆에 핀 꽃, 한낮의 평화가 보인다. 누군가와 이야기하고 싶다. 끊임없이, 새롭게 보이는 세상에 대해.'

그녀는 폴과 그런 이야기를 하며 삼십삼 년을 보냈다. 앞이
보이지 않을 정도로 짙게 낀 안개, 새벽에 들려온 정체불명의
괴성, 얼어붙은 바다, 멈추지 않는 눈, 그리고 갈비뼈가 부풀
었다 오므라드는 소리가 선명하게 들릴 정도의 정적으로 가득
찬 세월이었다. 그녀는 밤사이 눈이 삼킨 길을 매일 다시 만들
었고, 또다른 방랑자들의 안내자가 되었으며 죽은 이의 장례
지도사가 되기도 했다. 산양의 무리와 곰 가족이 사는 곳, 토
끼와 마멋의 굴 수백 개, 시간대에 따라 햇볕이 가장 잘 드는
들판, 바람이 정체되는 협곡 따위를 전부 알고 있었다. 그런
것들을 알아내는 데에 일생의 반을 썼다. 그리고 그녀는 그것
들을 지키는 것에 남은 생을 쓸 예정이었다.

그녀에게 시계는 오로지 태양이었다. 해가 뜨면 아침이고,
해가 지면 자야 할 밤이었다. 배가 고프다고 언제든 먹을 수
있는 것은 아니었기에 그녀가 지키는 것은 수면뿐이었다. 백
야의 시기가 와도 그녀는 해를 따라 움직였다. 굵은 장작을 열
번 갈 동안에도 해가 지지 않는 오늘 같은 날은 그녀 역시 잠
자리에 들지 못했다. 열번째 장작마저 다 타들어갔을 때, 그녀
가 자리에서 일어났다. 장작을 더 태우는 것은 낭비였다. 옆에
서 자고 있던 폴이 그녀의 기척을 느끼고 눈을 떴다.

"어디 가나?"

"순찰이나 한번 하고 오려고."

"늦었는데."

"이렇게 밝은데, 뭘."

그녀는 사냥용 엽총 한 자루를 챙겨 움직였다. 폴이 데려갔던 마을에서 발굴한 총이었다. 탄환은 없었지만 질 나쁜 인간을 상대할 때는 제법 무기의 역할을 해주었다.

그녀는 호텔을 벗어나 마을까지 걸었다. 그녀의 걸음으로 육천 보 정도 떨어져 있었다. 마을까지 가는 길은 평탄하고 곧게 뻗어 있었다. 한 그루의 나무조차 솟아 있지 않은 눈 덮인 길. 아마 한때 도로였을 거라고, 단단한 콘크리트가 나무의 생장을 막고 있을 거라고 폴과 추측했다. 추위와 눈이 인간의 흔적을 쉽게 뒤덮은 듯 보였지만 문명의 지층은 선명하고 단단하게 땅 깊숙이 새겨져 있었다. 절벽에 뿌리내린 나무처럼, 언제라도 바위를 쪼갤 수 있다는 듯 단단하게.

마을에 가까워지면 다리가 보인다. 얼어붙은 강은 이제 흐르지 않지만, 다리는 다리의 역할을 잊지 않고 있었다. 다리에 도착했을 때, 그녀가 걸음을 멈추었다. 총을 들었다가 다시 내려놓았다. 다리 한가운데에 서서 언 강을 내려다보고 있는 한 아이를 발견했기 때문이다. 아이는 가죽으로 감싼 무언가를 소중하게 껴안고 있었다. 이곳에서 홀로 있는 아이를 본 것은 처음이었다. 주변에 보호자가 있지는 않을까 살펴보았으나 마을 저멀리에서 이곳까지 걸어온 발자국은 한 쌍뿐이었다. 어쩌다 아이 혼자 이곳까지 오게 된 거지? 그녀는 잠시 혼란스러워했다. 사람이 살고 있는 마을은 걸어서 꼬박 닷새가 걸리는 거리에 있었다.

"혼자니?"

그녀가 아이에게 물었다. 아이의 언어가 자신과 다를 수도 있었지만, 마땅히 대처할 언어가 없었다. 하지만 다행히도, 아니 어쩌면 기적처럼 그녀의 말을 알아들은 아이가 고개를 저었다.

"둘이요."

아이가 안고 있던 것을 보여주었다. 키우던 동물의 사체일까. 크기로 봐서는 마멋이나 다람쥐 따위일 것 같았다.

"혹시요."

아이가 말을 이었다.

"하루만 재워주실 수 있나요?"

"물론."

아이는 자신의 이름을 '야자나무'라 소개했다. 이 행성의 적도가 따뜻했을 때 자랐던 나무의 명칭이라는 설명도 덧붙였다. 짧게 '야자'라고 불러도 좋다고 했다.

야자는 자신의 정확한 나이를 알지 못했다. "열다섯 살 정도 되었을 거예요"라고 말했지만, 그녀가 보기에 야자는 기껏해야 열 살 정도였다. 야자는 멀리서부터 걸어왔다고 말할 뿐, 자신이 어디에서 출발해 어디로 오게 됐는지는 모르는 눈치였다.

폴은 야자에게 말을 걸지 않았다. 말하지 못하는 평범한 산양인 듯, 무심한 눈동자로 야자를 쳐다보다 걸음을 옮겼다. 굶주려 있는 야자를 위해 그녀는 얼려두었던 물살이 두 마리를 구웠다. 이글이글 타오르는 불빛을 의젓하게 바라보던 야자는, 고기가 다 익자 뜨겁지도 않은지 허겁지겁 먹어치웠다. 숯이 된 고기 탓에 야자의 코와 뺨이 검게 얼룩졌다. 그녀는 빨아둔 천에 물을 묻혀 야자에게 건넸다. 야자는 손과 얼굴을 꼼꼼하게 닦은 후 천을 곱게 접어 옆에 두었다. 가죽 주머니 옆이라고 해도 좋을 곳에.

그녀의 시선이 가죽 주머니에 머물러 있다는 걸 알아차린 야자가 식사를 마치며 가죽 주머니를 다시 품에 안았다.

"인사하실래요?"

야자가 누군가를 소개하듯 말했다. 그녀가 고개를 끄덕였다. 야자는 기다렸다는 듯이, 두꺼운 가죽 위를 칭칭 감은 밧줄을 풀었다.

"그건······"

가죽 안에 든 것은 주먹보다 작은, 검게 메마른 무언가였다. 마멋이나 다람쥐의 사체는 아닌.

"결이의 심장이에요."

야자는 설명이 부족하다고 느꼈는지 말을 덧붙였다.

"결이는요, 제 친구예요. 그렇지만 제가 좋아했어요. 결이는 몰라요. 이제 알았을 거예요."

심장이 이렇게나 작았던가. 야자의 친구라면 결의 육체도 기껏해야 십 년 정도 움직이다 멈췄을 테지만, 그런데도 야자가 안고 온 심장은 결의 몸을 움직이게 하는 동력이 되기에, 너무 작았다. 무엇도 움직일 수 없을 만큼.

"어때요?"

"작네."

"지금은 추워서 움츠러든 거예요. 결이의 따뜻한 몸에 있을 때는 더 컸을 거예요."

야자는 결의 심장을 가죽으로 다시 정성스럽게 감쌌다.

추위에 시체가 썩지 않는다. 아주 오래 보관될 뿐이다. 어느 마을에서는 불태웠고, 어느 마을에서는 잘게 분해해 각기 다른 곳에 묻었다. 또 어떤 마을은 먹었고, 또 어떤 마을은 조각조각 나눈 신체의 일부를 끈에 꿰어 장신구처럼 활용했다.

야자의 마을에서는 시체를 먹는다고 했다. 그녀는 그것이 대수롭지 않았다. 그녀도 자신의 심장을 꺼내줄 수 있을 정도로 사랑했던 아이의 귓불을 씹은 적 있었다. 그녀가 씹을 수 있는 게 고작 귓불 하나였다. 손은 너무 많이 맞잡았으며, 등과 어깨에는 숱하게 입을 맞췄고, 발가락은 그 사이사이를 씻겨주었던 기억 때문에. 힘겹게 삼킨 귓불은 오래도록 속에 얹혀 있다가 그녀가 이곳의 파수꾼이 되겠다고 다짐했을 때 비로소 소화되었다.

"저는 먹고 싶지 않아서 먹지 않았어요. 제가 결이를 먹은 걸 알면 결이가 뭐라고 할 테니까요. 우리, 누가 먼저 죽든 서로는 먹지 않기로 하자, 하고 약속했거든요."

야자가 잠시 머뭇거리다가 조심스럽게 물었다.

"혹시 괜찮으시면, 결이 이야기를 조금 더 해도 될까요?"

"그럼 나는 이걸 치우고 있을 테니, 계속 말해줄래?"

야자가 고개를 끄덕였다. 그녀는 몇 없는 설거짓거리를 들고 주방으로—주방이라 정한 곳으로—향했다. 젖은 천으로 그릇을 닦고, 마른 천으로 한번 더 닦는 동안 야자는 뒤에서 결에 대해 떠들었다. 결이 얼마나 총명하고 똑똑한 친구였는지에 대해서 제일 오래 이야기했다. 결은 마을에서 어린 편이었지만 결정이 어려운 일이 있을 때면 모두가 결을 찾았다. 결은 질문에 답을 주는 것이 아니라 질문을 돌려주었다고 했다. 누군가 망설이고 있다면 망설이는 이유를 묻고, 두려워하고 있다면 두려워하는 것의 실체를 묻고, 머뭇거리고 있으면 달리면 안 되는 이유를 묻는 식이었다. 더욱이 결은 남을 탓하는 법이 없었다. 이따금 동물이 식량 창고를 털어갔을 때, 길을 잘못 들거나 눈보라에 꼼짝없이 갇혔을 때, 마을 사람들은 누군가를 탓하기에 바빴지만 결만은 그러지 않았다. 오히려 빠르게 다른 해결책을 강구했다.

"'미워하는 건 아무런 해결책도 되지 않아요. 우리 다 같이 불을 피워요. 그리고 기도를 해요.' 결이가 이렇게 말하면 모두가 고개를 끄덕였어요. 결이는 정말 특별하지 않나요?"

현명한 아이는 맞지만 총명하달까, 특별하달까, 그런 수식어를 붙이기에는 모자라게 느껴졌으나 그녀는 고개를 끄덕였다. 야자의 믿음을 깨고 싶지 않았다. 결의 푸석푸석한 주홍빛 머리카락, 선명하고 얇은 눈, 끝이 말린 입술, 하얗고 뽀얀 피부와 그 위에 박힌 주근깨. 그녀는 야자의 말을 들으며 결을 상상했다. 얼음에 반사된 햇빛처럼 밝은 아이일 것 같았다.

"결이는 다정한 아이예요. 아, 저는 다정하다는 단어를 제일 좋아해요. 나는 그걸 잊을 수 없을 거예요."

그도 다정했다. 다정하다는 것이 이토록 짙은 화상을 남길 줄 알았더라면 함부로 끌어안지 않았을 것이다. 그가 끌어안고 간 모든 곳이 저온 화상 상태다. 낮은 온도에서 오래도록 익은 살은 회복도, 재생도 되지 않는다. 이 빙하 속에서 유일하게 치유되지 않는 화상인 셈이다. 한 사람의 다정함에 덴다는 것은 그런 것이다. 설산에서 화상 입은 몸을 끌어안고 사는 것.

한참을 쉬지 않고 떠들던 야자가 잠시 말을 멈추었다. 결의 심장이 든 가죽 주머니를 소중하게 끌어안더니, 금방이라도 눈물을 흘릴 듯한, 아니 그런 착각을 불러일으키는 커다란 눈으로 그녀에게 물었다.

"죽은 사람이 어디로 가는지, 혹시 알아요?"

"아무 곳에도 가지 않아. 그냥 사라지는 거지."

그녀가 이것만이 답이라는 듯 단호하게 대답했다. 그녀의 신념이기도 했다.

"영혼이 있다면 네 마을 사람들이 인간을 먹지도 않았을 거다."

"그건 어쩔 수 없는 선택이고요. 먹을 게 없잖아요. 살기 위한 방법일 뿐이에요. 사람은 죽어서 어디론가 가요."

아니라고 말하고 싶었지만, 그녀는 숨과 함께 대답을 삼켰다. 이 행성에 태어났다 소멸한 생명, 움직이는 모든 것들의 혼이 전부 머물 수 있는 공간이 어딘가에 있을까. 만일 그런 곳이 정말 존재하고 혼이 끊임없이 순환한다면 세계는 왜 피와 껍질을 매번 갈아끼우는 귀찮은 절차를 선택한 것인가.

"이야기를 알아요?"

야자가 말을 이었다.

"결이랑 저는 죽은 사람들이 가는 곳이 어디인지 많이 상상했어요. 한번 들어보실래요?"

야자가 이번에도 조심스럽게 물었다. 그녀 역시 이번에도 망설임 없이 고개를 끄덕였다. 야자가 히죽 웃었다. 양볼에 보조개가 깊게 파였다.

"곰 가죽을 덮어쓴 사람이 찾아왔어요. 열흘째 아무것도 못 먹었다고 했어요. 그런데 우리 마을 사람들은, 굶주린 사람을 보면 먹을 걸 주지 않아요. 죽기를 기다렸다가 그 사람을 먹으니까요. 곰 사람이 나타났다고 마을 사람들에게 말하면 저랑 결이도 배고프지 않을 수 있겠지만, 어떻게 그러겠어요? 그가 우리를 보자마자 자신의 이름을 밝혔어요. 이름을 알면 그때부터 각별한 사이가 되어버려요. 왜냐하면 그 사람이 영영 사라져도 그 사람을 부를 수 있는 단어는 평생 사라지지 않잖아요. 지금처럼 결이가 없지만 제가 결이를 당신에게 말할 수 있잖아요! 그래서 우리는 그에 대해 사람들에게 말하지 않았어요. 저랑 결이의 식량을 그에게 조금 나눠줬어요. 많이 주고 싶었는데 그럴 수 없어서 미안했어요.

곰 사람은 그렇게 기력을 차리더니, 고맙다며 우리에게 이야기를 들려주었어요. 손끝에서 식물이 자라는 외계 종족을 만난 것과 과거로 가는 기계가 있다는 것과 외로운 인간의 피를 먹는 흡혈귀에 대한 이야기를요. 이 행성의 추위를 견디고 있는 다양한 존재들의 이야기를 며칠 밤에 걸쳐 들었어요. 저랑 결이는 너무 신나서 밥 먹는 것도, 사냥을 가야 하는 것도 잊었지 뭐예요. 저희를 찾아온 어른 때문에 하마터면 곰 사람이 들킬 뻔한 적도 있었어요.

곰 사람이 해주었던 많은 이야기 중에 가장 기억에 남는 건,

그리운 인간이 다시 태어나길 기다리는 '살리'라는 아이의 이야기예요. 살리는 저희랑 비슷한 나이에 금색 머리카락을 가지고 있대요. 그 아이는요, 세상에 눈이 내리기 전부터 있었대요. 눈이 하나도 없고 태양과 모래만 있던 시절부터요. 살리는 아주 오래 살았기 때문에 우리가 모르는 것들을 정말 많이 알고 있었어요. 행성에 인간이 가득찼던 황금시대도요! 살리가 그랬대요. 인간이 죽으면 혼이 호수를 건너는데, 바로 건너지 않고 며칠을 머문대요. 그 호수에서 인간의 혼이 다른 곳으로 가기 전에 마지막으로 만날 수 있다고요. 그리고 아주 오랜 시간이 흐른 뒤에 새로운 육체로 다시 이곳에 온다고 했어요. 그러니 헤어지는 걸 슬퍼하지 말라고요. 살리가 보기에 인간의 삶은 아주 찰나라서, 헤어짐이 긴 시간이 아니래요. 아주 조금만 참고 버티면 금방 볼 수 있다고 했어요. 곰 사람에게 그 이야기를 듣고, 결이랑 저도 신나게 이야기를 만들었어요. 저랑 결이는 해가 뜰 때 공 차는 걸 가장 즐겨 했거든요? 우주에서 지구를 차고 놀다가, 다른 은하계로 지구를 날려버린 거예요. 그래서 지구를 찾아오기 위해 여행을 떠나는 두 친구의 이야기예요. 어때요, 재미있죠? 근데 아쉬운 건 이 이야기의 결말을 만들지 못했다는 거예요."

신나서 한 번도 쉬지 않고 떠들던 야자가 급격히 시무룩해진 표정으로 말을 멈췄다.

"이 이야기의 결말을 정하고 싶어요."

그녀는 야자를 위로해주지 못했다. 위로할 말이 떠오르지 않아서가 아니라 야자가 한 이야기를 그녀가 이미 알고 있었기 때문에, 그 이야기를 떠들고 다니는 곰 사람의 얼굴을 누구보다 잘 알고 있었기에 뜨겁게 널뛰는 가슴을 주체할 수 없었기 때문이었다.

"이야기가 세상을 바꿀 수 있다고 믿나요?"

야자가 물었다. 이번에는 대답을 해줘야 한다는 책임감을 느끼며 그녀가 입을 열었다.

"생각해본 적 없는데. 그렇지만 아마 없지 않을까? 이야기뿐만 아니라 그 무엇도. 세상을 바꿀 수 있는 수단이 있었다면 세상은 이렇게 되지 않았을 거란다."

'당신은 허풍이 심해.'

그녀의 도발에도 그는 화내지 않고 말했다.

'허풍은 속이 빈 바람이란 뜻이야. 비었다니 얼마나 좋아? 차고 시린 바람 말고, 즐겁고 재미난 이야기를 넣어 흘려보내면 좋잖아. 세상 끝까지, 저멀리까지.'

"어쩌면 이야기는 다를 수도 있어요! 조금 전에 제 이야기를 듣고 마음이 어땠나요?"

야자가 굴하지 않고 다시 물었다.

"마음이 좋았어. 포근해지는 느낌이었어."

그녀가 항복한 것처럼 대답했다.

"그건 따뜻한 것과 같나요?"

"그렇다고 할 수도 있지."

"거봐요! 그럼 이야기가 세상을 바꿀 수 있어요. 사람들은 이야기를 들으면 행복해지거든요. 행복한 사람은 마음이 따뜻해져요. 몸도요! 사람이 따뜻해지면 지구의 기온도 올라가지 않을까요? 그럼 빙하도 녹겠죠. 그렇게 다시 봄이 올 거예요."

그녀는 어쩌면 야자의 말이 맞을 수도 있겠다는 생각이 들어, 아무 말도 하지 못했다.

"그래서 그 심장을 가지고 어디로 가는 중이었니?"

"살리가 말한 그 호수요. 얼지 않는 호수요."

"얼지 않은 호수는 없어."

"얼지 않는 호수요. 얼지 않은 게 아니라."

"뭐가 다르지?"

"얼지 않은 호수는 아직 얼지 않았고 언젠가 얼 수도 있다는 뜻이지만 제가 찾는 얼지 않는 호수는, 말 그대로 얼지 않는다는 거예요. 얼어 있는 것처럼 보여도요."

"무슨 말인지 모르겠군."

"보지 않으면 다들 그런대요. 이 심장을 호수에 두면, 영혼이 호수를 다 건너기 전에 돌아와 챙겨간대요. 저도 호수에 결이의 심장을 놓으려고요. 결이가 심장을 찾으러 오면 그때 인

사할 거예요. 못한 말이 있거든요. 결말도 만들 거예요. 그리
고 으음, 찰나니까, 그곳에서 저를 기다리는 게 지루하지 않게
수수께끼를 낼 생각이에요. 아주 어려운 거요. 똑똑하고 총명
했던 결이도 풀지 못할 만큼."

"결을 만나면 이 이야기도 해주련?"

"뭔가요?"

"말하는 산양이 있다고. 이름은 폴이야."

야자가 해맑게 웃었다.

"와, 그 이야기 마음에 들어요!"

해는 여전히 지지 않았다. 야자는 옷을 단단히 챙겨 입고 다
시 떠날 준비를 했다. 혼자서 괜찮겠냐고 묻고 싶었지만, 이미
이곳까지 홀로 심장을 안고 걸어온 아이였다. 반드시 결을 만
나야겠다고 생각하면서. 몇 번이고 죽음을 생각한 그녀보다
더 강한 것이다.

문 앞에서 두 사람은 손을 마주잡고 인사를 나누었다. 조심
하라고 말하고, 또 보자고 말했다. 다시 만나는 순간이 언제가
될지는 모르겠지만 언젠가 반드시 또 만날 수 있을 거란 믿음
이 있었다.

그녀가 마지막으로 야자에게 물었다.

"곰 사람이 어디로 간다고 말하지는 않던?"

"자기를 기다리고 있을 사람을 찾아가는 중이라고 했어요.

눈보라 때문에 잠시 방향을 잃었지만, 반드시 만날 거라고요. 시간이 오래 걸리더라도요. 참, 곰 사람이 찾고 있는 사람의 이름은……"

"알고 있어."

"어떻게요?"

"내 이름이거든."

야자는 잠시 놀란 눈으로 그녀를 보았다가 이내 밝게 웃었다.

"있잖아요. 세상은 참 좁은 거 같아요! 그러니까 금방 만나요, 우리요. 또 봐요."

야자는 뒤 한번 돌아보지 않고 씩씩하게 걸어갔다. 어차피 금방 만날 사이인데, 망설여서 무엇하냐는 듯이.

며칠 뒤 새벽, 그녀는 짐을 챙겼다. 자고 있던 폴이 그녀에게 물었다.

"이번에는 짐이 꽤 있네."

"이번에는 돌아오지 않을 거거든."

"그렇군."

"왜 떠나느냐고 안 물어봐?"

"내가 아는 인간은 떠도는 존재야. 머무는 걸 못하지. 돌아오긴 해도, 영원히 머물지는 않아."

"폴, 우리도 다시 만날 수 있을까?"

"원한다면."

그녀가 폴의 뿔에 입을 맞추었다.

떠나고 얼마 가지 않아 눈보라를 만났다. 그녀는 나무에 자신의 몸을 묶어, 눈보라가 지나가기를 기다렸다. 몇 시간 같기도, 며칠 같기도 한 시간이 흘렀다. 기절한 것 같은 잠을 청한 뒤 눈을 떴을 때 한낮의 햇볕이 그녀의 몸을 감싸고 있었다. 뾰족한 침엽수 나뭇잎에 맺힌 고드름이 별처럼 빛나는 것을 멍하니 바라보고 있던 그녀는 아주 가까운 곳에서 철썩이는 파도 소리를 들었다. 해발 사천 미터 높이에 바다가 있을 리 없을 텐데.

무릎까지 쌓인 얼음을 파헤치며 소리가 나는 곳으로 향했다. 그녀는 오랜 파수꾼으로서 이 길 끝에 무엇이 있는지 이미 알고 있었다. 얼어버린 호수. 절대 녹지 않을, 두꺼운 얼음이 덮인 호수가 있을 것인데⋯⋯

절벽과 같은 바위 끝에 서서 그녀가 호수를 바라보았다. 호수의 푸른 물살이 파도처럼 철썩이고 있었고, 호숫가 편평한 돌 위에 익숙한 가죽 주머니가 활짝 펼쳐진 채 덩그러니 놓여 있었다.

그녀는 이제 그 이야기의 결말이 궁금해졌다. 다른 은하계로 날려버린 지구의 결말이.

모우어

자연은 반복돼, 모우. 소멸하는 듯 보이지만 자신의 탈각脫
殼을 집어삼키며 재생하고, 회복하고, 되살아나는 거야. 자연
의 시간은 우리와 달라. 유한한 시간에 갇힌 건 인간뿐이야.
인간은 자연에서 떨어져나왔어. 아주 한때 하나였겠지만, 인
간의 언어가, 언어를 가진 인간이, 모든 것에 이름을 붙이기
시작하면서 우리는 영원히 이 생태계의 이방인이 된 거야.

모우의 교사인 그는 '부름어'를 만들지 않았다.
그를 부를 때는 그의 직업인 '교사'라 불렀다. 교사가 되기
이전에는 '청년'이나 '남자' '학생'이었고 때로는 '존재'라 불
리기도 했다. 그는 그것을 더 강한 저항이라 떠들었지만, 초우

는 그저 시절에 따라 부름어가 변한다는 특이점이 있을 뿐 그를 지칭하는 단어가 있다는 점에서 타인과 다르지 않다고 생각했다. 그것이 한계였다. 발달된 감각도 군중 속에 섞여 있는 특정 사람에게만 **의음**意音을 전달할 순 없었다. 그렇기에 우리는 쉽게 들키고 공유한다. 아니, 공유된다. 원치 않아도 들킬 수밖에 없는 것이다.

그 역시 그랬다. 그는 초우와 육체적인 관계를 맺고 싶어했다. 곁에 서면 그의 욕망이 초우의 감각을 건드렸다. 그런 원초적 욕망은 초우가 감각으로 느끼기 이전에 그의 신체가 티를 냈다. 북녘 외뿔산양의 두꺼운 가죽을 꿰어 만든 속옷이 초우를 만날 때마다 들썩거렸기 때문이다. 못 본 척해봤지만 끝내 초우의 피부에 덕지덕지 달라붙는 욕망의 감각. 초우는 그 감각이 불쾌했고, 초우가 불쾌해하고 있다는 걸 그도 감각했을 것이다. 그것이 거절을 뜻한다는 것도. 그는 자신의 마음을 전달할 결심도 하기 전에 초우에게 거절당했다. 그는 그 사실을 수치스러워했고 분노했다. 뱉기도 전에 차단당했으니 그의 심정을 이해 못할 건 아니었지만 완벽하게 떨쳐내지 못한 욕망과 수치심, 예측할 수 없는 분노와 약간의 살의가 범벅된 감각을 받아내는 건 초우에게 힘겨운 일이었다.

하지만 초우와 그는 공동체의 일원으로서 마주할 수밖에 없는 관계였다. 초우가 그를 불편해한다는 걸 주변에 있던 모두

34

가 느꼈다. 그도 느꼈겠지만 아랑곳하지 않았고 오히려 즐기기도 했다. 초우가 자신을 신경쓰고 있다는 것 자체를, 자신이 초우에게 거스름 같은 존재라는 것을. 그는 더 자주 초우의 곁을 서성이며 초우와 마주쳤다. 초우의 불편함은 이제 그에게 아무런 감각도 주지 못했다. 그럴수록 그를 향한 초우의 감정의 어둠은 짙어졌다.

둘 사이의 긴장감이 마을을 휘감아 사람들의 감각을 은은하게 건드릴 때쯤 고르신이 초우를 불렀다. 초우가 고르신에게 물었다. **내가 이곳을 떠나야 할까?** 고르신은 망설이지 않고 고개를 저었다. 별다른 의음이 느껴지지 않았다. 그 행동은 진심이었다.

로.

네가 잘못한 건 없어.

고르신은 자신의 의음을 강조하기 위해 짧고 강하게 소리냈다.

후두스.

마음은 어쩔 수 없는 거지. 안 그래? 그에게도 시간이 필요해.

고르신은 그뒤로 몇 번이고 어쩔 수 없는 것이라 반복해 생각했다. 초우는 고르신의 의음이 부담스러웠다. 머리가 어지러웠고 속이 메스꺼워졌지만 그만하라고 할 수 없었다. 고르신의 생각을 초우는 막을 수 없었다. 그럴 권리가 없었다. 그리고 무엇보다 고르신의 생각을 멈출 타당한 이유가 없었다. 고르신이 계속 초우에게 속삭였다. 이해해야 한다고, 기다려야 한다고, 마음이란 그런 것이라고.

고르신과 헤어지고, 초우는 북녘 호수로 향했다. 얕은 산맥이 둘러싸고 있는 바다 같은 호수는 아주 오래전 이 행성의 가장 높은 산맥에 쌓였던 얼음 결정이었다. 초우는 감각으로 머리가 아릴 때마다 호수에 떠 한때는 하얗게 뒤덮여 있었다는 산을 상상해보았다. 호수 한가운데에서는 어떤 생각을 하든 누구에게도 의음되지 않았다. 거리가 멀어서라는 걸 알지만, 초우는 호수를 둘러싼 산이 그 감각을 끊어준다고 믿었다. 초우는 집중해보았다. 고르신의 이야기를 들었을 때 자신이 느꼈던 감정의 모양에. 하지만 초우는 이런 형태의 감정이 무엇인지 모른다.

호수에 비친 구름이 천천히 움직여 초우를 덮었다. 구름의 전파가 저릿저릿하게 초우의 감각을 건드렸다. 그 감각을 음미하기 위해 초우는 눈을 감았다. 그리고 다시 한번 고르신에게 끼얹어진 책임감을 가늠해보았다. 초우의 엄마는 백십삼 년 전에 초우를 떠났다. 초우의 손을 맞잡고 이 호수를 거닐며 작별인사를 했다. 소리는 휘파람이 전부인 인사였다.

이제 더는 우리가 모녀로 보이지 않아. 나는 너를 내 마음

에서 완전히 독립시켰어. 나는 이제 너한테 아무 말도 할 수가
없어.

초우는 호수에 비친 모녀를 보았다. 엄마의 말처럼 모녀는
없고 오랜 친구 관계인 두 사람이 서 있을 뿐이었다. 그렇다
면 친구로 함께하면 안 되는 것이냐고 물었지만, 엄마는 대답
하지 않았다. 마치 초우의 의음이 닿지 않았다는 듯이. 떠나고
싶어 둘러대는 핑계일 뿐이라 받아들였다. 엄마는 떠나며 고
르신에게 초우를 부탁했고, 엄마와 친구였던 고르신은 기꺼이
초우의 친구가 되어주었다. 초우를 향한 고르신의 감정이 단
순하지 않은 것은 그래서였다.

어디선가 아기의 울음소리가 들려왔다. 화들짝 놀라 몸을
일으키려던 초우가 호수 밑으로 가라앉았다. 초우가 발버둥치
자 투명했던 호수가 하얗게 깨졌다. 잘게 부서진 호숫조각들
이 사방으로 흩날렸다. 그 혼잡한 상황 속에서도 또렷하게 들
려오는 울음소리. 길을 되찾은 초우가 수면 위로 올라왔다. 주
위를 다급하게 둘러보았다. 둘러싼 산이 울음을 메아리로 만
들었지만, 감각은 뚜렷하게 한곳을 가리켰다. 초우는 서녘으
로 헤엄쳤다. 호숫가에 도착해서는 숲을 향해 뛰었다. 마음이
앞서 몇 번이고 비틀거렸다. 숲의 해는 빠르게 저물었다. 마치
초우와 달리기 시합을 하듯이. 아기는 친절하게도 멈추지 않
고 울었다. 끌어당겼다. 아기의 울음이, 쉼없이 초우를 이끌었

다. 자신이 이곳에 있노라고. 속임과 가림 없이, 투명하고 솔
직하게 악을 썼다. 그 비명이 초우의 피부를 뚫고 혈관을 파고
들어 뇌에 도달하는 과정이 생생하게 느껴졌다. 충격은 떨림
으로 전환되었다. 초우가 떤다. 울음을 좇는 초우의 몸이 강렬
하게 떨렸다. 이전에는 느낀 적 없던 아주 강력한 감각 반응.
그에게서 느꼈던 것과 정반대의 떨림이었다. 초우는 끝이 뾰
족한 잎사귀가 살갗에 상처를 내는 것도 아랑곳하지 않고 뛰
었다. 그것이 초우를 끌어들이기 위한 짐승의 수법일 수도, 소
리가 닮은 어린 짐승의 울음일 수도 있겠지만. 일단은, 울음이
꺼지기 전에 닿기 위해.

엄마, 그걸 인연이라고 해.

그곳에는 굶주린 짐승도, 새끼도 아닌 인간 아기가 있었다.
조금 전까지 귀가 찢어질 듯 울던 아기는 초우가 아기를 발견
하자마자 거짓말처럼 울음을 멈췄다. 붉게 달아오른 두 눈으
로 초우를 바라보았다. 초우는 처음으로 자신의 나이를 헤아
려보았다. 쉰을 넘길 무렵 소소한 축하 자리를 가졌던 것 같은
데 그후로 몇 년이 흘렀는지 가늠되지 않았다.
여전히 초우가 기억하는 마지막 나이로부터 몇 년이 흘렀
든, 초우는 십대 후반의 육체를 지니고 있었다. 인간의 몸은

이제 나이를 헤아리지 않는다. 새로운 세포가 늙은 세포를 먹으며 끊임없이 자란다. 극한의 상황까지 치달아 모든 것이 멸종할 뻔했던 멸종 위기 시기를 거치며 생존을 터득한 뇌는 그렇게 진화했다. 종족의 숫자를 늘리지 않아도 종족이 유지되는 방법으로. 그 과정에는 인류의 생명공학이 이바지했을 터인데, 그것들과 관련한 자료는 남아 있지 않았다. 인간은 이제 신체가 아닌 정신으로 유약기와 성인기를 구분했다.

유약기를 지나 성인기에 접어들 때 인간의 정신은 약하고 어린 존재를 지켜야 한다는 책임감을 느낀다는 것이었다. 그 감정이 성인기의 신호이다. 초우는 어쩌면 자신도 모르게 성인기에 접어든 것일지도 모른다고 생각했다. 초우가 아기를 안아 들었다.

어땠어? 그때.
따끈따끈하고 말랑했어. 그렇게 새까만 눈동자는 처음이었어. 속눈썹이 길었고, 풍성하게 자란 머리가 뿔처럼 솟아 있는 게 웃겼어. 그런데 너무 부드럽고 따뜻했어.
그때 나에게 어떤 소리를 냈어?

아기가 초우의 가슴에 손을 얹었다. 초우가 그 손을 잡자, 아기가 방긋 웃었다. 익히 잡아왔다는 듯이, 아기의 여린 손바닥이 초우의 손을 어루만졌다. 초우는 아기의 손에 짧게 입을 맞추며 입을 열었다. 어떤 의음도 담기지 않은, 이곳의 모든 것들, 바람, 하늘, 햇빛, 풀, 이슬, 벌레, 호수에 젖은 축축한 몸, 아기의 따뜻한 손바닥, 뜨거운 숨…… 그것들이 초우의 감각을 자극해 터뜨린 소리였다.

　모우.

　　　　　　　　　　　　　　　　　　왜?
　　　　　　　　　　　나도 모르게 그 소리가 나왔어.
　　　　　　　　　　　　　　　　　무슨 뜻이야?
　　모우, 소리에는 아무 뜻도 없어. 그곳의 모든 것이 그 소리를 내게 했어. 네 부름어는 내가 부른 게 아니라 그곳에서 너를 감싸던 모든 것들이 지은 거야.

　부족은 일 년에 딱 한 달, 서른 날 동안에만 낯선 인간을 받았다. 그동안은 모두가 스무 시간 동안 금식하며 호수에서 매일 함께 몸을 씻었다. 유한한 자원의 소중함과 영원을 함께해야 하는 신체에 대한 감사 의식이었으며, 이때 만나는 인연은 인간의 죄를 함께 짊어질 동료라는 의미로 모두 받아들였다. 태어나는 아기도 예외는 아니었다. 아기는 반드시 이 기간에 태어나야만 이곳에서 살아갈 수 있었다. 시기를 맞추지 못하고 태어난 아기는 버려진다. 혹은 자신을 만든 인간들과 함께 쫓겨난다. 넘치면 화를 부른다. 인간이 많아지면 약속과 암호가 생긴다. 자칫 언어가 생길지도 모른다. 그건 매우 위험했다.

초우는 그 기간이 올 때까지 호수 근처에 숨어 모우를 키웠다. 처음 며칠은 모우를 등에 업고 오두막을 지으려 했다. 그 기간까지 달이 차올랐다 얇아지기를 다섯 번은 기다려야 했기에 안전하게 모우가 머무를 곳이 필요했다. 하지만 호수를 둘러싼 산맥은 땅이 질었다. 그래서 마을 사람들은 집을 지을 때면 햇볕이 잘 드는 대지에 흙을 말린 뒤 채취한 풀을 따로 섞어 사용했다. 이 과정을 거치지 않으면 집은 형태를 유지하지 못해 무너지거나 며칠 만에 말라 갈라졌다. 초우의 오두막은 결국 완성되기도 전에 무너져버렸다. 오 미터를 훌쩍 넘는 나무들 틈에서는 도저히 흙을 말릴 수 없었다. 호숫가에서 말린다면 좋았겠지만 들킬 위험이 있었기에 초우는 모우를 안고 숲의 깊은 곳까지 들어갔다. 아기를 안고 이곳까지 누군가 걸어온 거라면, 분명 멀지 않은 곳에 외부와 통하는 길이 있으리라.

깊이 들어갈수록 숲은 계속 어두워졌고, 수풀은 발 딛기 힘들 정도로 빽빽해졌다. 모우는 울지 않고 초우의 머리카락을 넝쿨처럼 붙잡은 채 하늘을 응시할 뿐이었다. 모우의 까만 눈동자는 호수처럼 빛에 어른거리는 나무의 그림자를 전부 담았다.

눈이 참 예쁘다.

초우가 소리 없이 의음을 보냈다. 모우는 반응하지 않았다. 예민한 아기는 의음에 울음을 터뜨리기도 하는데, 모우는 몸을 떠는 정도의 미약한 반응조차 보이지 않았다. 초우가 또 한 번 의음을 보냈다. 반응은 같았다. 감각이 떨어지는 아기일까.

후야.

초우가 소리를 내자, 모우가 몸을 떨며 초우를 바라보았다. 모우의 경우, 원초적 감각이 초월적 감각보다 발달 과정에서 더 두드러지게 나타나는 것이리라 생각했다.

후쉬. 호. 솨하리. 히라.

초우는 의음이 담기지 않은 날것의 소리를 내뱉으며 걸었다. 모우는 동화를 듣는 것처럼 집중하다가 웃기를 반복했다. 그러다 불현듯 모우가 꺾어질 듯 고개를 뒤로 젖혔다. 서녘의 노을빛 한줄기가 모우의 부드러운 목을 타고 내려와 초우의 가슴에 퍼졌다. 인위적인 빛줄기의 정체를 좇으며, 모우의 시선을 따라 고개를 들었다. 벗겨진 듯 무너진 절벽, 그 속에서 모습을 드러낸 여섯 개의 철 기둥, 앙상한 뼈대와 다 썩지 않은 살점처럼 붙어 있는 시멘트, 그 틈을 비집고 새어나오는 빛. 며칠 전 지진으로 절벽이 무너지면서 그 속에 숨어 있던 거대한 유적이 모습을 드러낸 것이었다.

초우가 거대한 유적 앞에 섰다. 한때 이 행성의 밤을 없앴을 건축물. 가능성, 발굴, 고속의 시대. 그렇다는 건 불가능과 어둠, 미지와 저속을 몰아낸 시대라는 뜻이기도 하고, 동시에 침범과 멸종을 아무렇지 않게 저지르고 방관한 시대였다는 것. 일만오천 년의 인류 역사를 통틀어 아주 잠깐 허용됐던 밤이 없는 시대. 밤을 집어삼킨 듯 검게 변한 철 기둥과 시멘트가 그 시절이 분명 존재했다고 외치고 있었다. 쇳소리 섞인 비명으로.

어땠어?
짜증나게 아름다웠어.
무엇이 가장?
……그 벽에 새겨져 있던 문양. 의미와 규칙성을 알 수 없는, 엉망으로 그려진 그림.
엄마, 그게 언어야.

철 기둥과 시멘트는 단단했다. 돌풍과 강렬한 햇빛, 폭우, 굶주린 짐승으로부터 모우를 안전하게 지킬 수 있었다. 찬 기운을 머금은 시멘트는 한낮의 더위마저도 가려주었다. 초우는 그곳에 억센 풀을 엮어 아기 몸이 푹 담길 수 있는 움푹한 침대를 만들었다. 무두질한 염소 가죽으로 모우의 몸을 감쌌다. 주운 곡식 낱알을 잘게 다져 쑨 죽을 모우가 먹어 다행이었다.

이제 인간이나 짐승에게 들키지만 않는다면 문제될 건 없었다. 모우가 돌연 죽지만 않는다면.

초우는 하루의 절반 이상을 그곳에서 보냈다. 때로는 며칠 동안 집에 돌아가지 않은 적도 있었다. 모우는 신비로울 정도로 잘 자랐다. 애초에 보호의 손길이 필요하지 않은 존재 같았다. 모우를 위험으로부터 지키려는 초우를 달래는 듯한 행동을 할 때도 있었다. 옆에서 꾸벅꾸벅 졸고 있던 초우의 이마를 어루만지던 손길, 잠에서 깬 초우와 눈이 마주치면 보여주던 웃음, 의음을 쓸 줄 모르는 날것의 소리. 그런 모우를 보고 있으면 소리 내고 싶은 욕구가 생겼다. 배고프냐고, 졸리냐고 묻고 자장가를 불러주고 이름을 읊어주는데 아직 모우가 의음을 감각하지 못해 답답해졌다. 모우가 반응하는 것은 오로지 소리뿐이었다. 의미를 담지 못한, 텅 빈, 흩어지고, 발화되고, 사라지고, 증발하여 머물지 못하는, 그림자와 조금의 흔적조차 남기지 못하는 소리.

모우와 나란히 누워 천장을 올려다보면 잿빛 시멘트에 희미하게 남은 문양이 보였다. 초우는 원치 않았음에도 문양의 규칙성과 형태를 조금씩 파악해갔다. 일정한 형태의 곡선과 직선, 도형이 유달리 굵고 선명하게 인식되면 망치로 머리를 내리친 듯이 두통이 밀려왔고 척추에서부터 강렬한 긴장감이 몰아쳤다. 심장의 요동, 늘 뛰고 있었을 테지만 한 번도 인식한 적 없던 요란스러운 감각, 그곳에서 출력된 피가 혈관을 타고 휘몰아치며 몸을 휘젓는 착각이 들었다.

달이 차오르고 얇아지기를 반복하던 어느 날, 고르신이 나무 수액을 채취하다 말고 초우를 이끌고 숲 끝자락으로 향했다. 초우는 어디를 가냐고 묻지 않았다. 맞잡은 손에서 가득 쌓인 고르신의 감정이 전해졌기 때문이었다.

고르신은 '심판의 판결'이라 불리는 분화구 근처에서 걸음을 멈추었다. 주변에 아무도 없다는 것을 몇 차례 확인했으나 그래도 불안했는지 고르신은 손을 붙잡고 소리도 없이 아주 작게 의음을 보냈다.

어디서, 뭐해? 요즘. 그가. 아니, 소문이 많아. 다들 수상하게 생각해. 비밀은 안 돼. 비밀은 없어. 비밀이 생겨서는 안 돼. 소통해. 나한테만이라도. 그래야 나중에 도와줄 수 있어.

고르신의 의음은 다급함에 엉망진창이었다.

자주 나가. 돌아오지 않고. 새벽에도 없고. 가끔 너를 위해 거짓말을 해야 해, 내가. 그것 최악의 죄야. 숨기지 마. 무언가를 도모해서도 안 돼. 도대체 뭐야? 너한테 무슨 일이 일어나고 있는 거야? 초우, 솔직하게 보여줘. 네 생각을.

다급함은 두려움으로, 두려움은 의심과 나약함으로 변해 퍼져나갔다. 비밀은 금기다. 감춘다는 건 예측 불가능의 상황을 야기시켰다. 인류의 뇌는 이제 더이상 암흑을 주시하고 싶어하지 않았다. 그렇게 진화했다. 한때 생존을 위했던 두려움은 어느 순간 탐욕과 뒤섞여 처참하게 변질했고 세상을 멸망으로 이끌었다. 두려움이 종을 살리는 수단이 아닌 몰살의 수단이 되자, 진화는 또 한번 종을 살리기 위한 방향으로 나아갔다. 선명하지 않은 것은 버려야 한다. 미래를 상상하는 이야기는 모두 없애야 한다.

고르신을 달래기 위해 초우가 차분하게 입을 열었다.

나호.

곧 알게 돼. 숨기는 거 없어. 걱정하지 마.

머지않아 모두에게 모우를 소개할 것이니, 초우는 이 말을 거짓이라 생각하지 않았다. 고르신이 평온해졌음을 느꼈다. 그쯤에서 의음을 멈췄으면 좋았겠지만.

노하고.

언어를 본 적 있어?

초우는 질문을 참지 못했고, 고르신은 소리를 참지 못했다. 비명에 가까운 내지름을.

뭄은 가장 오래 존재하는 자다. 진화의 첫 씨앗이고, 현 인류의 죽지 않는 신이다. 하지만 아무도 뭄을 숭배하지 않는다. 숭배는 금기다. 그렇지만 초우는 금기가 완벽하게 지켜지지 않는다는 걸 알고 있다. 모두 숭배하지 않기 위해 경계할 뿐이다.

묨의 감각은 훨씬 발달했다. 감각은 개개인이 느끼는 정도가 다르다. 누군가는 의음을 선명하게 듣지 못하고, 감각이 가장 뛰어난 묨은 의음을 보내지 않아도 느낀다. 묨의 앞에선 어떤 것도 숨길 수 없다. 전부 들켜버린다.

묨은 감각을 피하기 위해 마을과 떨어진 곳에 머물렀다. 초우는 고르신의 강요로 묨의 집을 찾았고, 묨은 문 앞에서 초우를 기다리고 있었다.

아기를 보호하는 건 잘한 선택이야. 적어도 나는 그렇게 생각해.

묨은 초우가 나타나자마자 곁눈질도 주지 않고 의음을 보낸 뒤 집으로 들어갔다. 따라 들어오라는 감각이 느껴졌다.

집은 묨이 그린 그림으로 가득차 빈 벽을 찾아보기 힘들 정도였다. 명도와 크기가 다른 사각형들이 일정한 형식으로 그려진 그림이었다. 초우가 유독 눈에 띄는 그림을 유심히 살펴보았다. 묨은 뒤돌아보지 않고 대답했다.

그 그림은 어제 완성했어. 덜 말랐어. 하지만 만져도 좋아.

묨은 초우가 어떤 그림을 바라보고 있는지 정확하게 알고 있었다.

키호.

안 봤는데도, 보여?

초우가 일부러 소리를 내며 물었다. 허락하지 않은 곳을 멋

대로 침투하지 말라는 경고였다. 뭄은 가볍게 웃었다. 초우의
알량한 자존심 따위 신경쓸 필요 없다는 듯이. 빛이 거의 없는
공간이었지만 뭄의 투명한 피부는 어둠 속에서도 광을 잃지
않았다. 뭄은 탁자 의자에 앉은 후에야 초우의 얼굴을 마주했
다. 이곳의 인간들이 전부 그렇지만, 그중에서도 뭄의 얼굴은
유난히 매끈했다. 얼굴 근육을 사용할 때 생기는 피부의 자연
스러운 주름조차도 지지 않았다. 갈라진 나무 틈으로 쏟아져
들어온 한줄기 빛이 뭄의 피부에 닿았다. 뭄의 피부는 백사장
처럼 반짝거렸고, 길고 투명한 솜털이 수북한 게 눈에 띄었다.
초우는 뭄이 계속해서 진화해간다고 느꼈다. 뭄은 현재의 인
간들과 또 다르다.

모든 언어는 실패했다. 동의하지 않나?

뭄이 물었다.

카삭.

소리를 내. 그게 규칙이야. 네가 정했어.

**언어를 취하면 우리가 얻게 된 모든 감각이 죽어. 언어는 감
각을 납작하게 만들어. 사고와 판단이 형태에 묶이지.**

문,

내 말에 제대로 대답해!

**한 거야. 너는 조금 뒤에 내게 질문했어. 언어를 다시 갖게
되면 어떻게 변하느냐고. 네가 본 언어의 형태는 허상이야. 아**

무엇도 남지 않은 선에 불과해.

대화의 흐름을 맞춰. 나를 농락하지 마.

화를 참기 위해 소리를 내지 않았지만, 이미 초우의 감각은 분노와 뒤섞인 채였다.

초우, 현혹되지 마. 실패한 것에는 이유가 있어. 인류의 진화와 발전을 자세히 들여다봐. 언어가 정착되고, 그리하여 많은 것이 정립되고, 끊임없이 전달되면서 세상은 전쟁과 빈곤, 파괴와 몰살, 멸종의 길을 걸었어. 시야는 좁아지고 감각은 둔해졌지. 언어에 지배당한 인류의 끝은 자멸이었다. 우리의 뇌는 언어를 탈락시키며 발전했어. 언어가 통제했던, 최초의 인류가 가졌던 감각을 다시 깨웠다. 우리의 소리는 언어에 정복되지 않기 위한 저항이다. 언어가 생겨나고 규칙이 정해지는 것을 거부하는 몸짓이지. 지켜라.

뭄이 자리에서 일어나 초우에게 다가왔다. 뭄의 머리카락이 강 물살을 가르는 잉어의 비늘처럼 빛났고 초우의 뺨을 어루만지는 손가락은 양젖을 짤 때처럼 따뜻하고 부드러웠다. 뭄이 초우를 달래듯 속삭였다.

돔두르사마시흐.

우리는 심판받은 자들의 언어로 아름다운 것들을 말할 수 없다. 그들의 언어는 피에 젖었어. 아이는 환영받았다, 이미.

*

　학교에 들어간 후 모우는 같은 소리를 반복해서 자주 혼났다.

　병에 걸렸다는 걸 처음 알았던 그날도 마찬가지였다. 모우의 친구인 블롱이 초우가 일하고 있던 강가까지 달려왔다. 모우가 교무실로 불려갔단다. 늘 있는 일이잖아. 초우가 대수롭지 않게 대꾸하자 블롱이 답답한 듯 자신의 가슴을 내리쳤다. 짐승 같은 소리를 내며 블롱이 의음을 보냈다. 이번에는 대수롭지 않게 넘길 수 없었다. 초우는 꿰고 있던 그물을 내팽개치고 학교로 달려갔다.

　모우의 교사는 그였다. 어쩌면 그가 초우에게 가지고 있던 악감정을 모우에게 돌린 것일지도 모른다. 초우가 사람들에게 모우를 소개했을 때, 그의 감정은 모두가 느낄 정도로 널뛰었다. 역시 만나는 이가 있어서 그랬던 거라고, 숨긴 거라고, 진실을 말하지 않고 순진하게 사랑하는 자신을 가지고 논 것이라고, 더럽게 몸을 굴리면서 고결한 척 위선을 떨었다고. 치유할 수 없는 상처를 받은 것처럼 그는 괴로워했다. 하지만 모두 알았다. 초우가 임신한 적 없었다는 것을. 배가 나오지 않았을 뿐만 아니라 초우에게서 두 생명의 감각을 느껴보지 못했다. 그렇다면 이 아이는 어디서 온 것인가. 아무리 모두를 받는 기간이라 하더라도 어디에서 왔는지조차 모르는 아기를 덥석 받아주는 것을 다들 두려워하는 눈치였다. 그는 그들의 두려움을 키우려고 뜻에 힘을 실었다.

움사시흐라하.

불길해. 저 아기에게서 불길함이 느껴지고 있어. 의음을 전혀 받지 못하고 있어. 괴물이거나 마녀인 게 분명해.

초우는 모함이라 주장했지만 그는 기세등등했고, 그의 태도와 결의를 사람들은 차츰 신뢰하기 시작했다. 그때 만일 뭄이 나타나지 않았다면, 뭄이 아무렇지 않게 모우를 안으며 반갑다고 의음하지 않았다면, 그의 의견에 힘이 실려 모우는 추방당했을 것이다. 하지만 뭄으로 인해 모우는 이 공동체 안으로 흡수될 수 있었다. 모우를 환영하지 않는 건 그뿐이었다. 시간이 흐르며 모두 모우가 어떻게 마을에 왔는지를 전부 잊었지만, 그만은 잊지 않았다. 그때부터 지금까지 그는 모우를 의심하고, 미워하고 있었다. 초우는 그렇게 생각했다. 그래서 유독 모우에게 더 예민하게 구는 것이라고. 아이들은 원래 반복적으로 소리 내는 것을 좋아하지 않던가. 모우만 그럴 리가 없다, 모우만.

슈르하, 라고 교사가 소리 냈을 때 모우는 쟈—, 라고 대답했다. 비도, 하고 교사가 두번째로 소리 내 모우에게 물었다. 교사의 첫번째 소리와 두번째 소리는 모두 이해했느냐는 의음이었다. 모우는 또 한번 쟈—, 라고 대답했다. 교사가 언성

을 높였다. 너무 빠르게 말해 모든 소리가 망가졌지만 그건 중
요하지 않았다. **똑같은 소리 반복하지 마!** 교사의 의음이 교실
안에 있던 학생들의 뇌신경을 날카롭게 건드렸고 몇몇 아이들
은 울음을 터뜨렸다고 했다. 모우가 똑같은 소리로 세번째 대
답했을 때 곧 닥쳐올 더 큰 의음에 교실의 아이들 전부 눈을
감으며 두 팔로 자기 몸을 감싸안았다고. 블롱의 의음에는 그
때 느낀 두려움이 고스란히 담겨 있어 초우의 몸털이 쭈뼛쭈
뼛 섰다.

　모우는 어설픈 연기로 반성하는 척 교무실 구석에 서서 발
로 축축한 진흙을 헤집고 있었다. 초우는 그가 알아차릴까 모
우의 손을 붙잡으며 파헤쳐진 흙을 발로 되돌려놓았다. 그는
두려움과 수치심을 숨기지 않고 드러냈다.

　고가라쉬.

　같은 소리를 냈어.

　우노.

　같은 소리를 냈어!

　우와노.

　조심하라고 해.

　나카하음.

　같은 소리를 내게 하지 마, 의미를 만들지 마.

　초우가 대답했다.

뉴호크두흐.

아무 의미 없어. 모우는 원래 같은 소리 내는 걸 좋아할 뿐이야.

그가 이마를 짚으며 눈을 감았다. 더 대화하기 싫다는 그의 단호함이 초우의 머리를 눌렀다. 묵직하고 단단한 쇳덩이가 초우의 머리뼈에 들어찼다.

초우가 모우를 데리고 나가려고 할 때, 그가 나지막하게 지껄였다.

쿠울라.

걔는 모자라. 어딘가 음침하고 불길해. 혼자 비밀을 감추고 있는 게 분명해. 우리에게 저주가 될 거야.

초우는 그의 얼굴을 노려보며 그에게 주먹을 내리꽂는 상상을 했다. 상상을 행위로 옮기진 않았지만, 초우의 분노와 살의만으로도 그는 얻어맞은 듯 얼얼해졌으리라.

초우는 플라네그 갈림길에서 마을과 반대 방향인 서녘으로 걸음을 틀었다. 호수로 향하는 방향이었다. 모우는 군말 없이 초우를 따랐다. 모우에게서는 아무런 의음도 느껴지지 않았다. 초우의 행동에 대한 의문이나 반항심도 없었다. 초우가 뒤돌아 모우를 보았다. 모우는 가끔 이렇게 아무런 의음도 내뿜지 않을 때가 있었다. 그럴 때마다 초우는 모우가 섬뜩하게 느껴졌다. 그의 의음이 머릿속에 떠다녔다. **우리에게 저주가 될**

거야. 그는 정말로 한 사람이 모두에게 저주가 될 수 있다고 생각하는 걸까. 초우는 그 생각에 동의하지 않았다.

두 사람이 도착한 곳은 유적이었다. 유적은 언어를 버린 인간들처럼 본래의 인위적인 본질을 잃고 자연의 한 부분이 되어 멈춰버렸다. 잿빛 시멘트 벽에는 흙과 열매에서 얻어낸 색으로 모우가 그린 그림들이 덧칠돼 있고, 철제 형태만 아슬하게 남아 있던 몇몇 가구들은 모우가 꿰어 만든 가죽으로 뒤덮여 작은 성이 되어 있었다.

초우는 양피를 덧대어 만든 침대에 모우를 앉혔다. 나란히 앉는 대신 모우의 앞에 꿇어앉아 손을 잡았다. 이따금 초우는 일부러 모우보다 낮은 위치에서 모우를 올려다보았다. 초우와 모우의 외형으로는 두 사람의 나이 차가 이백삼십 년 넘게 난다는 사실을 알기 어려웠고, 그래서인지 초우는 수평적인 눈높이에서 모우를 가르치는 것이 점점 이상하게 느껴졌다. 초우는 이제야 엄마의 결정을 어렴풋이 이해할 수 있었다.

초우는 모우의 손을 어루만지다, 여린 손등에 짧게 입을 맞추며 소리 냈다. 이렇게 살을 맞대지 않으면 모우는 종종 의음을 받지 못했다. 모우는 느릴 뿐이다. 음침하고 불길하며, 비밀스러운 게 아니라.

쉬호로아무사하.

그가 한 무례한 행동들은 담아두지 마. 하지만 나한테는 솔

직하게 말해줬으면 좋겠어. 왜 그런 거야? 왜 같은 소리를 반복한 거야?

모우가 느릿하게 소리를 냈다. 의음을 하며 소리 내는 것을 모우는 아직 버거워했다.

마…… 와…… 호…… 우…… 아……

엄마, 언어가 뭐야?

초우가 모우의 손을 다급하게 놓았다.

가후.

궁금해하지 마! 잊어! 아무한테도 말하지 마. 아니, 누구한 테 이미 말했어? 블롱, 블롱도 알아?

모…… 하…… 우……

나는 그냥 알고 싶은 것뿐이야. 의미와 소리가 합쳐진 것이 대체 뭔지.

사시키.

그건 실패한 문명이야. 언어는 심판을 불러왔고, 그들은 종말을 겪었어. 그러니 알려고 하지 마. 금기야.

마……

엄마.

니르.

약속해. 다른 누구에게도 방금과 같은 질문을 하지 않겠다고. 어서!

그럼 왜 소리를 내?

모우가 소리도 없이 외쳤다.

이나고우마뭅가사무나개멘아고리안르.

방지하는 거야. 훈련하지 않으면 소리에 의미가 담길 수 있으니까. 계속 경계해야 해. 연습해. 그럼 너도 자연스러워질 수 있어.

초우는 일부러 소리를 길게 냈다. 모든 감각이 날뛰는 기분이었다. 아니, 실제로 그랬다. 시멘트 건물의 찬 공기에 뺨이 얼얼했고 바람소리가 날카로웠다. 주위에 떠다니는 먼지들에 시야가 어지러웠고 모우의 옅은 숨이 버거웠다. 흥분이 조금씩 초우를 뒤덮었다. 보통의 인간이라면 초우의 흥분을 같이 느꼈겠지만, 모우는 초우의 감정은 자신과 상관없다는 듯 평온한 표정으로 초우를 응시했다.

모우의 어깨를 세게 붙잡으며 초우가 몰아붙였다.

무샤.

모우, 느껴. 내 의음과 내 감정을 느낄 수 있어야 해!

마……

엄마, 말해줘.

루쉬아.

느껴. 언어가 되는 순간 감정은 단순하고 납작해져. 자연과 우리는 분리되고, 우리는 또 모든 것에 이름을 붙이고, 규정하

고, 구분하려 들겠지. 우리는 한계에 부딪힐 거야. 말하지 않으면 알 수 없게 돼. 언어는 쉽게 왜곡되고 무너져.

초우가 모우를 끌어안았다. 가슴이 맞닿도록. 감정이 전이되고, 의음이 선명하게 닿을 만큼. 하지만 모우의 몸에서는 어떤 것도 느껴지지 않았다.

마……

엄마. 나를 유심히 봐봐. 내 눈가에 주름이 생겼고, 유분기가 사라진 피부는 트고 갈라지고 있어. 식욕은 예전보다 줄었고, 이제는 절반만 먹어도 소화가 힘들어. 머리카락은 가늘어지고 옅어졌고……

그만!

나는 늙어가고 있어, 엄마.

말도 안 되는 소리 하지 마!

엄마, 엄마 나를 봐.

모우가 품에서 초우를 떼어내 얼굴을 마주했다. 초우가 피하지 못하도록 초우의 얼굴을 두 손으로 감쌌다. 초우는 보지 않으려 필사적으로 시선을 돌렸다. 하지만 오래 외면하지 못할 거라는 걸 초우도, 모우도 알았다. 모우는 차분히 기다렸다. 한참 동안. 갈라진 시멘트 틈으로 들어오던 흰빛이 붉어질 때까지, 묵묵히. 마침내 초우가 한숨과 함께 모우를 마주보았다. 인식이 차츰 저물어가는 태양의 붉은빛에 쓸려내려가고,

어둠이 잠깐 머물며 막과 막 사이의 쉼을 만든 뒤, 그렇게 달빛이 시작한 두번째 막에서는 빛에 가려져 있던 진실이 등장한다.

심판의 날, 그리고 삼천 년 동안 계속된 형벌의 시기. 인류는 개체수를 늘리지 않으며 종족을 유지하기 위해 진화했다. 언어가 만든 질서와 무질서, 포옹과 혐오, 법과 악법, 구원과 절망, 믿음과 불신, 행진과 행군, 의학과 살해, 예측과 파멸, 군중과 집단, 인간과 비인간, 이 모든 것들을 합하여 언어는 혼돈을 만들었다. **그러니 인간은 언어를 포기하도록 진화한 거야.** 뭄의 의음이 떠오른다. **언어가 막고 있던 감각을 깨운 거지. 마치 지금의 우리처럼.** 자연과 구분 짓던 인간의 언어가 사라지며, 인간은 자연의 일부분이 되어 자연처럼, 탈각되는 것들을 먹으며 재생하고 소생했다. 언어가 만든 시간의 흐름에서 완전히 해방된 인간은 영원을 산다. 영원을 사는 존재의 감각은 모든 것을 통제한다. 모우가 자신과 같은 모습일 거라 믿었던 초우처럼. 초우뿐만 아니라 모두가 그렇게 믿고 있었던 것처럼.

인식이 무너진 초우의 눈앞에는 낯선 여인이 있다.

어째서?

내가 제대로 보여?

아니, 너는 내가 아는⋯⋯

엄마, 나는 오래전부터 늙어가고 있어, 천천히. 계속.

초우는 소리도 잊은 채 모우에게 의음을 쏟아냈다.

모우. 가끔 그런 생각이 들어. 너는 땅의 균열에서 솟아난 것이 아닐까. 네가 나를 부르기 전에 땅이 일그러졌었어. 아주 크게. 모든 걸 다시 맞추려는 것처럼. 우리는 드넓은 평원에 모여 앉아 서로 손을 붙잡고 소리 없는 의음식을 했어. 내가 기억하는 마지막 의음식은 64,240일 전이야. 247일 동안 비가 오지 않아서 진행된 의음식이었지. 용서를 구하지 않았다. 그저 우리는 죗값을 천천히 치르게 해달라고 빌었어. 우리의 죄. 이 행성의 모든 것에 일으킨 범죄. 우리가 서로에게 저지른 죄까지도. 우리 종의 죄는 씻어지지 않아. 소멸해도 사라지지 않지. 아니, 소멸해두도록 두지 않아. 우리의 진화는 오로지 죗값을 치르기 위한 방향으로만, 죽지 않고 오래도록 치르도록, 감각으로 모든 죄를 느끼도록……

봐. 엄마, 겁먹지 말고 나를 자세히 봐.

겁먹은 거 아니야.

그렇게 말하지만 엄마는 두려워하고 있어. 나를 봐. 내가 어때?

그런 거 묻지 마.

엄마, 나는 죽은 게 아니라 흐르기 시작한 거야. 내 몸의 시간이 흐르고 있어. 엄마, 나는 이 시간이 느껴져. 아주 얇아.

거미줄보다 더. 내게는 주름이 생길 거야. 시간이 스치며 생기는 자국이야.

기다려. 모두에게 말하면, 모두가 방법을 찾아내기 위해 노력할 거야. 낫지 않는 건 없어. 단지 아직 방법을 모를 뿐이야. 모든 결과에는 원인이 있고, 원인을 알면 해결 방안도 알 수 있어. 그러니 걱정 마, 모우.

엄마.

응.

엄마.

응. 느끼고 있어, 모우.

나 언어의 소리를 들었어. 언어가 만든 시간이 느껴져.

그때였다. 초우는 바깥으로부터 익숙한 살의를 느꼈다. 초우는 모우의 입을 틀어막아야 한다고 생각했지만 이미 늦었다. 그가 두 사람의 의음을 받았다. 그의 살의에는 쾌락이 뒤섞여 있었고, 초우가 그에게 느꼈던 불쾌감은 두려움과 공포로 바뀌었다. 초우가 황급히 유적 밖으로 뛰쳐나갔다. 문 앞에 서 있던 그는 초우를 보자마자 당황한 듯 연기하더니, 오래지 않아 평온해졌다. 잔잔하게 깔린 웃음기.

그때 어땠어? 감정이.
……그 감정을 말해줄 적확한 언어가 필요했어.

바하가쑤.

이 아이는 언어를 알고 있다!

그가 외쳤다. 모우는 거대한 나무 기둥에 묶여 마을 중앙에 놓였다. 그는 모우의 얼굴을 가리고 있던 천을 벗기며 사람들에게 비명에 가까운 의음을 보냈다.

야노마시아마디아라튜수.

우리를 속이고 있던 아이의 얼굴을 자세히 봐! 이것이 이 아이, 아니 마녀의 본래 모습이다. 언어의 저주를 담은 얼굴이다!

공포와 두려움이 마을에 가득찼다. 집에 갇힌 초우에게까지 느껴지는 거대한 공포였다. 구석에 앉아 있던 초우가 다급하게 문으로 달려갔다. 나무문은 안에서 아무리 흔들어도 미동조차 하지 않았다. 초우는 손바닥으로 문을 내리치며 의음을 보냈다. 누구에게라도 닿길 바라며. 누구라도 그냥 지나치지 못할 만큼. 손바닥이 터져 피가 흘러도 멈추지 않았다. 뜨거운 열기. 굶주린 짐승과 같은 광기가 초우와 모우의 집을 휘감았다. 이 열기는 감정이 아니다. 활활 타오르는 횃불이 켜진 것이다. 초우는 문을 두드리다 멈추고 주위를 둘러보았다. 횃불을 끌 수 있는 것이 있던가. 물은 마을의 동녘에 마련된 우물에서 구할 수 있었지만, 그곳까지 갈 여유가 없었다. 초우의 눈에 들어온 것은 칼이다. 나무의 수액을 채취할 때 쓰는 구부러진 칼.

초우가 칼을 쥐었을 때, 문이 열렸다. 달빛이 쏟아져들어오며 초우의 다리에 닿았다. 문을 연 사람은 뭄이었다. 뭄은 초우가 도와달라 부탁하기도 전에 입구에서 한 발 비켜섰다. 나가라는 듯이. 어서 가라는 듯이.

초우는 왜 도와주느냐 물을 새도 없이 달려나갔다. 불이 커졌다. 횃불이 아니라 마을을 전부 태워버릴 것 같은 열기. 달에 닿을 듯이 치솟는 불이 느껴졌다. 달리던 초우의 등뒤로 따뜻한 바람이 일렁였다. 그 바람을 타고 온 것은 낯선 장면. 잎에 싸인 아기를 끌어안고 있는 뭄. 아직 눈도 뜨지 못한 아기의 귓가에 입맞추듯 입술을 대고 무어라 속삭이는 뭄의 모습이었다. 초우가 멈춰 섰다. 뒤를 돌았지만 뭄은 없었다. 존재한 적 없다는 듯이, 조금의 여지도 남기지 않고.

마을 중앙으로 온 초우는 불을 끄기 위해 칼을 쥐었다. 횃불을 들고 웃고 있는 그와 발밑의 열기를 느끼고도 울지 않는 모우를 보았다. 칼로 불을 끈다. 불보다 붉고 뜨거운 피가 불을 이기므로. 칼은 그의 배와, 모우를 묶고 있는 끈을 베어낸다. 열기에 몸이 그을린다. 순식간에 쪼그라드는 화상 입은 피부는 마치 모우의 눈가 주름 같다고, 초우가 생각했다. 불붙은 기둥이 쓰러지며 집을 덮쳤다. 마른풀과 흙으로 만들어진 집은 쉽게 무너졌고, 타올랐다. 한 사람의 몸에 불이 붙자, 그 사람이 내뿜는 고통의 의음이 모두에게 전이되었다. 모두가 불에 붙은 듯 몸부림치며 고통스러워했다. 그곳에서 멀쩡한 이는 모우뿐이었다. 모우가 고통스러워하는 초우를 끌어안으며,

숲으로⋯⋯

모우가 초우의 손을 붙잡고 달렸다. 건조하고 투박한 모우의 손. 얇은 가죽 밑으로 만져지는 뼈와 힘줄. 무른 풀과 진흙 같은 그 손에서 누구의 손보다 짙은 온기가 느껴졌다.

두 사람은 유적이 있는 방향으로 달렸다. 뒤에서는 불쑥불쑥 살의가 칼날처럼 초우의 등을 찔렀다. 그가 두 사람을 쫓고 있었다. 초우는 모우와 함께 이 숲 너머까지, 한 번도 간 적 없는 세상까지 도망가고 싶었으나 모우의 약해진 폐와 퇴행된 관절은 초우의 속도를 따라가지 못했다. 모우가 초우를 유적으로 이끌었다.

하.

이곳에 있다가는 들켜. 그가 올 거야. 곧 올 거야.

여기서 나가야 한다고 초우가 다그쳤으나 그럴수록 모우는 더 차분하게 초우를 이끌었다.

우리가 이곳에 있는지 모를 거야. 의음이 전해지지 않을 테니까.

모우가 초우를 침대에 앉혔다.

하지만 포기하지 않겠지. 엄마에게 칼을 꽂을 때까지 쫓아올 거야, 그는. 그러니 엄마, 들어야 해. 엄마는 기억해야 해. 기록해야 하고. 위험을 잊어서는 안 돼. 그리고 언젠가 다시 한번 그를 찔러야 해. 확실하게. 숨이 끊길 때까지. 그러기 위해서는 그에게 들키면 안 돼. 엄마의 생각을. 온전히, 비밀스럽게 간직해야 해. 그러니 엄마에게 들려줄 거야. 엄마가 나를 보자마자 떠올린 소리. 엄마는 모르겠지만 엄마의 염원이 담겼을 소리. 내가 그 소리의 의미를 정했어.

모우가 초우를 끌어안았다. 초우의 눈앞에는 모우가 그린 그림이 있다. 초우는 모우의 그림이 언어의 문양만큼 규칙을 지니고 있다는 것을 이제야 깨닫는다.

엄마, 모우라는 이름의 뜻은……

"삶."

그 단어를 듣는 순간, 초우는 모든 감각이 움츠러드는 고통을 느낀다. 몸이 바짝 마른다.

"내가 엄마한테 주는 유한한 숨."

초우는 모우의 소리를 언어로서, 의미를 담은 문장으로서 온전히 이해하지 못한다. 하지만 의음이 아닌 전혀 다른 경로로 귀와 눈, 피부를 통해 언어가 닿는다.

"언어를 알게 되면서 엄마도 나와 같은 시간을 살게 되겠지. 느려지고, 멀어지고, 작아지고, 힘겨워지겠지. 이건 저주야.

맞아, 저주가 맞아. 기껏 자연이 인간을 다시 지상으로 끌어내리는 저주의 주문이야. 말하지 않으면 알 수 없고, 말을 하더라도 제대로 전달되지 않고, 영원히 말의 미로 속을 떠돌다 고립되고 외로워지는 인간이 되겠지. 하지만 나는 엄마가 그러길 바라."

모우가 초우의 뺨을 어루만진다. 그리고 그 어느 때보다 선명한 의음으로 초우에게 속삭인다.

엄마, 영원은 없어. 가려진 세상을 제대로 봐. 인간은 진화하지 않았어. 그의 말이 맞아. 나는 인간의 저주야. 그러니 우리의 만남부터 언어로 새겨보자. 모두가 볼 수 있게. 그 시작은 엄마의 말이 좋겠어.

자연은 반복돼, 모우······

너머의 아이들

지금 '이것'은 너무 뚜렷하고 생생하여 영 꿈같지 않다.

제대로 말하자면 내가 태어났을 때. 발갛고 미끄러운 덩어리였을 때, 옹송그린 낙엽처럼 몸을 한껏 말아 인간이라기보다 단세포에 더 가까운 형상이었을 때. 나의 각막이 여물지 못해 빛이 수만 개의 바늘처럼 눈을 찌르고 녹슨 철근이 맞물리는 듯한 소음이 귀에 꽂히고 시리고 찬 공기가 내 피부를 사포처럼 문지르는 감각이 고통으로 느껴지던 때. 모든 자극이 아파 소리를 지른다. 놀이터 미끄럼틀 위에서 떨어져 인중이 찢어졌을 때보다 더 크게 말이다. 시리고 낯설어 내가 조금 전까지 있던 아득하고 포근했던 곳으로 되돌아가고 싶다. 그때 아직 이름을 짓지 못한 나에게 뿌리야, 하고 부르는 익숙한 목소리가 소음을 뚫고 들려온다. 뿌리야. 이번에는 다른 목소리다. 한때 나와 함께였던, 내게 귀가 만들어지기 전에, 내 피부가 모두 귀였을 때 온몸을 통해 듣던 목소리다. 순식간에 밖은 다시 안이 된다. 내가 가장 아늑하게 머물던 곳의 온도와 같아진다. 나는 쭈글쭈글한 손으로 그리운 그 온도를, 그 피부를 어루만진다. 까슬한 피부. 하지만 그 요철에는 언제든 긁혀도 좋다. 말을 해볼까. 입을 열어볼까. 당신이 그랬던 것처럼 나도 다정하게 당신을 불러볼까. 대뜸 사랑한다고 말해볼까. 하지만 아무리 생생해도 꿈이다. 꿈이 아니면 말해주었을 텐데. 이 세상의 다음 장을, 우리의 결말을, 우리가 다시 만날 방법을, 당신이 울지 않아도 되는 이유를.

다음 장의 공간은 강원도 춘천, 얼룩덜룩한 노란색 담장과 분홍색 페인트칠을 한 내 유년의 집이다. 십 년 다닌 회사의 퇴직금으로 꿈에 그리던 전원주택과 집에서 도보로 오 분 걸리는 문 닫은 슈퍼를 임대해 세계 식료품점으로 개업한 아빠의 청춘이 담긴 공간이기도 하다. 나는 그곳에서 아홉 살까지 살았다. 아, 평생을 살았다고 말해도 되겠구나. 중요한 건 내가 그 집에서 생겼을 때 앞마당에 심은 밤나무와 함께 무럭무럭 자랐다는 것이다. 물론 마당에는 상추와 깻잎, 가지, 토마토, 루꼴라와 바질도 자랐지만 태어나 뻗은 첫 가지를 잃지 않고 함께 자란 건 밤나무뿐이었다.

엄마는 가을이 되면 색이 짙고 모양이 예쁜 밤을 골라 꿀에 절인 조림을 만들었다. 그리고 나머지 밤들은 앙금을 만들어 떡에 넣거나, 밤식빵을 구워 이웃들에게 나눠주었다. 엄마는 그것이 훗날 내가 받게 될 관심과 사랑의 이른 보답이라 말했다. 이웃 사람들은 나를 볼 때마다 엄마가 건넨 밤식빵을 떠올렸을까? 풀풀 김이 피어오르는 부드러운 식빵에 콕콕 박힌 밤이 나처럼 느껴졌을까? 그래서 잠자리를 잡다가 계단을 굴렀을 때도, 두발자전거 연습을 하다가 오르막에서 미끄러졌을 때도, 학교 준비물로 가져가던 검은콩을 전부 바닥에 흘렸을 때도 그냥 지나치지 못하고 달려나와 도와줬던 걸까? 포슬포슬한 밤 같으니까. 나를 보면 밤이 생각나고, 밤이 생각나면 엄마의 이른 보답이 떠올랐던 것일 테지. 엄마가 뿌린 밤은 내게 연고와 반창고, 무릎 보호대와 헬멧, 말린 감과 밀크 초콜릿, 이발소의 소파 한편과 삶은 달걀로 돌아왔다. 나는 밤나무처럼 그런 것들을 먹고 무럭무럭 자랐고, 자라는 중이었다. 나는 얼마만큼 클 수 있었을까. 또래들보다 오 센티미터가량 더 컸으니, 분명 엄마랑 아빠만큼 컸을 텐데. 조금만, 아주 조금만 더 컸으면. 아빠가 먹으라던 튼튼 영양제를 하루도 거르지 않고 먹었다면, 식감이 별로였던 무말랭이를 거르지 않고 먹고, 냄새가 싫었던 오리고기도 입에 넣어주는 대로 먹었더라면 또래들보다 십 센티미터는 더 커져서 엄마 아빠처럼 큰 어른도 되고, 선발에서도 떨어졌을 거야. 이런 후회는 이제 그만 할까. 조금 지겨우니까.

썩은 밤이 떨어진다. 아빠가 정성스럽게 키운 상추 위로, 썩은 밤 한 알이 떨어지더니 곧 후드득 수십 알이 쏟아져내린다. 아홉 살의 가을이다. 나는 그날을 여전히 생생히 떠올린다. 역시나 이것은 지나치게 생생한, 오래된 꿈. 내복 차림으로 썩어 떨어진 밤을 줍다 그것과 눈이 마주친다.

손가락 같은 다섯 개의 촉수. 속이 투명하게 빛나는 초록색 몸통. 한때 친구들과 줄기차게 가지고 놀았던 미끌미끌한 점액질의, 크기 백 센티미터 정도인 그것에 사람들은 라틴어로 '방문한 손'이라는 뜻을 품은 합성어 비시타마라는 이름을 붙여주었다. 우리집 앞마당에 자리잡은 비시타마에게 나는 '밤무'라고 다른 이름을 붙여주었다. 나는 밤무를 만진다. 미끌미끌한 밤무의 표면이 순식간에 내 손을 집어삼킨다. 아프지 않다. 뜨겁거나 차갑지도 않다. 욕조 물에 손을 넣은 것 같은 느낌이다. 한참을 그렇게 밤무와 놀고 있을 때, 엄마의 비명이 들린다. 그리고 다음 장면. 나는 사방이 비닐 막으로 가려진 임시 치료소에서 눈을 뜬다. 방독면을 쓴 엄마 아빠가 보인다. 울고 있다. 두려워하고 있고, 다급하게 내 이름을 부른다. 어떻게 된 거더라? 이 사이는 왜 기억나지를 않지?

—네가 기절해 있었잖아.

─야아, 끼어들면 어떡해! 방해되잖아.

　불쑥 들려온 또래의 목소리에 주변을 살피지만 치료소 안에 내 또래로 보이는 아이는 없다. 조금 전에 들린 목소리는 뭐지? 내가 귀를 만지작거리자 귀가 아픈 것이냐고 엄마가 다급하게 물어온다. 누가 말을 걸어. 아픈 건 아니니 안심하라는 뜻으로 한 말이었는데 아빠는 더 놀라 울음을 터뜨렸고 엄마는 아까보다 더 격양된 목소리로 간호사를 찾는다. 치료소로 방독면을 쓴 어른이 여럿 들어온다. 굴비처럼 줄줄이 딸려 들어오는 사람들. 한 어른이 자신을 질병관리청 청장이라 소개하며, 모든 의료진이 투입되어 외계 생명체와 접촉한 사람들의 건강과 안전을 위해 최선을 다하고 있으니 걱정하지 말라고 크게 외친다. 그러자 치료소에 있던 모두가 입을 연다. 각자 자기 말만 할 뿐, 서로의 말을 들을 의지는 없어 보인다. 그 사이에서 아빠는 눈물 젖은 얼굴로 내 손을 꼭 잡았고 엄마는 발주를 잘못 넣어 유통기한이 짧은 식료품이 다섯 박스나 배송되었을 때보다 심각한 얼굴로 그들을 쳐다보고 있다. 여기 있어봤자 도움 되는 거 없어. 엄마는 그렇게 중얼거린다. 당신도 알잖아, 우리도 겪어봤잖아. 믿어봤자 발등만 찍히는 거. 집으로 가자. 아빠에게 통보하듯 말하고 어수선한 사람들 틈을 비집고 들어가 관리자에게 따지는 엄마가 보인다. 뭐라고 하는 걸까? 나는 화가 나 경직된 입술로 이야기하는 엄마를 주시한다. 관리자가 손을 내저으며 빠져나가려고 하자, 엄마가 그를 붙잡으며 더 큰 소리로 외친다. 나는 엄마가 화내는 걸 원치 않는다. 흥분한 엄마의 몸은 쓰러지거나 피부에 열이 올라 붉어지고는 했으니까. 가서 말리라는 의미로 아빠의 옷자락을 붙잡아 흔든다. 아빠는 나를 두고 가도 될지 망설이다가 잠시만 기다리라며 엄마에게 달려간다. 주위는 온통 급식실 칸막이 같은 투명한 막뿐이다. 보호자들은 전부 방독면을 쓰고 있다. 임시로 설치된 커다란 모니터에서 뉴스가 흘러나온다. 아빠가 좋아하는 아나운서다. 아빠는 저 아나운서가 깔끔하고 성실해 보여서 좋다고 말했다. 아빠가 즐겨 보는 예능 프로그램에 저 아나운서가 출연한 적이 있는데 그때 아빠에게서 점수를 땄다고 할 수 있지. 웃을 때 눈이 크게 휘어지고, 나긋나긋한 목소리를 가진 아나운서인데 지금은 웃지 않고 목소리도 굳어 있다. 화면 한편에 내가 보았던 밤무의 사진이 걸려 있다. 나는 느릿하게 자막을 따라 읽는다. 전 세계에 출몰한 정체불명의……

그래도 가자. 가야 해. 엄마는 결단을 내린 표정으로 돌아온다. 엄마를 진정시키려는 아빠를 온몸으로 밀어내면서. 믿어? 당신 믿음이 가? 믿어져? 나는 못 믿어. 이런 사태가 났을 때 제대로 국민을 구한 적이 있어야지! 엄마는 울 것처럼, 내가 이미 죽기라도 한 듯, 단단히 잘못될 걸 예상이라도 한 듯이 말을 한다. 엄마는 미래를 보는 사람이었을까? 딱 알았으니까. 하지만 그럴 리 없겠구나. 정말 미래를 봤다면 그 미래를 피했어야지.

엄마는 절박해 보인다. 불안하고 슬퍼 보인다. 안쓰럽다.

엄마가 내 몸과 연결된 주삿바늘과 호흡기를 전부 빼고 나를 안아든다. 엄마는 쓰고 있던 방독면을 내게 씌우고, 혼란한 사람들 틈을 파헤치고, 도망가는 사람이라고는 믿기지 않을 만큼 당당한 걸음으로 비상계단으로 향한다. 대부분 청장 아저씨 곁에 머물고 있었기에 우리는 생각보다 수월히 주차장과 연결된 관리자 통로로 치료소를 빠져나온다. 주차된 우리 가족 차에 올라탄다. 엄마는 나와 함께 뒷좌석에 앉아, 창문 틈에 전부 테이프를 붙인다. 차가 출발하고, 주차장 입구를 지키고 있는 직원 두 명이 멈추라 봉을 흔들지만 엄마는 멈추지 마! 그냥 가! 달려! 하고 외친다. 무서워하는 나를 꼭 끌어안는다. 아빠는 엄마의 말을 따라 속도를 더 높인다. 우리는 아슬아슬하게 사람들 사이를 지나쳐 그곳을 벗어난다.

거리는 황량하다. 인적이 없고, 겨울이 성큼 찾아온 것처럼 모든 가지가 앙상하다. 겨울이야? 조그맣게 흘러나오는 라디오 뉴스 소리를 뚫고 엄마에게 묻는다. 하지만 엄마는 누군가에게 전화를 거느라 내 질문을 듣지 못한다. 이제 겨울이 왔어? 나는 다시 묻는다. 겨울이 오지 않은 지 꽤 되었기에 나는 약간 상기되어 있었다. 겨울이 오면 눈도 올 테니까. 하늘에서 얼음이 쏟아진다니까, 그게 무척 기대되었다. 내 질문에 대답한 건 아빠였다. 아니, 아니야. 겨울이 온 건 아니란다. 아빠의 목소리가 침울하다. 그래? 그럼 왜 나무들이 다 잎을 버렸어? 내가 다시 물었지만, 그때 이모와 통화가 연결된 엄마의 다급한 목소리가 들린다. 엄마는 나를 이모 집에 맡기려 하고 있다. 싫지만, 싫다고 말할 수 없어 나는 입을 다물고 밖을 내다본다. 그리고 그제야 밤무가 나무에 붙어 있는 것을 발견한다. 아니, 밤무가 아니라 밤무의 친구이거나 친척이거나 가족일지도 모르는 것들이 모든 나무에 붙어 있다. 세상이 꼭 망한 것처럼 보인다. 라디오 뉴스에서 인류의 최후라 말한다.

엄마 아빠가 대문을 막은 접근 금지 테이프를 뜯고 들어간다. 마당 곳곳에 빛이 반짝이는 막대기가 꽂혀 있다. 이건 뭐지?

—방사능 검사기야.

나는 걸음을 멈추고 주위를 휙휙 둘러본다. 어디서 들리는 소리지?

—끼어들지 좀 마.

—이제 깨워야 하는 거 아니야?

이리저리 살펴보다 유리창에 비친 두 명의 아이를 발견한다. 우리는 눈이 마주친다. 저 아이들이 우리집에 있는 건가?

생각한 찰나, 아빠가 창문을 열며 엄마와 나에게 들어오라고 손짓한다. 도로 창문이 닫힌다. 그들은 사라진 뒤다.

우리는 아주 간단히 짐을 챙겨 집을 나선다. 엄마는 내 책가방에 꼭 필요한 짐을 챙겨넣으라 말했다. 더 가져가고 싶어도 그럴 수 없다고. 어느 한순간 버려야 할 때가 올 거라고. 길에 버릴 바에야 집에 두고 가는 것이 낫다고. 하는 수 없이 콘솔게임기와 태블릿 정도만 챙긴다. 가장 필요해서는 아니다. 버리면 다시 사도 되는 것들이다. 정말 중요한 것들, 생일에 받은 편지, 친구들과 찍은 사진, 비밀 일기장은 두고 간다. 이런 건 다시 살 수 없다.

차 뒷좌석에 타려는데 누군가 다급하게 달려오는 소리가 들린다. 옆집에 사는 정씨 아주머니다. 보지 않았지만 알 수 있다. 이 역시, 왜지?

잔뜩 경계하며 나를 자신의 뒤로 숨겼던 엄마는 발소리의 주인이 정씨 아주머니인 것을 알고 한시름 놓은 듯하지만, 여전히 나를 등뒤에 숨긴 채 아주머니를 응대한다. 평소라면 나를 앞세워 인사하라고 했을 엄마인데. 정씨 아주머니는 단백질 바를 가득 담은 종이 쇼핑백을 내민다. 다니네가 어디 가는지는 모르겠는데, 여기 근처 슈퍼랑 식당 싹 닫았어. 가다가 끼니 챙길 곳이 없다는 말이야. 그러니까 이거 가는 길에 먹어. 이게 식이섬유랑 단백질이 많아서 좋아, 응? 그리고 이건 밤이야. 작년에 다니 엄마가 준 거, 내가 졸여났거든. 가는 길에 이거 먹어.

정씨 아주머니가 내민 쇼핑백을 엄마는 두 손으로 받는다. 고맙다고 고개 숙이고, 잘 먹겠다고 고개 숙이고, 건강하시라고 고개 숙이고, 다시 보자며 고개 숙인다. 정씨 아주머니는 엄마의 어깨를 가볍게 두드리고 나에게 다가온다. 눈높이를 맞춰 앉아, 내 손을 포개 잡더니 돌연 나를 끌어안으며 등을 쓰다듬는다. 걱정하지 말라고 말한다. 다니야, 걱정하지 마. 무서워하지 마. 아무 일도 없어. 아무 일도 없게 할 거야. 정씨 아주머니의 목소리가 다정하게 닿는다. 하지만 나는 아니라고 말하고 싶다. 그런 욕구가 든다. 나도, 그리고 나보다 두 살 어린 정씨 아주머니의 환이도, 다 무사하지 못할 거예요. 환이와 내가 함께 다닌 글짓기반 아이들 모두가 무사하지 못할 거예요. 무서워하세요, 아주머니. 두려워하세요. 일이 벌어졌는데 어떻게 아무 일도 없길 바라시나요?

엄마는 방범창을 전부 작동시키고, 대문을 삼중으로 잠근다. 아빠는 다 죽은 마당을 둘러보다 눈물을 훔치고 차에 오른다. 우리는 태백산 밑에 자리한 이모네로 향한다. 길에 심어진 소나무가 전부 옆집 아주머니가 키우던 누렁이 같은 치즈빛이다. 소나무 색이 다 바뀌었어! 어쩐지 예뻐 보여 큰 소리로 외쳤더니, 돌아오는 대답은 차갑기 그지없다. 병에 걸린 거야,

소나무가 걸리는 병. 저 소나무들은 다 죽은 거란다. 나는 죽은 소나무들을 보며 생각한다. 죽어서야 물들 수 있다니. 살아 있는 동안 단풍이 얼마나 부러웠으면.

이모가 대문을 열고 기다리고 있다. 차가 들어갈 수 있도록 재빠르게 대문을 더 활짝 연다. 이모의 집 담벼락처럼 자리잡았던 소나무들도 전부 치즈처럼 늘어져 있다. 그 뒤로 펼쳐진 태백산은 거뭇거뭇하다. 꼭 한겨울이 된 것만 같다.

고양이와 둘이 사는 이모는 필요한 에너지와 자원 대부분을 스스로 얻어 사용한다. 천장과 마당에 태양광 에너지 시스템을 설치해 전기를 얻고, 식재료는 지하에 만든 거대한 실내 재배지에서 얻었다. 여기면 무슨 일이 터져도 몇 달, 아니 몇 년은 버틸 수 있을 거야. 엄마는 안도하며 말한다. 이모는 그래 보이지 않지만. 이 상태로라면 버틸 수는 있겠지, 그렇지만 알아둬. 이모가 단호히 말한다. 전쟁이 나면 다 소용없어. 이모의 말에 엄마가 고개를 젓는다. 전쟁은 안 날 거야, 그럴 일은 없어. 확신보다 자기 암시에 가까운 중얼거림. 그런데 전쟁이라는 단어를 듣는 순간 머릿속에서 불꽃이 튄다.

전쟁은 이미 했어.

이모와 엄마의 시선이 동시에 나에게 향한다. 나는 이어 말한다. 말이 막히지 않는다. 쏟아지는 기분이다. 내가 이걸 어떻게 아는 걸까? 의구심이 들지만 그걸 고민할 새도 없다.

전쟁은 했고, 인간이 졌어. 궁지에 몰렸어. 해결할 수 있는
건 아이들이 밤무의 우주선에 몰래 침입하는 것뿐이야. 아, 밤
무는 비시타마야. 밤무와 크기가 비슷한 건 아이들밖에 없으
니까. 어른은 못 들어가. 많은 어른이 반대했지만 또 더 많은
어른이 어쩔 수 없다고 했어. 안 그러면 다 죽을지도 모르니
까. 밤무는 식물을 빨아먹어. 소나무, 은행나무, 해바라기, 들
꽃, 상추랑 깻잎…… 전부 다. 지구가 비쩍비쩍 말라가고 먹을
게 사라지니까, 그러다간 다 죽을 게 뻔하니까, 키가 백오십
센티미터 이하의 아이들을 데리고 가. 밤무와의 전쟁에서 죽
는 건 식물과 아이들밖에 없어.

하고 싶은 말이 더 많은데 엄마가 버럭 화를 낸다. 무슨 소
리를 하는 거냐고 야단친다. 아빠가 나를 데리고 이층으로 올
라간다. 장난도 봐가면서 쳐야지, 지금 농담할 상황이 아니잖
니. 아빠를 끌어안으며 나는 입을 다문다. 농담인가? 조금 전
떠오른 모든 건 내 상상이었을까?

—내버려뒀다가는 결국 다 말하겠어, 그만 깨우자. 이 정도
면 충분해.

또 소리가 들려오고. 계단에 난 창으로 아까 보았던 아이들
이 보인다. 나는 저 아이들을 알고 있다. 불현듯 그런 확신이
든다. 왼쪽 아이의 이름은 '조베이', 그 옆은 '카보'. 왜 알고
있지? 그 생각이 든 순간, 벽과 계단이 깨지며 뒤틀린다. 계단

이 후드득, 밤처럼 떨어지고 그 밑은 어두운 허공이다. 아빠가 허공을 오른다. 계단이 없어진 줄 모른다. 내 몸이 아빠에게서 떨어져 허공에 두둥실 떠오른다. 아빠에게서 멀어지지 않기 위해 발버둥치지만, 아빠는 허공의 계단을 오를수록 내려가고 나는 몸부림칠수록 떠오른다. 아빠를 부르지만 내 목소리는 나보다 더 높이 떠올라 흩어진다. 지붕보다 높이, 태백산보다 높이 솟은 몸은 끊임없이 하늘로, 구름까지 뚫고 떠오르다 어느 한순간 지구 밖으로 폭! 튀어나간다. 우주에서 지구를 본다. 내가 아주 잠깐 머물다 간 행성이다. 내가 태어날 땐 저 모든 대륙과 바다가 나를 위해 존재하는 것 같았지만, 나는 그것들을 다 누리지 못한 채 죽었다. 나는 안다. 내가 죽은 것을. 나는 가장 완벽하게 태어나 가장 초라하게 죽었다는 것을. 비시타마를 죽이기 위해 가장 먼저 죽어야 했던 것을. 우주여서 그런가. 숨의 크기가 작아진다. 답답해지고, 앞이 흐려진다. 선명했던 지구가 뭉개진 구슬처럼 보인다. 주변에 떠 있는 작은 빛들은 비시타마의 우주선일까? 아차, 못했던 말이 떠오른다. 밤무는 나쁜 애가 아닌데, 그걸 엄마랑 아빠가 알아야 하는데. 밤무는 그저 배가 고팠던 것뿐인데. 밤무는 앞마당을 죽인 게 아닌데. 밤무가 싼 똥에 얼마나 빨리 식물이 피어나는지 엄마랑 아빠는 모를 텐데. 농약을 너무 쳐서 죽었다던 그 땅도, 밤무가 똥을 싼 후에 살아났는데. 그걸 마을 어른들은 못

본 걸까, 못 본 척하는 걸까, 아니면 봤어도 별 상관 없는 걸까? 아무쪼록 밤무는 죽이지 않았으면 좋겠는데……

"눈떠!"

외마디 외침과 함께 정신을 차린다. 거대한 스크린에서 시린 빛이 쏟아지고, 그 빛을 등지고 선 두 명이 보인다. 유리창 너머로 보았던 조베이와 카보다.

"돌아온 건가?"

"눈빛이 아직도 꿈꾸는 거 같은데."

두 사람이 나를 보며 쑥덕인다. 나는 그들과 상관없이 주변을 살펴본다.

"돌아왔나보다. 다니, 괜찮아? 여기가 어디인지, 우리가 누구인지 알아보겠어?"

"……조베이, 카보."

조베이와 카보는 내가 이곳에 왔을 때부터 있던 친구들이다. 이곳에 온 최초의 희생자 기수. 카보의 말에 따르자면 그때 당시 이곳에 온 이들이 대략 삼만칠천 명이었다. 전부 성년이 되지 않은 아이들이었고 그중 사 분의 일은 영유아였다. 그제야 또렷해지는 기억 중 하나, 나와 함께 이곳에 온 삼백 명도 모두 내 또래였다. 신장 백오십 센티미터를 넘지 않아야 한다는 조건에 충족되는 건 내 또래들이었다. 나는 잠시 현실을 받아들인다. 현실감각은 마구잡이로 피부에 흡수된다. 이곳이 현실이다. 방금 전까지 있던 그곳이 아니라.

내가 몸을 일으키려고 하자 조베이가 다가와 부축한다.

"일어날 수 있겠어?"

"밖을 보고 싶어."

나는 조베이의 손을 잡고 엉거주춤 걷는다. 카보가 우리보다 먼저 달려가 암막 커튼을 걷고 창문을 연다. 쏟아지는 빛이 스크린의 빛과 비교할 수 없을 만큼 강렬해, 나는 있는 힘껏 눈살을 찌푸린다. 참새와 비둘기 울음소리가 뒤섞여 들리고 무성하게 자란 잎이 서로 마구 부대끼는 소리가 들려온다. 눈이 빛에 적응하자 선명한 초록이 눈앞에 펼쳐진다. 커다란 나무 기둥이 보인다. 마지막으로 보았을 때는 나무 꼭대기가 보였는데.

"시간이 얼마나 지났어?"

"십오 년. 오래 지났지?"

"말도 안 돼. 내가 구 년을 살았는데, 어떻게 십오 년을 볼 수 있어?"

"네가 깨지 않고 계속 돌렸으니까. 네가 깼으니, 이제야 네 부모의 시간도 흘러가기 시작했어."

내가 누워 있던 침대 반대편에 엄마와 아빠가 나란히 누워 있다. 그들은 조금 전까지 내가 보았던 모습과 다르다. 액체가 담긴 원통 안에 갇혀 있고, 머리카락을 전부 밀어놓은 상태다. 깊이 잠든 얼굴. 돌연 엄마가 입을 크게 벌리며 소리 없는 비명을 지른다. 원통에 새겨진 디스플레이에 스트레스 치수가 순식간에 치솟다 측정 불가가 뜬다. 곧 아빠의 디스플레이도 엄마와 별다를 것 없이 바뀐다.

"네가 죽은 걸 알게 된 거야."

"죽은 게 아니고 깨어난 건데. 그걸 말해주면 안 되겠지?"

내 애절한 목소리가 무안할 정도로 조베이가 단번에 고개를 젓는다.

"다음 관문에서 통과되길 빌어보자."

"그러다 내가 나이들어 먼저 죽으면 어쩌지?"

거울처럼 반사되는 검은 유리벽에 비친 나를 본다. 조베이와 카보는 자신을 열한 살이라 소개하지만 보이는 외관은 노인에 가깝다. 그리고 나는, 엄마의 모습을 하고 있다.

카보가 내 말에 웃음을 터뜨린다.

"다니, 우린 이미 부모보다 먼저 죽었어."

그게 뭐가 문제야? 라는 듯이.

"가자, 친구들이 기다려. 네가 프로그램에서 나온 걸 보면 반가워할 거야."

조베이의 손을 잡고 느릿하게 걷는다. 그래도 막 일어났을 때보다는 걷는 게 훨씬 수월하다.

"흰은 죽었어, 이 년 전에. 도루마는 반년 전에 다시 접속했는데 아마 숨쉬는 상태로는 일어날 생각이 없어 보여."

"거기서 죽겠다는 거지."

"부모 곁에서."

"좋은 결정이지. 다니, 네가 조금만 더 빨리 나와서 도루마랑 작별인사를 할 수 있었으면 좋았을걸."

"깨우지 그랬어."

두 사람이 주고받는 말을 가만 듣다 말을 얹는다. 진심은 아니다.

"그 말, 진심 아니잖아?"

역시 조베이에게는 통하지 않는다.

"아 참, 그리고 하나 더 알아야 할 게 있어."

카보가 무게감 있는 목소리로 말한다.

"네가 과거 기억을 되짚는 사이에, 현재 시간선에서 또다시 전쟁이 일어났어. 비시타마 진압이 실패로 돌아가고 인간들은 비시타마가 찾지 않는 북쪽과 남쪽으로 대거 이동을 시작했는데 이미 그곳도 인구가 많아 난민을 거절한 거야. 그래서……"

"그래서 난민을? 토착민을?"

"둘 다. 서로를."

"죽였구나. 어린이가 늘었겠구나."

"사만일천 명."

"비시타마를 상대할 때보다 더 많네."

"비시타마의 우주선에 아이들을 집어넣을 때는 죄책감을 느꼈겠지만, 자기들끼리 벌인 전쟁에는 죄책감이 없었겠지. 너희가 살 곳을 위해 벌이는 일이라는 이유로 책임감을 좀 떠넘겼겠지."

"이러다 정말 어른이 한 명도 안 넘어올지도 모르겠어."

카보의 걱정스러운 말투에 조베이가 대꾸한다.

"그게 뭐가 문제야? 오히려 좋은 거 아니야? 어른이 오면 여길 또 통제하려고 들 거야. 자기 말을 들어야 한다면서. 그러다 또 전쟁을 일으킬 거고. 이 평화를 깰 거야. 나는 이렇게 어린이들끼리 있는 게 좋아. 다니, 너도 그렇지?"

조금 전까지 프로그램에 접속한 탓인지 노인의 얼굴을 하고 내뱉는 조베이의 말이 이질적으로 느껴진다. 틀린 말은 아니다. 이곳에서는 모두를 어린이라 부른다. 여전히 장난감을 좋아하고, 단것을 찾아서는 아니다. 시간이 흘러감에 따라 그런 것들은 자연스럽게 멀어진다. 정신이 찾지 않게 될 때 어떤 상태에서 멀어지는 것은 매우 당연한 일이므로. 우리는 이제 사색을 즐기고, 숲을 걷고, 들꽃을 돌보며 청결을 신경쓴다. 그것이 어른이 되었다는 뜻은 아니다. 이곳에 어른은 없다. 나보다 외모가 훨씬 늙은 조베이와 카보도 어른이 아닌 아이이며, 친구다. 우리는 어린이일 때 죽음이라는 관문을 통과해 프로그램에서 깨어났으므로. 어른이 될 기회를 박탈당한 채 현실로 돌아왔으므로.

"잘 모르겠어."

내 대답에 조베이와 카보의 걸음이 멈춘다.

"너 너무 오랫동안 꿈을 꿨나보다. 부작용이야."

"누구나 오랫동안 한곳에 머물면 그곳을 그리워하기 마련이지."

"금방 원래대로 돌아올 거야."

"접속 시간에 대한 규제가 필요해. 다음 전체 회의 때 안건을 내보자. 요즘 장기 접속자가 늘기도 했잖아."

두 사람이 쉴새없이 말을 주고받는다. 내가 반박하거나 다른 말을 할 틈을 주지 않으려는 것이다. 조베이와 카보는 어른에게 적대적이다. 그뿐만 아니라 한 번도 꿈을 꾼 적 없다. 이곳의 아이들은 끝내 집과 어른을 그리워한다. 그건 저항할 수 없는 힘이다. 어른이 우리를 죽음으로 몰았고, 고통스럽게 했고, 서글프게 했고, 굶주리게 했고, 두려워하게 했고, 허무하게, 허망하게, 허탈하게, 체념하고 실의에 빠지게 하고 낙담하고 비관하게 만들었지만 우리는 언제고 그들이 용서를 구하면 기꺼이 그렇게 해줄 수 있다. 왜일까? 우리가 닿아야 할 도착지라 그런 걸까? 아니면 적어도 내 눈에 나의 부모가 그래 보였듯이 안쓰럽게 느껴서일까. 여전히 이유는 모르겠지만 중요한 건 이곳의 아이 대부분이 그들의 어리석음을 용서해줄 준

비가 되어 있다는 점이다. 그들이 알아야 할 텐데. 얼른 깨닫고 모두가 사과한다면 그들이 스스로 파놓은 그 지옥에서 우리가 꺼내줄 수 있을 텐데.

"어른이 한 명도 깨어나지 못할 거라고 누구도 예상하지 못했을 거야. 개발자를 깨우자. 세팅을 다시 맞춰야 해."

내 말을 들은 두 사람의 얼굴이 서늘해진다.

"무고한 인간만이 진짜 삶을 찾을 수 있어."

"이게 이 세계의 규칙이야. 종말이 반복되지 않기 위한 유일한 답이라고!"

조베이의 말을 이어받아 카보가 소리친다.

"그들이 스스로 결정해서 만든 세계야! 누구도 등 떠밀지 않았어. 이기적이고 무지해서 자꾸 모든 걸 죽이니까, 그러지 않겠다고 만든 거잖아. 무고한 인간만이 실제 지구에서 살 수 있다. 아주 간단한 기준이야. 그 관문을 통과 못한다는 건 깨어날 자격이 없다는 거야."

카보의 말이 맞다. 지금 이 세계의 시스템을 만든 건 그들이다. 너무 많은 약탈과 분쟁, 만연한 굶주림과 치우친 풍요, 끊임없는 총성과 괴성, 예정된 멸종과 완전한 멸종, 사막과 바다. 어디를 둘러봐도 온통 서로 뒤섞이지 않는 모래와 물뿐인 행성. 원인을 찾아야 한다고, 이곳에서 버텨야 한다고, 어떤 방법이든 동원해야 한다고 의견이 모였을 것이고, 그러던 중 그 개발자가 제안했을 것이다. 그가 한 연설은 시스템에 정확하게 기록되어 있다.

(중략) 모두 시험을 봅시다. 시험을 통과해야 하는 겁니다. 우리 모두 시험을 보며 살아오지 않았습니까? 삶에도 자격과 시험이 필요한 겁니다. 잘잘못을 따져 무엇하겠습니까? 우리 모두의 잘못입니다. 삶에 대한 인간의 유난한 애착과 불안, 인정 욕구 따위가 지금 우리를 이렇게 만든 거라고요! 이건 특정 누군가의 잘못이 아닙니다. 우리 모두의 잘못입니다. 그러니 다 함께 시험을 치릅시다. 정교하게 구축된 가상 세계에서 무고한 사람만이 현실로 깨어날 수 있는 겁니다. (중략) 타인을 살해하지 않은 자, 타인을 희생시키지 않은 자, 타인을 불행하게 하지 않은 자, 타인에게 분쟁을 종용하지 않은 자, 타인을 시기하거나 질투하여 물리적 해를 가하지 않은 자……(중략) 이 모든 것으로부터 무고한 인간만이 가상 세계에서 죽음을 맞이한 후 진정한 현실, 지구라는 천국, 온전한 이데아로 돌아오는 겁니다. (중략) 이 엄청난 형식은 잠든 동안 당신의 몸이 노화에 지지 않도록 도와줄 것입니다. 꿈꾸는 동안 현실은 완전히 잊을 것이고, 그 꿈속이 현실인 줄 알 것입니다. 이 시스템에는 인류의 역사를 응축시킨 모든 데이터가 저장되어 있습니다. 역사를 되풀이할 것입니다. 그 속에서 현명하고 지혜롭고 숭고한 선택을 한 이들만이 죽음 뒤 이곳에 올 것입니다. 어떻습니까, 여러분. 죗값을 치르는 겁니

다. 이건 기술이 우리에게 준 가장 큰 선물입니다.

　따지고 보면 그 개발자는 분쟁을 일으킨 쪽, 치우친 풍요 속에 있던 쪽, 총성과 괴성으로부터 귀를 막아버린 쪽일 텐데 어른들은 절박했고, 그래서 무엇이든 해야 했으니까. 모두가 찬성하지는 않았다. 과반수가 찬성했다고 기록되어 있다. 반대한 사람들이 어떻게 됐는지 안다. 수선집 할아버지는 본인 나이 구십칠 세에 얼마나 더 살 수 있겠느냐며 접속을 반대했다. 우리 반 솔희의 부모님도 접속에 반대했다. 옆 반 선생님도 그랬고, 자기 그릇을 직접 만들어 파는 누나도 그랬다. 생각해보면 내 주변에는 찬성보다 반대가 더 많았는데. 어쨌거나 그들은 자신들의 순서가 오기 전에 도망쳤거나, 도망가려 시도했지만 노란 제복을 입은 사람들에게 잡혀 끌려갔다. 아빠는 커튼 틈으로 끌려가는 사람들을 지켜봤고, 아빠 품에 안겨 있던 나도 그들을 보았다. 할아버지는 무어라 삿대질하며 소리를 치더니, 수선집 문을 단단히 걸어 잠근 뒤 뒷짐을 지고 제복 입은 사람들보다 앞서 걸었다. 할아버지도, 옆 반 선생님도 가상 세계에서 다시 만났다. 그들은 그곳이 가상 세계인 줄도 모르고 다정한 얼굴로 나를 향해 웃어주었다. 물론 나도 죽은 다음에야 그곳이 가상 세계인 줄 알았지만. 솔희의 가족은 보이지 않았다. 우리 반 창가 자리에서 화분에 물 주는 일을 맡았던 담당자가 솔희였다는 사실을 죽은 후에야 떠올렸다. 솔희의 가족은 노란 제복들에게 잡히지 않고 잘 숨은 걸까?

"세계를 넘어온 어른은 없어, 아직. 한 명도."

카보의 목소리에 멀게 뻗어나갔던 생각을 붙잡아 온다.

"그게 무슨 뜻인지 너도 잘 알잖아, 다니."

"알지만……"

비시타마는 가상 세계의 우주 침략자다. 인간이 지닌 원초적 두려움에서 태어났다. 숱하게 마주해야 했던 숲 너머의 존재. 지키기 위해 죽이고 희생시킨 문명의 음각. 인공지능이 만들어낸 인류의 미래는 예견된 두려움으로 가득했고, 인간의 행동은 그전과 크게 다를 바 없었다.

"너희 반 친구 중에 누가 살아남았지?"

"우리 엄마 아빠가 벌인 일이 아니잖아."

"누가 살아남았느냐고 묻잖아."

카보가 재차 묻는다. 조베이가 카보를 말린다. 이 상황의 모든 것이 불편하다. 나는 한풀 꺾인 목소리로 대답한다.

"없어."

비시타마를 없애기 위해서는 결국 그들이 타고 온 우주선을 파괴해야 한다는 최종적인 결론. 하지만 그 과정에 도달하기까지 빠진 것들이 너무 많았다는 걸, 모두가 모르지는 않았을 텐데. 비시타마는 실제로 존재하는 침략자가 아니라, 인간의 두려움을 뭉쳐 만든 가상의 침략자였기에 인간을 공격하지 않는다. 대신 21세기 인간이 가장 두려워했던 생태계의 파괴와 식량 고갈을 몰고 왔으며 동시에 그 시대 인간이 가장 간절히 바라왔던 아득한 희망 역시 동반했다. 비시타마가 쓸고 간 자리는 한동안 폐허처럼 존재했다가 어느 한순간 비옥한 땅이 되어 씨앗을 틔운다. 그 흐름은 아주 미미해서 유심히 관찰하지 않으면 알아차리기 힘들다. 그런 건 아이들이 안다. 어른들은 책상에 앉아서, 모니터를 보고 방법을 찾아내지만 그들이 그러는 동안 우리는 흙을 밟고, 모래를 쌓고, 하늘을 보고, 비시타마에게 이름을 붙여주었으므로. 우리는 바라보고 판단하지만, 그들은 판단하고 바라본다. 어른이 될 때, 그렇게 된다.

어린아이 정도의 크기였던 비시타마. 외부에서는 어떤 공격으로든 꿈쩍하지 않는 우주선을 파괴하려면 내부로 침입해 안에서부터 망가뜨려야 한다는 전략. 몸집이 작아야 한다. 손이 투박하지 않아야 하고. 몸이 유연하여 어떤 곳이든 몸을 욱여넣을 수 있다면 최적이지. 그리고 무엇보다 비시타마와 한번 접촉하여 면역이 생긴 존재라면 더더욱 좋다. 프로그램을 돌려보면 어떤 이야기들을 나누고 있는지 알 수 있다.

"아이들이 좋겠습니다."

"어떻게 아이들을 전쟁에 끌어들이려고 하십니까? 제정신입니까!"

"아이가, 언제 전쟁에 희생당하지 않은 적 있습니까?"

"이보세요!"

"뭐가 다릅니까. 그때는 억울하게 죽었다면 지금은 사람을 구하고 죽는 겁니다."

한동안 떨어져 있던 친구들은 1차 선발팀에서 다시 만났다. 우리는 항공우주소년단 단복 같은 남색 셔츠에 바지를 입었다. 판박이 스티커마냥 몸에 숫자와 바코드를 새겼다. 그리고 입술과 잇몸 사이에도 아주 작은 칩을 하나씩 끼워넣었다. 한동안 먹지 못했던 초코 디저트도 식사 때마다 잔뜩 먹을 수 있었다. 우리는 소풍을 간 듯이 신이 났다. 선생님도 그곳에서 만났다. 우리와 똑같은 옷을 입은 선생님은 수업이 아닌 놀이를 가르쳐주었다. 우리는 몇 날 며칠, 선생님과 함께 춤을 추며 놀았다. 하루에 한 번은 거대한 강당에 모여 우주선 내부를 스캔해 만든 모형에 기어들어가야 했고, 거대한 기계에 손을 넣어 전선을 뽑는 훈련을 해야 했지만 선생님과 반 아이들과의 시간이 행복해 그런 것쯤은 견딜 수 있었다. 거의 한 달 동안 그렇게 지냈는데, 그동안 엄마와 아빠는 만날 수 없었다. 보고 싶었지만 견딜 만했다. 내가 떠날 때, 이모가 우리집으로 오는 걸 봤기에 안심할 수 있었다. 울부짖는 엄마를 두고 가는 건

쉽지 않았지만 아빠보다는 이모가 엄마를 더 잘 달래주니까.

한 달 만에 엄마를 만났을 때, 엄마는 울지 않았다. 대신 넋이 나가 있는 듯 보였다. 입술과 입술 주변이 전부 하얗게 텄고, 움푹 파인 눈가는 거뭇거뭇했다. 푸석푸석한 손과 유일하게 촉촉한 눈.

다니야, 뭐가 먹고 싶어?

엄마의 물음에 나는 해맑게 대답했다.

여기서 매일 케이크도 먹고, 과자도 먹고 마시멜로도 먹고 초콜릿도 먹어! 그래서 먹고 싶은 거 없어!

그래도 엄마가 해준 것 중에 먹고 싶은 거 없어?

음…… 근데 사실 엄마가 해준 카스텔라보다 맛있는 건 없어. 그게 제일 맛있어.

그래. 엄마가 다니 오는 날 맞춰서 카스텔라 해놓을게.

엄마 그날은 망고 크림도 넣어주면 안 돼?

엄마는 늘 열량을 신경썼고, 비정제 탄수화물과 단백질, 채소 위주의 식단을 고집했다. 그리고 이따금 집에서 본인이 직접 카스텔라를 만들었는데, 내가 칭찬받을 일을 하거나 위로가 필요한 순간에는 달콤한 이탈처럼 그 안에 망고 크림을 넣어주었다. 세상의 그 어떤 디저트보다 환상적이라고, 자신 있게 말할 수 있었다.

그래, 망고 크림 잔뜩 넣을게.

그리고 우주선에서 죽은 뒤, 가상 세계 너머의 이곳에 왔을 때 나는 엄마의 세계를 돌려 보았다. 엄마는 내가 죽었다는 소식을 듣기 전까지, 나흘 동안 하루도 빠짐없이 카스텔라를 만들고 망고 크림을 만들었다. 그것만 할 수 있게 만들어진 로봇처럼.

"망고 크림 카스텔라가 먹고 싶어."

혼잣말처럼 중얼거린다. 언젠가 분명 먹어보았던 맛이, 까마득하게 혓바닥 안에 잠겨 있다 스멀스멀 올라온다. 포근하고 폭신폭신했던 카스텔라를 어떻게 잊지?

카보가 나를 끌어안는다.

"너는 늘 그리워했어. 그래서 이번에 또 접속한 거고. 하지만 더는 안 돼. 옛 기억을 되짚으며 네 세월을 허송으로 날릴 수 있어."

"이렇게 있다가는 어른을 그리워하는 아이들만 많아질 거야. 그럼 여기도 불행해질 거야. 이건 어때? 어른들도 모두 아이였던 적이 있잖아. 어른을 모두 아이로 만들어버리자. 시스템을 만지면 가능할지도 몰라."

"한번 어른이 된 사람은 아이로 돌아갈 수 없어."

카보가 단호하게 말한다.

"단 한 명의 어른이 오면 우린 그 어른을 신처럼 모셔야 할 거야. 두 명의 어른이 오면 우린 두 사람의 비위를 맞추느라 눈치를 볼 거야. 세 명의 어른이 오면 우린 노동을 해야 할 거야. 더 많은 어른이 오면 불행이 반복될 거야."

"……카스텔라가 먹고 싶어."

"다니, 잊지 마. 그들의 두려움에 우리는 희생되었어."

카스텔라가 먹고 싶다. 따뜻하고, 폭신폭신한.

꿈을 꾸는 대신 엄마의 꿈을 훔쳐본다. 엄마는 다를 게 없이 주방에서 카스텔라를 만든다. 거실에는 나의 유골함과 영정 사진이 있다. 아빠가 그것을 계속 닦는 동안 엄마는 반죽을 한다. 그러다 그때처럼, 움푹 파인 눈으로 주방 창밖을 바라본다. 윤기를 잃은 머리카락이 창문으로 불어오는 바람에 툭툭 끊어져 떨어진다. 나는 화면을 확대해 엄마의 눈과 눈을 맞춘다. 엄마 눈동자 속의 조그만 창. 그 창을 열고 이리 오라고 말하고 싶다.

화면 한구석에 새로 오게 된 아이들의 숫자가 뜬다. 이백칠 명. 학교 하나가 파괴되었다. 저곳 어딘가에서 반복되는 불행으로 인해.

여러 화면을 띄운다. 거리를 걷다가, 부상자를 치료하다가, 전쟁의 한복판에 서 있다가, 스스로 생을 마감하려다 하늘을 올려다보는 사람들의 얼굴이 보인다. 그 세계 너머에 이곳이 있음을 아무도 알지 못한다. 그러나 저들은 무고하지 않기에 저들의 죽음 너머에는 반복되는 삶과 죽음만이 있을 뿐, 내가 있는 이곳으로 올 수 없다. 우리는 만날 수 없는 곳에 있다. 이곳이 진짜고, 저곳이 가짜다. 하지만 어쩐지 저들은 그걸 아는 것만 같다. 우리를 잃은 저들의 공허한 눈빛이, 거짓된 세계의 천장을 본다. 저 너머에, 진짜 세계가 있다는 걸 안다는 듯이.

뼈의 기록

노인은 로비스가 올해 만난 첫번째 손님이었다. 얼음처럼 딱딱하게 변했던 눈마저 녹고, 무영이 얇은 재킷을 입고 출근했다가 벗어두는 그런 계절이었다.

로비스는 스테인리스 베드에 누워 있는 노인을 바라보다 등 뒤의 문을 닫기 전 복도를 내다보았다. 창백한 조명과 물걸레 흔적이 묻어 있는 바닥, 칠이 벗겨진 딱딱한 나무의자. 앉은 이 하나 없다. 전자 패드 점검표 속 '유가족 부재' 칸에 표시가 되어 있다는 것을 확인한 뒤, 로비스는 출입문 버튼을 눌러 문을 닫았다. 그리고는 전자 패드를 데스크 위에 올려둔 뒤 노인에게 향했다.

혈관의 초록빛. 장내 세균의 효소 작용으로 헤모글로빈으로

부터 초록색 색소가 분해된 것이다. 이 세균은 며칠간 복강 전체로 퍼져나가고 동시에 다른 효소와 반응하며 기체를 만들어 복부 팽만을 일으킨 뒤, 서서히 몸에 퍼진다. 그럼 혈관이 초록빛으로 변하고 이 과정에서 피부에는 갈라진 듯한 무늬가 남는다. 노인의 몸이 그랬다. 로비스가 노인의 손을 조심스럽게 들추었다. 표피가 벗겨져 지문이 사라졌다. 적어도 열흘이 지났다. 노인의 심장과 폐가 기능을 멈추고도 열흘을 홀로 있었다. 누군가에 의해 우연히 발견되었을 것이다. 복부에 찬 기체가 몸속 배설물을 피와 함께 뒤섞어 모든 구멍으로 배출시켜, 시멘트를 뚫는 악취로 죽음이 알려지기 전에 말이다. 발목에 채워진 이름표를 확인했다. 팔십구 세, 박도해. 로비스는 절차에 따라 두 손을 모아 고개를 숙였다. 로비스의 구멍 없는 입은 소리를 따라 파형을 그린다.

"박도해님, 마지막 가시는 길 정성을 다하겠습니다."

로비스는 라텍스 장갑을 손에 낀 뒤 백오십오 밀리 길이의 핀셋을 들고 노인의 몸에 붙은 구리금파리의 유충을 제거하기 시작했다. 인간의 죽음을 제일 먼저 알아차리고 오는 것은 이 구리금파리들이었고, 로비스는 이 작업을 할 때마다 인간의 몸이 거대한 생태의 일부분임을 확인한다.

구리금파리에게 인간의 육신은 영양이 풍부하고 단백질 함량이 높아 알을 깔 수 있는 최적의 장소이다. 눈과 콧구멍, 귓

구멍 따위에 알을 깠다가 부패 정도가 심해지면 살을 파고들고, 그렇게 유충이 태어나면 유충을 먹이로 삼는 또다른 개체군들이 노인을 찾아오리라. 로비스는 그것이 호흡하는 모든 존재의 특권이자 자신은 끼어들 수 없는 순환의 고리라 생각하지만 무영은 로비스가 손님의 유가족에게 구리금파리를 언급하는 것을 금지했다. 이것 외에도 이곳에서 지켜야 할 엄중한 규칙들이 많지만 로비스는 구리금파리를 부를 수 있는 것이 생명의 특별함이자 육신의 증거임을 외면하는 것이 가장 의아했다. 인간이 죽음을 칭하는 용어들에는 이미 육체에서 벗어난 혼의 순환을 담은 뜻이 있음에도, 대개의 인간이 육체의 부패를 부정했다.

로비스는 그것을 받아들이지 못했지만, 로비스는 그 부정을 지키는, 무영의 표현에 따르자면 '죽은 자의 시간을 돌리는 존재'로 만들어졌다. 그렇기에 로비스는 노인의 육체에 새롭게 움튼 작은 생태를 뽑아내 투명 접시로 옮겼다. 이들을 무영이 쉬러 간다는 건물 뒤편 화단으로 옮겨줄 수 있으면 좋으련만. 로비스는 전원이 들어온 이후 단 한 번도 이 건물 밖을 나간 적이 없고 그렇다는 건 결국 이 애벌레들은 태워지거나 건조기에 바싹 말려져 쓰레기통에 들어갈 거라는 말이었다. 언젠가 로비스가 무영에게 그것을 성충이 될 때까지 키울 생각은 없느냐고 묻자, 인간은 그런 것에는 정을 주지 않는다는 대답이 돌아왔다. 인간이 정을 느끼는 대상은 한정적이고 얕다. 적어도 로비스에게는 인간의 부패를 받아들이지 못해 시간을 되돌리는 행위보다 그곳에 터를 잡아 육신이 생태에 이바지할 수 있도록 하는 구리금파리의 행위가 훨씬 더 이로워 보인다. 그것이 정을 준다는 것과 같은 맥락으로 대치될 수 있는 문장인지는 확실하지 않다. 인간의 언어는 최소한의 규칙성을 두고 대개가 사용자에 따라 의미와 형식이 변주되었기에 로비스는 언제나 인간의 말이 어려웠다.

전면을 전부 훑은 후 노인의 몸을 뒤집었다. 노인의 어깨뼈에 좌우대칭의 문신이 보였다. 로비스가 알지 못하는 문양이다. 로비스는 그 형태를 메모리에 인식시켜두고, 문신이 자리한 노인의 피부를 주시했다. 문신을 한 부위의 피부는 부패 속도가 가장 늦다. 진피까지 뚫고 내려간 잉크가 어떤 화학적 작용을 일으켜 부패 속도를 늦추는지는 로비스 역시 알지 못했다. 언젠가 무영에게 물은 적 있지만 무영 역시 이유를 몰랐고, 이유를 찾아봐줄 의향도 없었다. 중요한 건 문신은 지운다 해도 결국 진피에 박혀 영원히 사라지지 않는다는 점이다. 로비스에게는 그 지점이 중요했다. 로비스가 무영에게 영원히 지워지지 않을, 날카로운 니들로 표피를 뚫고 진피까지 들어가 잉크를 몸에 박는 행위를 인간은 왜 하는지 물었다. 무영의 손목과 발목에도 문신이 있었으므로 이것만큼은 자세히 설명해줄 거라 기대했다. 무영은 멋이라고 대답했다. 큰 의미 없이 좋아하는 것들을 새기는 거라고. 때에 따라 잊고 싶지 않은 것을 새겨두는 사람도 있겠지만.

잊고 싶지 않은 것들이, 몸에 새길 정도로 좋아했던 것들이 가장 오래도록 몸에 남아 인간의 육체를 삶에 붙들어놓고 있는 것일까. 로비스는 노인의 몸에 남은 선연한 문신의 형태를 보며 생각했다. 로비스의 회로는 그런 의문을 만들게끔 만들어졌다. 그래서 로비스는 모든 것에 질문을 던진다. 모든 의문의 종착지는 헤아림이다. 그리고 그것은 염을 행하는 안드로이드가 가져야 할 가장 기본적인 태도였다. 망자를 헤아리고, 남은 이들을 헤아리는 것. 흉내에 불과하더라도 그건 인간에게 문젯거리가 되지 않는다는 게 제작자의 철학이었다. 그런 의미로 로비스는 종종 제 생각이 입력된 사고 흐름의 산출물인 것을 되새겼다.

유가족과 동행하는 가정용 안드로이드를 마주칠 때가 있었다. 가정용 안드로이드는 친절하고 상냥했지만 그들은 주인이 스테인리스 베드에 누워 있는 것이 무엇을 의미하는지 알지 못했다. 독거노인과 단둘이 지내던 가정용 안드로이드는 챙기는 이가 없어 하루 넘게, 노인의 시신이 화장될 때까지도 영안실 복도 의자에 멀뚱히 앉아 주인이 나오기를 기다리는 일도 있었다. 로비스가 당신의 주인은 영면에 드셨으니 다시는 돌아오지 않는다고, 이 문을 통해 나오지 않을 것이고 이 세상에 존재하지 않으니 그만 돌아가라 말하면 가정용 안드로이드는 고개를 갸웃 움직였다가 뒤돌아 영안실을 빠져나갔다. 한 번도 뒤돌아보지 않고 걸어가는 그들의 뒷모습을 볼 때마다 로비스는 시신이 떠난 스테인리스 베드를 한번 더 쓸어보도록 만들어진 자신이, 영안실 앞에 앉아 닫힌 문을 응시할 수 있도록 만들어진 자신의 존재가 참으로 희한하게 느껴졌다.

유충을 다 제거한 후에는 소독 후 방부 처리를 해야 했지만, 로비스는 전자 패드를 다시 확인해 이 시신은 삼일장 없이 곧장 화장에 들어가므로 방부 처리를 생략해도 된다는 부분에 표시가 되어 있음을 확인했다. 로비스는 라텍스 장갑을 낀 상태로 솜에 소독제를 묻혀 노인의 몸을 닦아내려갔다. 로비스는 이 작업을 굉장히 오랫동안, 천천히 수행했다. 팽창한 피부, 지방층과 근육 아래 몸을 이루고 있을 인간의 뼈를 떠올리며.

마지막 인사를 나눌 가족은 없지만 인간의 혼은 저승이라는 곳으로 인도하는 또다른 차원의 존재를 만난다고 했으므로 로비스는 노인의 엉킨 머리를 빗고, 얼굴에 옅은 분을 바르고 입술에 생기를 넣는다. 오십칠 분. 방부 처리를 제외한 모든 과정을 끝내고 라텍스 장갑을 벗었다. 그러고는 영안실 캐비닛으로 걸어가 그 안에서 수의를 꺼냈다. 로비스는 옷고름이 망가지거나 옷이 구겨지지 않게 수의를 판판하게 당겨 노인에게 입혔다. 그 과정까지 마치자 무영이 때를 맞춰 영안실 안으로 들어왔다. 무영에게는 '감'이라는 특별한 능력이 있다고 했다. 모든 인간에게 있는 능력이지만, 특별히 더 뛰어나며 그 능력은 보지 않아도 어떤 순간을 알아맞히는 능력이라 했다. 무영은 정확히 열다섯 걸음 만에 문에서 스테인리스 베드까지 걸어와 두 손으로 노인의 머리가 놓인 부분의 손잡이를 잡고 베드를 끌어당긴다. 지정된 화장장이나 묫자리가 없다면 노인은 이 건물 뒤편에 마련된 하나뿐인 화장장으로 갈 것이다. 그곳은 화구가 하나뿐인데다 매우 작아서 시체를 전부 태우는 데 무척 오랜 시간이 걸렸다. 장례식 건물 뒤편에서 까만 연기가 굴뚝으로 피어오르는 것을 볼 수 있었다.

화장장은 특수한 경우에만 쓰이도록 셋방처럼 만들어진 것이라고 들었으나 로비스가 이곳에서 사용된 이후로 화장장은 일주일에 적어도 두세 번씩 연기를 피웠다. 가족이나 지인과 연락이 닿지 않는 노인의 시신이 많아졌기 때문이라고, 무영은 말했다.

로비스의 손님은 대부분 노인이었다. 그중 구십 퍼센트가 유가족 없이 홀로 생을 마무리한 노인이었고 또 개중에 절반 이상은 생전에 미리 로비스를 선택한 이들이었다. 그들이 로비스를 선택한 이유 하나는 고독하고 쓸쓸하게 죽을, 방치되어 부패해 혐오감을 일으킬 자신의 죽은 몸을 인간이 보는 것을 원하지 않는다는 것, 더 정확하게는 아무렇지 않은 체하지만 속으로 불쌍하고 가엾다고 생각할지도 모르는 인간에게 자신의 마지막을 맡기는 것을 원하지 않는다는 것이고, 또하나는 국가에서 비용의 반을 부담해주는 덕분에 저렴하다는 것이었다. 간혹 이런 식으로 생전에 아무런 선택도 하지 않고 급작스레 세상을 떠난 노인들이 들어오는 경우에도 로비스가 떠안았다. 방부 처리를 하지 않고 화장을 마친 노인의 육체는 비용을 지급하지 않았기에 보관되거나 제대로 된 곳에 뿌려지지 않고 퇴비로 쓰이거나 화단의 모래에 버려져 뒤섞였다. 그곳에는 이름 모를 들꽃들이 핀다고 했다. 그 들꽃이 유독 튼튼하게 잘 자라는 것 같다고 떠들던 직원들의 말을 들은 적이 있다.

영안실 밖 의자에는 모미가 앉아 있었다. 이 의자가 건물 중에서 모미가 편안히 앉아 있을 수 있는 유일한 자리였다. 그마저도 지금처럼 방문객이 아무도 없을 때만 가능하지만. 모미는 파란색 손걸레를 쥐고 있었고 뒤꿈치가 구겨진 실내화 위에 두 발을 가지런히 올려두었다. 로비스가 모미의 옆에 앉았다. 모미가 손걸레를 반대편으로 옮겼다. 로비스는 모미가 응시하고 있는 벽을 함께 바라보았다. 흰색 페인트를 칠한 것처럼 보이지만 유심히 보면 검은 점들이 촘촘하게 박혀 있다. 간혹 유난히 큰 점들도 있어 도저히 규칙성을 알 수 없는 무늬였지만 하염없이 바라보기에는 적당했다. 고요한 눈으로 바라보아야만 보인다. 모미가 했던 표현이었다. 노화로 인해 시력이 감퇴한 그 눈에는 더는 점들이 보이지 않겠지만, 이곳에서 삼십 년 넘게 일한 모미는 보지 않아도 그 무늬를 볼 수 있다고 했다. 참으로 신비로운 말이다.

한참을 그렇게 있다 모미가 대화의 시동을 걸었다. 모미는 으레 그렇듯 손에 묻은 물기를(혹은 묻지 않았더라도 습관처럼) 바지에 닦고, 주머니에 꼭 넣어 다니는 핸드크림을 꺼내 바른 다음 손을 움직여 시각 언어로 로비스에게 말했다.

—오늘도 홀로 가는 시체였나?

—네. 팔십구 세. 박도해님.

—뜻이 궁금한 이름이야. 어떤 한자를 쓰던가?

모미가 주머니에서 메모지와 펜을 꺼내 내밀었다. 로비스가 펜을 받아 저장해두었던 박도해의 한자 이름을 종이에 적어 내밀었다.

島海.

모미가 한자를 바라보다 말했다.

—바다의 섬이라는 뜻인가? 말년과 잘 어울리는 이름이네. 쓸쓸한데 그래도 운치가 있어. 초라한 게 아니고 고독한 느낌이라 멋스러워. 분명 살아 있을 때도 고독을 꽤 즐기지 않았을까?

—고독을 즐기는 인간도 있습니까?

―없을 리가.

모미가 웃었다.

―박도해님에게도 문신이 있었습니다.

―어떤 건데?

이번에는 종이에 아까 보았던 문양을 따라 그렸다.

―이건 나비야.

모미는 손가락을 활짝 편 두 손을 나란히 놓고 엄지를 교차
한 뒤 나머지 네 손가락을 팔랑였다. 손이 느릿하게 날았다.

몇 번의 날갯짓을 마친 뒤 모미가 말했다.

―나비는 이렇게 날지.

그리고 다시 한번 손으로 나비의 날갯짓을 흉내냈다. 모미
의 손을 유심히 바라보던 로비스가 엉성하게 손을 움직이자
모미는 한번 해보라는 듯, 망설이지 말고 하라는 듯, 그래 그
렇게 하면 된다는 듯한 눈으로 로비스를 쳐다보았다. 로비스
가 천천히 손가락을 팔랑였다. 나비가 된 손이 난다. 로비스의
손은 살아 있는 것 같았다.

복도 불이 꺼졌다. 복도 끝에 비상용 열쇠 꾸러미가 잘그락
거리는 소리가 들렸다. 경비원은 언제나 똑같은 숫자 여섯 자
리를 눌러 문을 잠그지만 늘 열쇠 꾸러미를 들고 다녔다. 그것
이 경비의 일부라도 되는 것처럼. 경비원이 두 사람을 향해 손
을 두 번 흔들고 몸을 돌려 건물을 빠져나갔다. 모미에게는 어

서 마무리하고 가라는 뜻일 것이고, 로비스에게는 일이 끝났으면 자리로 돌아가라는 뜻이리라. 모미가 자리에서 일어났다.

—즐거웠어.

모미는 항상 대화의 끝을 이렇게 마무리했고,

—내일 봅시다.

로비스는 항상 이렇게 끝냈다.

모미가 손걸레를 카트 바구니에 넣고 대걸레와 각종 소독제가 담긴 분무기, 집게와 양동이가 매달린 카트를 끌며 출구로 천천히 걸었다.

모미는 로비스의 친구다. 모미가 로비스를 그렇게 불러주었기에.

*

여름이 시작될 무렵에는 비가 자주 내렸다. 로비스의 공간은 지하 일층이었지만 환풍구와 세로 길이 십오 센티미터의 직사각형 창문이 벽 가장 위쪽에 나 있어 비가 오는 소리와 꼴을 볼 수 있었다. 로비스는 텅 빈 곳, 한동안 창고로 쓰였다는 그곳에 의자 하나를 두고 앉아 무영이 틀어놓고 간 텔레비전 뉴스를 보다 빗소리에 창밖으로 고개를 돌렸다. 창문에 보이는 저 풀들은 푸성귀라고 했다. 이따금 저곳에서 잘 자란 푸성귀를 따는 모미를 볼 수 있었다. 아마 올해도 모미는 저곳에 앉아 한참 동안 풀을 고를 것이고, 로비스는 이곳에 앉아 모미를 지켜볼 것이다.

번쩍, 하는 섬광에 로비스는 텔레비전으로 고개를 돌렸다. 화면에서는 무허가 우주선들을 쫓는 장면이 이어졌다. 그 우주선들이 뿜어내는 밝은 빛들이 현란하게 움직였고 지구 밖이라 하는, 인간이 살 수 없다는 우주 공간에 국가에서 허가받은 사설 우주선이 무허가 우주선을 잡는 일을 대리할 예정이라는 자막도 함께 깔렸다. 이곳과 멀지 않은 곳에 우주 항공 시설이 있었다. 이전에 미군 부대로 쓰였던 곳을 바꾼 부지로, 이따금 들려오는 굉음은 전부 그곳에서 우주선이 이륙할 때 나는 소리라고 무영이 말했다. 로비스는 이 건물을 빠져나간 적 없으므로 우주선의 이륙을 직접 본 적이 없지만 무영의 말처럼 그곳이 멀지 않다는 것은 땅에 느껴지는 미세한 진동으로 알아차릴 수 있었다.

곧 항공우주군 대위 첼의 인터뷰가 이어졌다. 로비스의 시선을 끈 것은 왼쪽 뺨을 전부 뒤덮은 첼의 문신이었다. 그 문신에는 규칙성이 없었다. 패턴을 외우려 했지만 패턴이 없는 게 이 문양의 특징인 듯했다. 로비스가 하염없이 첼의 얼굴을 바라보았고, 그렇게 첼의 낯빛이 칙칙하다는 것과 눈 밑에 짙은 그림자가 있다는 사실을 깨달았다. 술을 자주 마시는 사람일 확률이 높았다. 첼은 기자들의 쏟아지는 질문에도 대충 고개만 끄덕이다가, 오른쪽 눈썹을 잔뜩 찌푸리며 질문이 끝나지 않았음에도 자리를 떴다.

로비스는 얼굴 근육을 저런 식으로 쓰는 인간을 대하기 어려운 인간 유형으로 분류했다. 그런 부류에 속하는 인간들은 이곳에서도 만난다. 특히나 모미는 그런 인간들과 더 자주 마주쳤다. 모미는 바깥에서였다면 무례하다고 화를 냈겠지만 이곳에서는 그들을 이해한다고 했다. 이 건물은 바깥세상과 다르다. 이 건물에 들어온 모든 인간은 바깥에서 어떤 인간이었든 죽음이라는 미지의 현상 앞에 발가벗겨진 하나의 연약한 생물, 이라고 모미는 표현했다. 강한 척하지만 떨고 있고, 아무렇지 않은 척하지만 외면하고 있는 것뿐이라고, 그 어떤 인간도 태연하게 죽음을 바라볼 수 없다고 말이다. 로비스는 모미에게 물었다.

죽음이 무엇입니까?

그러자 모미는, 정체를 안다면 두렵지 않겠지, 라고 대답했다.

출입문 위 호출을 알리는 전등에 불이 켜졌다. 로비스가 텔레비전을 끄고 밖으로 나갔다.

영안실 앞에는 첼이 서 있었다. 로비스는 텔레비전에서 보았던 첼의 이미지가 잠시 오류로 나타난 줄 알았으나, 첼은 손에 들려 있던 캔맥주를 벌컥벌컥 들이켜며 로비스를 노려보다가 로비스 옆에 있는 쓰레기통으로 맥주 캔을 던졌다. 처음 보는 장면이었으므로 첼은 오류가 아니었다. 첼은 불안정한 걸음으로 걸어가 벽에 기대어 섰다. 로비스를 바라보는 눈이 조금 전 기자들을 바라보며 지었던 표정과 똑같았다.

로비스는 전자 패드를 꺼내 이번에 들어온 시신을 확인했다. 이름은 레나. 이십삼 세. 사인은 자동맥 절단으로 인한 과다출혈. 자살이다. 유가족은 친언니 한 명으로 로비스가 염하는 데 동의했다. 서명란에 쓰인 이름은 첼. 로비스가 전자 패드를 쥔 채 첼에게 허리를 숙였다.

"고인의 마지막 길, 생전의 모습으로 가실 수 있도록 정성을 다하겠습니다."

아무 대답도 없기에 몇 초간 자세를 유지하던 로비스가 몸을 세우고 영안실로 들어갔다. 문을 닫으려 하자, 첼이 문틈에 발을 끼우며 고개를 저었다.

"문을 닫아야 합니다. 그것이 원칙입니다."

"내가 들어가서 보는 건?"

"가능합니다. 하지만 인간에 따라 고인의 육신을 바라보는 것을 힘들어하거나 이 과정이 트라우마로 남는 경우가 있습니다. 다시 한번 생각해보시기 바랍니다."

로비스가 말을 끝내기도 전에 첼은 영안실로 들어와 레나가 누워 있는 스테인리스 베드 옆 의자에 앉았고, 로비스는 그런 첼의 뒤를 쫓으며 말을 마쳤다. 첼은 대답 없이 턱짓으로 레나를 가리켰다. 해야 할 일이나 마저 하라는 뜻이었다. 안내 사항을 전부 읊었으므로 로비스가 더 해야 할 멘트는 남아 있지 않았다. 로비스가 라텍스 장갑을 꼈다. 첼이 가방 안에서 맥주 캔을 꺼냈다. 로비스가 첼을 바라보자, 첼은 캔을 따며 태연하게 말했다.

"영안실은 금주 구역이라는 말 들어본 적 없는데."

첼의 말대로 음주에 대한 항목은 없다. 로비스는 개의치 않고 레나에게 정중히 인사를 건넸다. 첼은 동요 없이 빠른 속도로 맥주를 마시기 시작했다.

레나의 시체는 빠르게 발견되었다. 아직 구리금파리가 오지 않았고 부패도 시작되지 않았다. 병원에서 심폐 소생을 시도했던 기록이 남아 있는 것을 보면 목숨이 끊기기 전에 병원에 도착했거나 아니면 병원으로 향하던 도중에 사망했으리라. 어쨌거나 레나는 죽었다. 레나의 몸 곳곳에는 퍼렇고 검은 멍이 그대로 남아 있었다. 갈비뼈와 등, 허리, 허벅지 위쪽. 넘어지거나 부딪혀서 생긴 멍이 아니다. 노랗게 흐려진 멍과 검은 멍이 뒤섞여 있는 것을 보면 누군가에게 지속적인 폭행을 당했다는 증거였다. 하지만 서류상으로는 경찰 조사가 따로 이루어지지 않았고, 그건 로비스가 판단하기에 잘못된 처리였다. 경찰 조사가 이루어진다면 로비스는 레나의 시체를 건드려서는 안 됐다. 레나의 시체는 로비스가 아닌 인간이 맡아야 했다. 로비스가 라텍스 장갑을 빼려고 하자, 첼이 입을 열었다.

"자살 맞아. 그거 다 자기가 한 거야. 내가 봤고, 말렸지만 소용없었어."

첼이 다 마신 맥주 캔을 구겨 가방에 넣었다. 그리고 다시 새 캔을 꺼냈다. 로비스는 상황을 분석했다. 첼이 거짓말을 하고 있을 가능성, 첼이 술에 취했을 가능성 따위를.

"인간 부르지 말고 네가 해. 걔가 선택한 거야."

로비스가 전자 패드를 다시 켜고 염 안드로이드 서명 확인서를 살펴보려 했으나, 거기에는 확인서 대신 레나가 남긴 유서가 첨부되어 있었다. 쉬고 싶다는 간결하고 짧은 문장 뒤에는 '요즘 장의사도 안드로이드가 한다는데 그게 정말이면 안드로이드한테 부탁해. 더는 아무도 나를 보지 않았으면 좋겠어'라고 쓰여 있었다. 그것으로 레나의 선택을 확인했지만 그렇다고 이 유서가 경찰 조사를 받지 않아도 된다는 것과 뜻을 같이하지 않는다. 로비스가 걸음을 옮기려고 하자, 맥주 캔이 날아와 눈앞을 스쳤다. 캔이 둔탁한 소리와 함께 바닥에 떨어졌고 맥주가 흘러나왔다.

"자기 몸 때려서 아팠으면 어떻게 자살했겠냐? 아픈 걸 알았으면 자기 손목을 어떻게 쓰느냐고."

"하지만……"

"이미 끝났어. 걔를 더 괴롭히지 마."

로비스는 걸음을 돌려 레나 앞에 섰다. 이번에도 방부 처리 없이 곧장 화장하면 됐다. 자살한 인간에게는 대개 장례를 치러주지 않는 관습이 있는 듯했다. 로비스는 역시 이유를 묻지 않고 시체를 닦아내기 시작했다. 첼은 어느 순간부터 맥주를 마시지 않고 레나만 멀거니 지켜보았다. 그것은 체념諦念과 체념體念 사이의 얼굴이었다. 인간의 얼굴은 종종 이런 식으로 어떠한 단어에도 속하지 않을 때가 있었다.

레나의 몸을 닦으며, 로비스는 레나의 변형된 발가락과 발목뼈를 보았다. 레나가 발볼이 좁고 딱딱한 신발을 오래 신었을 가능성. 다른 인간과 다르게 기이하게 변형된 발목이 나타내는 상징성. 굽지 않은 등과 곧은 목뼈, 말리지 않은 어깨가 보여주는 삶의 단서를 훑어내려갔다. 레나의 뼈는 말하고 있다. 이 말은 단순히 굳은살의 여부나 손톱의 길이, 정돈된 눈썹이나 외상이 하는 말과 다르다. 뼈가 하는 말은 더 길고 깊은 삶 전체의 이야기다. 오랜 시간 반복되어야만 생기는 굴곡. 로비스는 아직 단 한 번도 마주한 적 없는 뼈의 말을 읽었다. 레나는 몸을 쓰는 인간이었다.

"재미있는 이야기 좀 해봐."

한참 뒤 첼이 입을 열었다. 로비스가 첼을 쳐다보았다.

"즐거운 거. 흥미롭고."

"오늘 아침 기사에서 새의 눈이⋯⋯"

"그런 건 하나도 흥미롭지 않아."

첼의 시선이 계속 레나에게 고정되어 있다. 첼이 원하는 이야기란 레나의 이야기라고, 첼은 누군가와 레나의 이야기를 하고 싶은 것이라고, 하지만 레나의 죽음이 사고사나 병사, 노화로 인한 자연사가 아닌 스스로 목숨을 끊은 것이었다는 데 레나의 이야기를 꺼내고 싶지 않은 마음이 얽혀 있는 것이라고 로비스는 판단했다. 그것은 오류 같은 마음, 죽음을 받아들이는 과정에서 생긴 버퍼링과 같은 것이다. 그 오류와 버퍼링은 첼이 거부하고 있는 무언가로 인해 생긴 것이리라. 그것이 무엇인지 로비스는 알지 못하지만.

"레나님의 몸에서 가장 얇은 피부가 어디인지 아십니까?"

첼이 고개를 갸웃하며 로비스를 쳐다보았다. 흥미가 생긴 것이다. 음, 하고 짧게 고민하던 첼은 끝내 모르겠다고 대답했다.

"입술입니다. 레나님뿐만 아니라 인간의 몸에서 가장 얇은 피부는 입술로 두께가 0.2밀리미터에 불과합니다."

첼의 시선이 레나의 입술에 닿았다.

"그렇다면 레나님의 몸에서 피부가 가장 딱딱한 곳은 어딘지 아십니까?"

"손가락?"

자신의 뱉은 답이 웃긴 것인지, 로비스의 말에 진지하게 대답하는 것 자체가 웃긴 것인지 첼이 짧게 웃음을 터뜨렸다.

로비스가 답을 말했다.

"손바닥 아래쪽과 발뒤꿈치입니다. 그래서 그 부분은 날카로운 것에 찔려도 피가 잘 나지 않습니다."

"좀 흥미롭다. 더 없어? 보편적인 거 말고 얘만 가지고 있는 그런 건?"

"……뼈."

레나의 몸을 마저 닦으며 로비스가 말을 이었다.

"뼈는 한 인간이 생을 다할 때까지 성장하고 변형됩니다. 레나님의 뼈는 누구와도 같지 않아 고유합니다."

로비스에게는 없고 인간에게는 있는 것. 로비스를 이루는 것이 단단한 외피라면 인간은 한없이 약한 피부로 단단한 뼈를 감싸고 있다. 피부는 쉽게 상처 입고 감염되고 괴사한다. 감염과 괴사는 죽음에 이르게 할 수 있으며 상처에 의한 출혈역시 과하면 그렇다. 뼈가 피부를 감싸는 것이 아닌 피부가 뼈를 감싸는 구조는 비효율적이었으며 생존에도 불리해 보였다. 그렇다면 도대체 왜 피부가 뼈를 감싸는 것인가.

"그래, 뼈가 있구나."

첼이 말했다. 하지만 그 말은 혼잣말이었기에, 낮은 중얼거림이자 깨달음이었기에 로비스는 듣지 못한 척 제 일을 했다.

"아무도 보지 못한 게 남아 있었어."

첼의 숨소리는 점점 차분해졌다. 로비스가 레나의 머리를 빗기는 동안에도 첼은 입을 열지 않았다. 그러다 모든 일이 끝날 즈음 로비스에게 물었다.

"아름답지?"

로비스는 아무런 대답도 하지 못했다.

여름이 되면 복도 반대편 문에서부터 들어온 햇살이 영안실 바로 앞까지 닿았다. 특히 노을빛은 더 길게 들어와 영안실 문까지 물들였다. 로비스는 영안실 앞 의자에 홀로 앉아 벽을 응시했다. 계절이 바뀌는 동안에도 녹슬거나 침식되지 않은 벽을 바라보고 있자, 청소 도구 카트의 오래된 바퀴가 끽끽거리며 다가오는 기척이 느껴졌다. 곧 모미가 손걸레를 쥔 손으로 무릎을 짚으며 아주 느리게 의자에 엉덩이를 붙였다. 모미가 손걸레를 옆에 놓고 말했다.

─오늘은 다른 때보다 생각이 많아 보이는데?

─이십삼 세. 레나.

─세상에 잠깐 숨쉬다 갔구만.

─이십삼 년이 짧습니까?

─아주 짧지.

─자살이었습니다.

─그 나이는 사고가 아니면 자살이지. 안타깝군.

―몸에 멍이 많았습니다.

―마음에는 더 많았을 거야.

―그렇습니까.

―가족들은 왔다 갔나?

―그녀의 언니가 항공우주군 대위 첼이었습니다.

모미가 고개를 끄덕였다. 더위로 모미의 바지가 짧아지면서 오른쪽 다리에 남은 흉터가 드러났다. 아홉 살 때 옷에 불이 붙어 생긴 흉터라고 했다. 그래서 모미는 뜨거운 열기를 싫어했고, 화장장을 보는 것만으로도 숨이 막힌다고 자주 말했다.

로비스가 물었다.

―아름다움이 무엇입니까?

모미가 로비스를 쳐다보았다. 그건 왜 묻느냐는 표정이었다.

―첼이 아름답지? 라고 물었는데 아름다움이 무엇인지 몰라 대답하지 못했습니다.

모미는 한동안 말이 없었다. 로비스는 차분히 모미의 답을 기다렸다.

그렇게 모미는 시계의 분침이 반 바퀴나 돈 뒤에야 손으로 나비를 만들었다. 손가락이 펄럭이며 나비가 날았다. 모미는 로비스를 향해 고개를 끄덕였다. 따라 하라는 의미였다. 로비스가 모미를 따라 나비를 만들자, 모미가 다시 손가락을 움직였다.

—누군가 아름다움을 이렇게 말했지.

모미는 로비스가 만든 나비의 그림자를 가리켰다.

—그림자로는 모든 나비가 똑같아 보이는 동일성.

그리고 로비스의 손을 가리켰다.

—하지만 결국 같은 나비가 아니라는 차별성.

마지막으로 로비스의 손을 붙잡아 내렸다.

—그리고 이 나비는 결코 진짜가 될 수 없다는 불가능성. 그것이 아름다움이지. 같고, 다르고, 불가능을 이야기하는.

로비스가 무릎 위에 내려앉은 손으로 만든 나비를 바라보았다. 조금 전까지 나비처럼 움직였던 그것은 카본과 알루미늄의 혼합으로 만들어진 쇳덩이에 불과했다. 분명 나비의 꿈을 꾸었는데도.

—그럼 저에게 아름다움은 뼈와 같습니다.

—뼈?

—네. 뼈는 모두가 가지고 있지만 모두 다르며, 존재하지만 볼 수 없다는 불가능성을 가지고 있습니다.

모미는 잠시 생각에 빠졌다가 웃었다.

—재미있는 비유야. 아름다움에 대해 하나 더 말해줄까?

—네.

—아름다움에는 기준이 없다는 거야. 모든 것이 아름다울 수 있지. 설령 추악한 것이라도.

―그렇다면 죽음도 아름다운 것입니까?

―자네는 꼭 죽음이 뭔지 아는 것처럼 말을 해.

―죽음이 무엇인지 모르기 때문에 물어보는 것입니다. 죽음이 무엇입니까?

―그건 알려준다고 알 수 있는 게 아니지.

경비원의 그림자가 길게 뻗었다. 영안실 문에 동그랗게 경비원의 그림자가 떠오르자 모미가 자리에서 일어났다. 모미는 손걸레를 카트에 넣고 이번에도 같은 인사를 건넸다.

―즐거웠어.

―내일 봅시다.

로비스는 모미의 그림자가 사라질 때까지 바닥을 응시했다.

*

직사각형 창문 밖에는 떨어진 낙엽이 가득 쌓여 있었다. 창밖으로 파릇파릇하던 잎사귀들이 전부 붉게 물들었다. 잎이 툭툭 떨어지는 것은, 질긴 생명력을 갖고 있던 것들이 바싹바싹 말라 바람에도 으스러지는 모습은 언제나 흥미로웠다. 살아 있던 모든 것은 죽음 이후 메마른다. 로비스를 거쳐간 시신들도 화장되지 않았다면 낙엽처럼 말라 어느 한순간 무너져 흙과 다름없어졌으리라. 죽은 것들은 모두 형태를 잃고 흩어졌다가 무언가로 재조립되어 다시 탄생했다. 순환의 의미였지만 인간에게 순환은 형태의 재조립이 아니었다. 이곳이 아닌 어딘가로, 살아서는 갈 수 없는, 지금의 육신으로는 들어가지 못한 다른 곳을 들렀다가 다시 돌아오는 것. 그렇기에 인간은, 적어도 로비스가 머물고 있는 이 나라는, 죽음의 조의를 '돌아간다'라고 표현했다. 어딘가로. 이곳에 오기 전에 먼저 머물렀던 그곳으로. 죽음에 이르기 전까지는 그곳에 갈 수 없으므로 살아 있는 인간 중에서는 누구도 그곳을 확신할 수 없었음에도 인간들은 믿는다. 당연히 있으리라. 당연히 그곳에서 다시 만나리라. 그것이 죽음일까. 공간을 옮기는 것, 소멸이 아닌, 돌아가는 것. 의자에 앉아 하염없이 회로를 굴려도 여전히 로비스는 죽음이 무엇인지 모른다.

경비원이 빗자루로 건물 앞에 쌓인 낙엽을 쓸었다. 낙엽에 가로막혀 있던 로비스의 창에도 가을볕이 내리쬐고 있었다. 로비스는 빛을 향해 손을 뻗었다. 눈이 부시면 모미가 자주 하던 행동이었다. 그러다 손가락 관절을 움직이며 로비스는 관절 유연성이 이전보다 떨어진다고 느꼈다. 불편하거나 수리를 요구할 정도는 아니었고 그저 로비스는 자신의 신체에도 유한성이 있다는 것이 흥미로울 뿐이었다. 그때 전등에 불이 들어왔다. 로비스는 자리에서 일어나 영안실로 향했다.

로비스의 입이 만들어지지 않은 이유는 침묵을 의미하고, 침묵은 위로와 공감을 품고 있다고 무영이 이야기해준 적 있다. 입을 경박스럽게 움직이지 않는 것, 섣불리 유가족의 말을 침범하지 않는 것, 심정을 쉽게 추측하지 않는 것, 거짓으로 공감하지 않는 것. 이 모든 것의 의미로 로비스의 얼굴에는 입이 없다. 소리를 내는 스피커는 목에 내장되어 있지만 입은 없다.

젊은 여자가 로비스의 얼굴을 보며 물었다.

"입은 왜 없어요?"

여자의 눈은 붉게 충혈되어 있고, 입술은 하얗게 질려 있었다. 수분이 몸에서 빠져나간 것처럼 메말라 있었다. 홀로 서 있기도 힘들어 보였으나 여자는, 슬리퍼를 신은 여자는 두 다리로 강직하게 로비스 앞에 버티고 서 있었다. 젊은 남자 역시 그런 여자의 뒤에서 비슷한 몰골로 있었다.

"섣부르게 말을 하지 않기 위해서입니다."

"……몸에 총 같은 것도 있나요?"

"저는 군사용이 아닌 장의사 안드로이드로, 무기는 내장되어 있지 않습니다."

여자는 갈라진 입술 사이로 "그렇구나" 하며 중얼거렸다.

"우리 애한테 꼭 말해주세요. 궁금해할 거예요. 로봇을 보면 꼭 물어보는 애라……"

로비스는 허리를 수그리며 젊은 부부에게 말했다.

"고인의 마지막 길, 생전의 모습으로 가실 수 있도록 정성을 다하겠습니다."

메마른 여자는 마지막 남은 수분까지도 모두 배출시키고 말겠다는 듯이 또다시 울음을 터뜨리며 자리에 주저앉았다.

로비스는 문을 닫고 체구가 작은 시체 앞에 섰다. 십일 세, 서채호. 사인은 다발성 골절과 두부외상으로 인한 대뇌 출혈. 뇌사 판정. 원인은 하루 전 오후 네시경, 하굣길 교통사고다. 서채호는 뇌사 판정을 받고도 하루 동안 중환자실에서 머물다 이곳에 왔다. 염을 안드로이드에게 맡긴 것은 서채호 본인의 선택이나 유언이 아닌 부모의 결정이었다. 로비스가 전자 패드를 내려놓고 라텍스 장갑을 꼈다. 그리고 서채호에게 고개 숙여 인사했다.

서채호의 몸에는 곳곳에 덜 닦인 피와 자상들이 남아 있었다. 외상을 입고 죽은 인간의 시체는 더 까다로워 시간이 오래 걸렸다. 로비스는 소독약을 묻힌 솜으로 서채호의 몸을 닦아 내려갔다. 그뒤에는 상처를 꿰맬 것이고, 그다음에는 상처 부위가 티나지 않도록 칠을 할 것이다.

로비스는 아직 단단하지 않은 서채호의 몸을 조심스럽게 쥐었다. 이 몸은 수억 번의 진화 가능성을 잃었다. 모든 죽음은 이런 식으로 가능성의 상실로, 기회의 소멸로 가는 것일까. 로비스는 서채호의 기회를 빼앗은 인간이 누구인지 생각해보려 했지만 그것은 알 수 없는 영역이었다. 서채호의 몸은 그런 것을 기록해두지 않는다. 죽음은 관대하지 않고 죽은 몸은 친절하지 않다. 스테인리스 베드에 누운 몸은 타인의 얼굴을 기록하지 않는다.

서채호는 오른손을 꼭 쥐고 있었다. 로비스가 서채호의 손바닥을 조심스럽게 펼치자, 그 안에서 구겨진 종이가 나왔다. 몸에서 발견한 것들은 훼손되지 않도록 보관해 경찰이나 유가족에게 넘겨야 한다. 로비스가 구겨진 종이를 펼쳤다. 종이에는 로봇 그림이 그려져 있었다. 젊은 여자가 부탁한 것이 떠올랐다. 몸의 피를 닦아내며, 로비스가 천천히 읊었다.

"저는 로비스입니다. 정확한 명칭은 G-J7231, 제조 연월은 2052년 3월입니다. 장의사 안드로이드로 시신의 염을 맡고 있습니다. 배터리로 움직이며 내구성이 약해 일 미터 이상의 높이에서 뛰어내리거나 백 도 이상의 고온에서는 부품이 망가집니다. 오로지 이 영안실 안에서 움직이도록 만들어진 개체로, 저는 이곳에서 마지막으로 인간을 배웅합니다. 저는 서채호님을 배웅하기 위해 만들어진 것입니다. 지금은 오로지 당신을 위해 움직입니다."

포름알데히드, 메탄올, 에탄올, 페놀의 합성물 따위를 뒤섞어 방부 처리를 한다. 서채호는 이제 며칠 동안 영안실에 머물다 장례가 끝날 즈음 화장장으로 향할 것이다. 서채호의 몸은 한줌으로, 로비스가 배웅했던 그 어떤 인간보다 더 작은 한줌으로 젊은 부부의 손에 쥐여지리라. 로비스는 서채호의 상처를 가리고, 머리를 빗기고, 뺨에 새겨진 주근깨가 도드라질 수 있도록 손을 움직였다. 서채호는 죽었지만 당장이라도 웃을 것 같았다. 서채호의 몸은 아직 살아 있는 것처럼 느껴졌다.

영안실 앞 의자에 앉아 있던 젊은 부부는 로비스가 나오자 자리에서 일어났다. 로비스가 그들에게 서채호가 쥐고 있던 종이를 건넸다. 여자는 울지 않고 종이를 다림질하듯 펴 매만졌다. 그러고는 행복한 기억이 떠오른 듯이 옅게 웃었다.

"로봇을 정말 좋아했어요. 로봇을 만드는 사람이 될 거냐고 물었더니, 그게 아니라 로봇이 되고 싶다고 하더라고요. 로봇은 강하니까. 로봇처럼 강해지고 싶다고 했어요. 우리 애가 로봇처럼……"

여자는 말을 멈추더니 숨을 깊게 들이켜고 눈을 감았다. 울지 않으려고 애를 쓰는 것이다. 남자 역시 여자의 어깨를 꽉 붙잡고 고개를 숙였다. 서채호의 몸이 로봇처럼 강했더라면 그렇게 무너지지 않았으리라. 서채호의 몸이 강한 철로 뒤덮여 있었다면 부딪힌 차가 망가졌으리라. 서채호가 로봇이었더라면 그랬을 것이다.

"하지만 서채호님의 몸은 일 초에 백만 개의 적혈구를 만듭니다."

젊은 부부가 로비스를 바라보았다.

"하나의 적혈구는 십오만 번 몸을 순환하며 모든 세포에 산소를 전달합니다. 그건 로봇이 할 수 없는 일입니다. 그 몸에서는 하루에도 수억 개의 세포들이 움직였습니다."

로비스는 여자의 숨이 차분해지는 걸 느꼈다.

"서채호님은 강인했습니다. 로봇은 가질 수 없는 강인함입니다."

젊은 부부가 눈물을 뚝뚝 떨어뜨리며 고개를 끄덕였다. 이겨내보겠다는 다짐이 깃든 고갯짓이었다. 모미의 말이 떠올랐다.

'누군가를 위하는 마음은 수단을 가리지 않고 튀어나오기 마련이지.'

"인간의 피부 진피층은 죽은 세포로 이루어져 있고, 이 세포는 일 분에 이만 개 정도의 조각을 떨어뜨립니다. 인간은 그렇게 매 순간 쉬지 않고 자신의 조각을 뿌리며 삽니다. 그 조각은 곳곳에, 당신의 옷과 숨과 머리카락에 뒤섞여 평생 이 지구에 머뭅니다."

젊은 부부는 무영의 안내를 받으며 자리를 떴다. 복도를 걷던 여자가 문득 뒤를 돌아보았다. 곧장 넘어질 것 같으면서도 두 다리로 버티고 서서 로비스에게 허리 숙여 인사했다. 그러자 옆에 있던 남자도 여자를 따라 허리를 숙였다.

가을의 저녁 빛은 여름보다 길고 붉었다. 모미의 그림자도 여느 때보다 길고 짙었다. 모미가 말했다.

—소원이었을 거야. 로봇을 만나거나 보는 거. 그애가 로봇을 너무 좋아했으니 마지막을 로봇에게 맡긴 거지.

—죽었는데도 소원을 들어주는 것이 이상했습니다.

—산 사람 소원은 안 들어줘도 죽은 사람 소원은 들어주는 게 인간이거든.

—왜 산 사람의 소원은 안 들어주고 죽은 사람의 소원은 들어줍니까?

모미가 웃음을 터뜨렸다. 하지만 웃음은 오래가지 않아 기침으로 변했다. 모미는 한참 동안 가래 섞인 기침을 콜록거렸다. 모미가 주머니에서 손수건을 꺼내 가래를 뱉고, 그것을 반으로 접어 입 주변을 닦을 동안 로비스는 가만히 모미를 기다렸다.

모미의 기침이 잦아지고 있다는 것은 로비스도 알고 있다. 기침에 가래가 점점 더 많이 섞여 나온다는 것도, 이따금 피가 섞여 나온다는 것도 알지만 로비스가 해줄 수 있는 것은 모미가 느린 움직임으로 뒤처리하는 것을 기다리는 일밖에 없다. 인간의 노화는 기계의 어긋남과 같은가. 인간의 죽음은 기계의 해체와 같은가. 그렇다면 모미의 기침은 로비스 관절의 삐걱거림과 같은가.

모미는 손수건으로 손까지 구석구석 닦은 후 말했다.

—그게 마음이 하는 일이니까.

—마음이 일도 합니까?

—가끔 하지. 그리고 마음의 일은 몸이 거부할 수가 없지.

마음이라는 건 인간의 성품이나 성격, 감정 따위를 통틀어 일컫는다는 것을 로비스도 알고 있다. 마음의 추상성을 설명할 수 있는 건 마찬가지로 추상적인 단어들뿐이었다. 인간들 사이에서 그런 추상적 단어들은 대개 실재하는지 의견이 분분했다. 그러나 인간은 마음의 실재 여부에는 의문을 품지 않았다. 로비스는 종종 그 증거가 자신이라 여겼다. 망자는 육체를 떠난 마음의 집합체고, 인간은 망자가 볼 자신의 육체를 소중히 여겼다. 그래서 어떤 면으로 로비스는 마음을 돌보는 일을 하는 것과도 같았다.

경비원의 그림자가 닿았고 모미가 자리에서 일어났다.

—오늘 자네와 매일 이야기를 나눈 지 딱 일 년이 되었어. 덕분에 내 생활이 아주 즐거워.

—저도 즐겁습니다.

로비스가 이렇게 말하면 무영은 즐거움이 뭔지 아느냐고 되묻지만 모미는 웃었다. 가끔 모미는 웃는 표정밖에 지을 줄 모르는 인간처럼 느껴지기도 했다.

—오늘도 즐거웠어.

—내일 봅시다.

모미가 카트를 끌고 출입문으로 향했다. 모미의 키보다 큰 그림자가 로비스의 발등을 덮었다. 로비스는 혹여나 그림자가 불편할까, 발을 뒤로 물렀다.

*

낙엽이 뒤덮였던 자리에는 이제 흰 눈이 내려앉았다. 밤새 도록 소슬하게 내린 눈은 아침이 가까워오자 제법 쌓였다. 경비원은 새벽부터 삽을 들고 나와 건물 근처 눈을 치웠고 소음에 반응하도록 만들어진 로비스는 평소보다 일찍 전원이 켜졌다. 어슴푸레한 시간의 경계를 로비스는 처음 보았다. 잿빛에 하늘색 물감 한 방울을 섞어놓은 듯한 차갑고 딱딱한 푸름이 모든 사물을 뒤덮어 마치 한 장의 그림처럼 세상이 평평하게 느껴졌다. 로비스는 자신의 시각 센서가 잘못된 것이 아닐까 의심했지만 머지않아 그것이 경계의 순간이라는 것을 깨달았다. 로비스는 손을 응시하며 손가락을 하나씩 움직여보았다. 자신의 손이 아닌 것만 같았다. 이번에는 발을 쳐다보았다. 그것 역시 자신의 일부가 아닌 것 같았다. 앉아 있던 의자, 벽에 달린 텔레비전, 출입문 위의 전등, 벽 귀퉁이에 쳐진 거미줄까지도 전부 누군가 그려놓은 듯한 선처럼 느껴졌고 오로지 바깥에서 들려오는 땅을 긁는 소리만이 생생했다.

문틈으로 쌓인 눈의 창백한 빛이 새어들어왔다. 로비스가 문

앞에 섰다. 전등의 불이 들어오기 전에 이 문을 열어본 적 없다. 문을 열어야겠다는 판단조차 한 적 없었다. 하지만 모든 것이 선으로 변해버린 새벽, 로비스는 문을 열어야겠다는 판단에 이른다. 판단에 도달하는 과정이 없었으므로 로비스에게 마음이 있었다면 이것을 충동이라 불렀으리라. 로비스는 한참 동안 문 앞에 서 있었으나 끝내 문을 열지 않았다. 문을 열고자 했던 충동을, 하지만 결국 열지 않은 그 판단을 로비스에게 마음이 있었다면 로비스는 그것을 직감이라 이야기했을 것이다.

그날 전등엔 두 번 불이 들어왔다. 팔십구 세 노인의 염을 마친 로비스가 오지 않는 모미를 기다리며 어둑어둑한 복도 의자에 한 시간가량 앉아 있다 돌아온 찰나였다. 틀어놓은 텔레비전에서는 다음날 오전 네시에 다시 우주로 나갈 것이라는 첼의 덤덤한 인터뷰가 흘러나오고 있던 때이기도 했다. 하루에 호출이 두 번 있던 건 오늘이 처음이었다. 로비스는 모미에게 이 사실을 말해주고 싶었다. 모미는 또 웃겠지만, 결국 웃겠지만, 로비스의 이야기를 즐겁게 들어주었을 것이다. 죽지 않았더라면.

로비스는 스테인리스 베드에 누운 채 웃지 않는 모미를 바라보았다. 팔십사 세. 모미. 로비스에게 염을 맡긴다고 본인이 직접 선택했음. 유가족 없음. 방부 처리하지 않고 곧장 화장 예정.

"종일 안 보이셔서 직원이 찾으러 갔는데, 휴게실에서 발견했대. 의자에 잠든 듯이 앉아 있었대."

무영은 그렇게 말하고 한숨을 내뱉으며 영안실을 나갔다. 오후 여섯시 십분. 해가 졌고, 주변은 적막했다. 로비스는 시계와 복도를, 흰 벽과 빈 복도 의자를 번갈아 바라본 뒤에야 라텍스 장갑을 꼈다.

—모미님, 마지막 가시는 길 정성을 다하겠습니다.

소독약을 묻힌 솜으로 모미의 몸을 닦는다. 모미의 피부는 부서지던 낙엽 같다. 만지면 바스락거리며 금세 형태를 잃어버리던 창 너머의 붉은 나뭇잎 같아서 힘을 줄 수가 없다. 닦는다는 단어보다 훑는다는 단어가 더 어울리는 행위를 반복한다. 모미의 얇은 눈꺼풀을, 뚫었던 흔적이 남은 귓불을, 손톱보다 도톰하게 올라온 손가락 끝과 푸른 반점이 있는 뱃가죽을 닦는다. 모미의 사인을 모른다. 알 수 없다. 의자에서 잠을 자듯 죽었다는 것이 다였다. 분명 죽음에는 이유가 있을 텐데. 자연사, 병사, 타살 따위의 이유가 있을 것인데 아무도 모미의 죽음을 파헤치지 않고 따지려 하지 않았다. 모미의 몸 역시 살아온 흔적만 남았을 뿐 죽음을 기록해두지 않았다. 그렇기에 로비스는 모미가 죽었다는 사실만 되풀이했다. 수분이 줄어들어 표피와 피하지방이 얇아진 모미의 피부에는 거뭇거뭇한 반점과 기미가 복도 벽의 점들처럼 수놓여 있었고 두껍고 딱딱하며 까맣게 변한 팔꿈치와 무릎은 고사枯死한 나무 같고, 퇴적층이 켜켜이 쌓인 절벽 같았다.

다리를 닦던 로비스가 멈칫했다. 모미의 오른다리가 품고 있는 화마의 기억. 새로 자란 여린 살과 형태를 잃어버린 살들이 뒤섞여 부서지는 파도 같았다. 생장을 담은 식물의 줄기 같은 그 다리를 보며 로비스는 모미가 뜨거움을 싫어했다는 걸 곱씹었다. 끓는 물도, 사십 도에 육박하는 여름 대기의 온도도, 화면 속 타오르는 불도 싫어했던 모미가 어떻게 화장을 견디는가. 모든 조직이 불타 한줌의 재로 남는 것은 모미에게 형벌 같았다. 인간은 죽음 이후에도 자신이 선택한 방식으로 죽음의 절차를 밟지 않던가. 모미의 절차는 아무도 선택해주지 않았다. 모미는 화장을 싫어할 것이다. 모미는 뜨거운 것을 서글퍼할 것이다. 모미는 타오름을 고통스러워할 것이다. 로비스는 그렇게 중얼거렸다.

평균보다 십이 분 십일 초 늦게 소독을 마쳤다. 모미의 머리를 빗겼고 수의를 입혔다. 그 일을 하는 내내 로비스는 어쩐지 모미가 당장이라도 눈을 뜰 것만 같았다. 왜 이런 생각이 드는지 로비스는 스스로가 이해되지 않았다.

모든 일을 마친 로비스는 이전처럼 이곳을 나가기만 하면 그만이었지만 그러지 않았다. 움직이지 않았다. 오후 여덟시 십삼분. 직원은 퇴근했고 모미는 이곳에 덩그러니 누워 있어야 했다. 로비스는 자리를 뜨지 않았다. 무표정한 얼굴의 모미를 보며, 그렇게 하염없이 모미를 보며, 밤 열한시가 되도록 시간이 흐른다는 생각도 없이 죽은 모미의 얼굴을 보며 서 있던 로비스는, 모미가 만들었던 나비를 떠올렸다. 땅을 날던 검은 나비. 날갯짓마다 모미와 나눈 무수히 많은 말을 빠르게 재생시키던 로비스는 인간이 한때 검은 나비처럼 우주를 날기를 꿈꿨다던 모미의 말에서 모든 것을 멈췄다. 그리고 원래 속도로 재생.

　─언젠가 우주를 알고, 우주에서 자유로우며, 우주를 누빌 수 있다고 말이야. 하지만 그건 아직 이뤄내지 못했고 오히려 우주를 정복하려 하고, 여전히 우주에서 손짓 한번 제대로 할 수 없지. 하지만 나는 아직 믿어. 인간은 언젠가 우주를 유영할 거야. 이 나비처럼.

　꿈을 꾸던 모미의 얼굴. 우주를 좋아하십니까? 하고 묻자 웃으며, 우주는 차갑다던 모미의 대답.

　오후 열한시 오십팔분. 로비스가 자리에서 일어났다. 모미를 데리고 밖으로 나가기 위한 준비를 시작했다.

　휠체어를 이용하면 편할 테지만 모미의 몸은 이미 딱딱하게 굳어 구부릴 수 없었으므로, 로비스는 모미의 몸이 떨어지지 않도록 고정용 끈으로 베드에 단단히 묶었다. 수의가 보이지 않도록 흰 천을 이불처럼 덮었다. 이제 모미는 정말 잠든 것 같다. 로비스가 영안실 문을 활짝 열었다. 바퀴 고정 장치를 풀고 베드 손잡이를 잡았다. 해가 사라진 복도에는 달빛이 가득했고 로비스는 그렇게 한 발, 베드를 끌며 복도를 빠르게 통과했다. 오래된 바퀴에서 녹슨 소리가 났지만 개의치 않았다. 입구에 잠시 멈춰 서서 출입문 잠금장치에 경비원이 누르던 여섯 자리 숫자를 눌렀다. 문은 쉽게 열렸다. 로비스는 다시 베드 손잡이를 붙잡았다. 한 번도 나가본 적 없는 건물이었지만 로비스는 망설이지 않았다. 오로지 모미를 불에 태울 수 없다는 마음 하나로.

문밖에는 한 줄의 시멘트 길과 양옆으로 펼쳐진 잔디가 있었고, 길 끝에는 또다른 문이 있었다. 그리고 경비실이 보였다. 로비스는 시각 렌즈를 확대해 경비실 내부를 살폈다. 경비원은 모자로 얼굴을 가린 채 의자 등받이에 기대어 앉아 있었다. 미동 없는 몸, 느린 호흡. 로비스는 경비원이 자고 있다고 판단했다. 베드를 끌고 문밖의 문, 바깥의 문, 로비스와 모미에게 허락되지 않은 문을 향해 달렸다. 그 문을 통과하는 일은 허무할 정도로 쉬웠다.

바깥은 완만한 내리막으로 눈이 쌓인 들판이었다. 도시의 불빛은 저멀리 날벌레처럼 모여 있었다. 바퀴 소리가 졸졸 흐르는 물줄기처럼 로비스와 모미의 여정을 함께했고, 베드를 끌고 가는 로비스의 모습이 달빛의 그림자로 들판에 새겨졌다.

모미는 알았을까? 달빛으로도 이토록 선명한 그림자를 만들 수 있다는걸. 참으로 신비로웠다. 그림자 속의 로비스는 기계인지 알 수 없었고 베드에 누운 모미의 모습은 인간의 형상이 아니었고 그것은 손으로 만든 그림자 나비와 다를 게 없었다.

숨이 차지 않는 로비스는 멈추지 않고 달렸다. 돌멩이에 걸려 베드가 휘청여도 모미는 단단히 버티고 있었다. 로비스의 목적지는 땅의 진동이 시작되는 지점. 언제나 큰 진동을 일으키는 진원지, 우주로 나갈 수 있는 출발점이자 첼이 있는 곳이었다.

항공우주군은 로비스의 신장보다 높은 철조망으로 둘러싸여 있었고 철조망에는 그것을 타고 자란 식물의 줄기가 얽혀 있었다. 그리고 그 너머는 허허벌판이었다. 로비스는 무릎을 꿇고 앉아 땅에 손을 짚었다. 그렇게 몇 분. 곧 땅에서 미세한 진동이 느껴졌고 그 진동은 점점 크고 강해졌다. 이곳이 맞다. 허허벌판처럼 보이지만 이 벌판을 가로지르면 그 너머 어딘가에 우주로 갈 수 있는 비행체가 있을 것이다. 철조망에는 '고압 전류'라고 쓰인 안내판이 붙어 있었지만 모든 철조망에 전류가 흐르는 건 아니었다. 연속적으로 붙은 직사각형 철조망 가운데 진짜 전류가 흐르는 것은 네 개 중의 하나 꼴. 나쁘지 않은 확률이지만 잘못 선택해 전류가 흐르는 철조선을 잡는다면 전원이 나가거나 신체 일부를 못 쓰게 될 수도 있으므로 별

생각 없이 도전할 일은 아니었다. 하지만 로비스는 목적이 확실했고, 어디에 전류가 흐르는지 감지할 수 있었다. 로비스는 전류가 흐르지 않는 철조선을 손으로 움켜쥐고 철사를 하나씩 끊어냈다. 시간이 오래 걸리는 작업이었지만 끝내 모미가 지나갈 수 있을 정도의 커다란 구멍을 만들었다. 철조망 너머부터는 흙길이었다. 로비스는 흙길에 바퀴가 박혀 모미가 떨어져나가지 않도록 조심히 베드를 끌었다.

감시대의 불빛이 땅을 훑었다. 로비스는 불빛이 이동하는 패턴을 파악해 어둠 속에서 은밀히 움직였다. 아무것도 보이지 않던 벌판에 탱크와 기지 내부를 돌아다니는 전차 따위가 조금씩 보이기 시작했고 곧 천막과 컨테이너로 만들어진 임시 건물들도 모습을 드러냈다.

빠르게 지나다니는 인간들. 점점 소란스러워지는 소음들. 로비스는 자신의 청각 장치의 기능을 최대로 올렸다. 어려운 작업은 아니었다. 언젠가 한번 무영이 로비스의 귓바퀴 부근의 버튼을 눌러 소리 감지의 폭을 늘렸던 일을 기억해두었을 뿐이다. 로비스는 숱한 소음 속에서 첼의 목소리를 찾는다. 떠들고, 욕하고, 화를 내고, 애원하고, 쏟아내는 하품 속에서 땅으로 꺼지는 듯한 깊은 한숨 소리가 들렸다. 그리고 녹음된 듯한 목소리. 첼을 부르며 고마웠다고 말하는 목소리를 들으며 로비스는 모미와 함께 그곳으로 향했다.

첼이 지내는 컨테이너는 외떨어져 있었다. 인간이 다니지 않는 한산한 곳이었다. 로비스는 모미를 잠시 어둠에 세워두고 첼의 컨테이너로 다가갔다. 인간에게 부탁하려면 설득의 과정을 거쳐야 했다. 들어줄 수 있도록, 이해가 되도록, 해주고 싶도록. 하지만 기계의 부탁을 들어주고 이해하고 위해주는 인간이 존재하던가. 없을 것이다. 기계를 이해하기 위해서는 인간이 인간을, 다른 생명체를 완전히 이해하는 단계를 거쳐야만 가능했고 그런 면에서 인간은 아직 첫번째 단계조차 넘지 못했다.

그래서 로비스는 컨테이너 문을 열며 단도직입적으로 말한다.

"우리를 우주로 데려가주십시오."

황당해하는 첼의 얼굴을 보니 다행히 번지수를 맞게 찾았다.

"그 부탁을 하기 위해 찾아왔습니다."

로비스는 이제 첼의 얼굴에 새겨진 문신이 무엇인지 얼추 알 것 같았다. 철조망을 타고 자랐던 식물의 줄기. 살기 위해 뻗은 그 무규칙성을 닮았다.

첼은 로비스의 부탁을 흔쾌히 승낙하지는 않았지만, 그렇다고 내쫓거나 신고하지 않고 로비스와 모미를 컨테이너 안으로 들였다.

첼은 모미를 위해 짧은 기도를 올린 뒤 로비스에게 물었다.

"그건 이 할머니의 부탁이었나?"

"아닙니다."

그럼 누구의 부탁이냐고 묻는 눈빛.

"저의 판단이고, 저의 부탁입니다."

이해가 가지 않는다는 표정.

"모미는 아홉 살 때 화상을 입어 덥고, 뜨겁고, 붉고, 타오르는 것들을 싫어합니다. 모미는 오늘 새벽 휴게실 의자에서 앉은 채 숨을 거두었고 이는 모미가 자신의 죽음을 알아차리지 못했음을 의미합니다. 모미가 죽음을 인지했더라면 화장이 아닌 매장을 선택했을 것입니다. 하지만 모미는 선택하지 못했고, 모미에게는 모미의 장례 방식을 선택해줄 유가족도 없기에 남은 선택지가 화장뿐입니다. 모미는 불을 싫어합니다. 저는 모미를 불속에 넣고 싶지 않습니다. 태우고 싶지 않습니다."

흥미롭다는 반응.

"그게 다 너의 판단이라고?"

"네."

"왜 그런 판단을 했지?"

로비스는 자신이 했던 말이 대답이 될 수 없다는 사실에 당황스럽다. 동시에 마땅한 답이 떠오르지 않는다. 첼이 묻는 건 더 근본적인 이유다. 이곳에 온 이유가 아니라 로비스가 뱉은 말들의 이유.

로비스는 오래도록 고민했다. 그사이 첼은 시간을 확인했고 가방에 장비들을 챙기기 시작했다. 로비스는 첼이 자신들을 두고 갈 확률을 계산했다. 현재로선 첼이 자신들을 데리고 갈 이유가 없었다. 조금도.

"마음이…… 하는 일……"

첼이 행동을 멈추고 로비스를 바라봤다.

"몸이 그것을 따랐을 뿐입니다."

"……"

"거부할 수가 없어서. 몸은, 거부할 수가 없으니까. 마음이 시키면."

첼은 뭐가 재밌는지 웃으며 자신을 따라오라고 말했다.

로비스는 모미를 끌고 첼을 따라갔다. 첼은 마주쳐오는 인간들에게 로비스를 자신이 이번에 산 보조 안드로이드라고 소개했다. 인간들은 로비스를 힐끔 쳐다보고 로비스가 끌고 가는 베드도 쳐다봤지만 곧 흥미 없다는 듯 시선을 돌렸다. 첼의 컨테이너에서 우주선까지는 꼬박 이십 분을 걸어야 도착할 수 있었다. 첼이 우주선 출입구를 열어 먼저 올라가라는 듯 한쪽으로 비켜섰다. 로비스가 마지막으로 확인했다.

"정말로 우리를 데려가주시는 겁니까?"

"마음 바뀌기 전까지는."

로비스는 첼의 마음이 바뀌기 전에 얼른 우주선에 탑승했다.

모미의 베드가 흔들리지 않도록 고정 장치로 꼼꼼하게 묶고, 로비스는 첼의 옆자리에 앉았다. 우주복을 입은 첼이 능숙하게 장치를 만졌다.

"지금이라도 내리고 싶다면 말해."

"지금이라도 생각이 바뀌셨다면 말해주십시오."

"말하면 내릴 건가?"

"출발해주셨으면 좋겠습니다."

로비스는 우주선 엔진이 점화되던 순간 물었다.

"그런데 왜 태워주신 겁니까?"

첼은 우주복 헬멧을 내리며 대답했다.

"고마워서."

로비스는 안정적인 궤도에 들어설 때까지 모미를 바라보았다. 모미의 몸이 선체를 따라 덜컹덜컹 흔들렸는데, 그게 꼭 춤을 추는 것처럼 보였다. 중력이 로비스의 몸을 차분히 내리눌렀다.

우주선은 달이 잘 보이는 곳에 멈췄다. 첼은 알루미늄으로 코팅된 특수섬유를 꺼내 모미의 몸에 둘렀다. 풀어지지 않도록 끈으로 돌돌 묶으며 오래는 아니더라도 우주여행을 할 정도로는 모미의 몸을 지켜줄 거라 말했다. 로비스가 추측하기로 그것은 우주에서 죽음을 맞는 이들을 위한 일종의 관이었다.

첼은 우주복을 갖춘 뒤 우주선 후미를 열었다. 우주선 안의 모든 것이 끈에 매달려 떠올랐고 로비스의 몸도, 모미의 몸과 베드도 함께 떠올랐다. 첼은 로비스가 끈을 풀 수 있도록 넘겼다. 로비스는 망설임 없이 끈을 풀었고, 손을 놓았다. 로비스의 손에서 끈이 빠져나갔다. 모미의 몸이 조금씩 우주선 밖으로, 끝이 없는 공간으로, 멈춰 세우지 않는 한 무한히 흘러가는 저 아득한 곳으로 나아갔다.

"동생이 일곱 살 때 무용하다가 정강이뼈가 부러졌던 적이 있어. 세 달 정도 깁스를 했던 게 갑자기 떠올랐어."

로비스는 모미에게서 시선을 떼지 않고 첼의 말을 들었다.

"부러진 뼈가 다시 붙은 흔적도 남아 있었겠지, 그애의 몸에는."

"그럴 것입니다."

"그애는 곳곳에 떠도는 자신의 몸을 싫어했고, 힘들어했고, 끝내 그 몸을 스스로 없애고야 말았는데 나는 아직도 그 몸을 사랑해."

"다행입니다."

"너는 어떻게 인간을 위로할 줄 알지?"

"죽음이 무엇인지 몰라서 그런 것 같습니다."

이제 모미의 발끝까지 전부 우주선을 빠져나갔다. 지금 잡지 않으면 모미는 손을 뻗어도 잡을 수 없는 영역으로 진입한다. 로비스는 복도 의자에 앉아 이야기를 나누었던 모미의 얼굴을 떠올렸다.

"저는 모르기 때문에 두렵지 않고, 짐작할 수 없기 때문에 섣불리 말할 수 있습니다."

첼은 고개를 끄덕이고 자리를 피했다. 로비스는 그 행동이 마지막 인사를 하라는 인간의 몸짓 언어임을 안다. 홀로 남은 로비스가 모미에게 마지막 인사를 건넸다.

―즐거웠습니다. 안녕히 가십시오.

로비스가 첼과 함께 다시 지구로 돌아왔을 때 항공우주군 기지는 로비스를 기다리는 인간들로 북적였다. 그들은 로비스가 인간의 시신을 훔쳐갔다는 것을 알고 있었고 로비스를 폐기해야 한다고 입을 모았다. 로비스의 입장을 들어야 한다고 주장한 건 무영이었다. 무영은 그들에게 말했다. 로비스는 죽음을 실감하는 기계라고, 로비스와 모미는 친구였다고. 하지만 안타깝게도 로비스는 무영이 말하는 죽음의 실감이 무엇인지 몰랐으며 인간의 시신을 훔쳤다는 죄목에서 벗어날 수 없었다. 그러나 첼의 증언이 로비스가 장의사로서의 일을 계속할 수 있도록 해주는 단초가 되었다. 로비스를 거쳐간 유가족들의 우호적인 의견이 이곳저곳에 공개되며 폐기를 앞두고 있던 로비스는 장의사 안드로이드로서 더 오랜 시간 일을 할 수 있게 되었다. 세간의 관심이 기계와 죽음에, 기계가 주는 위로에, 인간의 죽음과 삶에 집중되었고 숱한 말들이 얹어졌다. 로비스는 짧은 기간이나마 지구에서 가장 유명한 기계가 되었다. 모미가 고요히 우주를 떠도는 도중에도. 많은 이들이 로비스를 찾을 듯했으나 그후로 팔십 년 넘게 일하는 동안 로비스의 작업 횟수는 그전과 크게 다르지 않았다. 로비스의 하루 역시 다를 게 없었다. 로비스는 원래 있던 공간으로 돌아와 전등에 불이 켜지면 밖으로 나갔고 낯선 시신을 만났으며 직사각형 창문으로 계절을 체감했다. 그리고 염이 끝나면 언제나 그렇듯 의자에 앉아 있었다. 이제는 그곳에서 만나는 이가 아무도 없었음에도 늘 앉아 있었다. 앉아서, 무언가를 생각하는 것 같기도 하고 아닌 것 같기도 한 시간을 보냈다. 그러는 동안 로비스는 무영의 시신과 첼의 시신을 염했고 자주 모미의 위치를 떠올렸다. 모미가 아직 달 근처에도 가지 못했음을, 모미가 지금 달의 분화구를 구경중이라는 것을, 모미가 화성에 머물다 목성의 소용돌이를 보고, 토성의 고리와 수평을 이루고 있다는 것을 생각했다. 그리고 어느 겨울, 호출을 받고도 무릎이 녹슬어 일어나지 못하게 된 순간 로비스의 존재 가치는 완전히 사라졌다. 로비스는 폐기가 확정되었다.

　로비스의 전원이 완전히 꺼지기 직전, 로비스는 모미가 이제 성간우주에 돌입했다는 계산을 해냈다. 그리고 그 순간 로비스는 죽음이 무엇인지 깨닫는다. 죽음이란 모두 같은 모습을 하고 있지만 모두에게 다르며, 볼 수 없는 존재의 삶을 끊임없이 보고 있는 뼈의 아름다움과 같은 것이로구나.

서프비트

엄마, 나 물속에서 숨쉴 수 있어.

그러자 엄마는 바쁘니까 나중에 다시 말해, 라고 했다. 나중이 되어도 내 말을 들어줄 거 같지 않았지만, 나는 뚝심 있게 엄마가 말한 '나중'이 오기를 기다렸다. 점심 장사가 한차례 지나면 될 줄 알았다. 하지만 점심식사를 마친 마지막 손님들이 빠져나가자 엄마는 곧장 저녁 장사를 준비했다. 아, 엄마아, 하고 불러도 눈길 한 번 주지 않고 말이다. 참고 참았던 나는 더 기다리지 못하고 가게 밖으로 나가 우럭이 들어 있는 수조 속에 머리를 박았다. 꽤 파격적인 행동이라는 건 안다. 지나가던 사람들이 놀라 자리에 멈춰 서서 나를 지켜봤을 정도니까. 그렇지만 그렇게 해서라도 엄마에게 내 비밀을 알려야 했다. 그래서 엄마가 믿었느냐? 천만에. 엄마에게 뒤지게 혼났다. 엄마는 끝까지 내 말을 믿지 않았다.

부모님은 내가 태어나기 전부터 횟집을 운영했다. 아파트 단지 근처에 있던 가게로, 주말이면 외식하는 가족들로 꽤 바쁜 곳이었다. 내가 보기에는 그랬다. 그렇지만 두 사람은 언제나 장사가 잘되지 않는다는 말을 입버릇처럼 달고 살았고, 언제부터인가 회 한 접시와 매운탕을 제공하는 점심 세트까지 만들어 점심 손님도 잡으려고 노력했다. 부모님은 집에 있을 틈이 없었다. 그래서 가게가 내 방이자 놀이터였다. 계산대나 주방 바로 옆 테이블. 한 평도 되지 않는 그곳이 유치원에 들어가기 전까지 내 전부였다. 다른 집에 맡길 수도 있었겠지만 어렸을 때부터 이상하리만치 몸이 허약해 감기를 달고 살았던 나를 오래 맡아주는 곳이 없었다. 툭하면 열이 나거나 작은 충격에도 팔다리가 골절되던 탓에 엄마는 늘 앞치마 차림으로 달려와야만 했다. 엄마도 아픈 자식을 떼어내고 돈을 벌 만큼 독하지 못했다.

내가 누우면 끝나는 그 좁은 공간에서 나는 책을 읽고, 한글을 쓰고, 때때로 그림을 그리고 휴대폰으로 만화를 봤다. 날이 좋으면 밖에서 놀고 싶기도 했지만 가게 주변은 온통 상가였고 바로 앞은 6차선 도로여서 놀 만한 장소가 마땅하지 않았다. 건너편 아파트 단지에 놀이터가 있었지만 고작 다섯 살이었던 내가 신호등을 건너 그곳까지 갈 여력은 없었으므로, 나는 아빠가 잘 닦아놓은 가게 유리에 이마를 대고 밖을 구경하는 것으로 답답함을 달랬다.

엄마는 수챗구멍을 청소하고 있다가도 이따금씩 혼자 잘 놀고 있는 나를 보고 한숨을 푹푹 내쉬었는데 내가 횟집에서 술 마시는 손님들과 섞여 있을 때에는 한숨 소리가 더 커졌다. 내 이름까지 아는 단골손님들은 이따금 주영아, 주영아, 이리 와 봐라, 하며 오천원씩 용돈을 주기도 했다. 그럴 때마다 엄마는 밑반찬이 든 쟁반으로 나와 손님 사이를 가로지르며 돈 주실 필요 없다고 무뚝뚝하게 잘라냈다. 그러니까 엄마는 가게 앞 수조에 든 물고기처럼 나를 어쩔 수 없이 가게에 두고 있으면서도 그 상황이 마음에 들지는 않았던 것이다. 내가 진짜 곧 회 떠질 물고기라도 되는 것처럼.

내가 여섯 살이 되자, 엄마는 기다렸다는 듯이 가게와 멀지 않은 유치원에 나를 등원시켰다. 솔직히 말하자면 낯선 아이들이 가득 있는 유치원보다 가게 한구석에서 그림이나 그리고 노는 게 더 좋았지만 엄마에게 이런 이유는 통하지 않았다. 유치원에 가지 않을 거라고 떼쓰는 나에게 그럼 종일 혼자 집에 있으라고 단호하게 말하고는, 정말로 나를 두고 출근해버리고 만 것이다. 유치원보다는 가게가 좋았지만, 그래도 혼자 있는 집보다는 유치원이 나은 것 같아 결국 원복을 입고 내 생의 첫 사회에 발을 들였다.

  또래 아이들은 내가 남들과 다르다는 걸 확인할 수 있는 좋은 표준이 되었다. 나는 그전에도 엄마와 목욕탕에 갈 때마다 물에 잠겨 숨을 쉬었지만 엄마는 발바닥 굳은살을 떼어내느라 내가 얼마나 오랫동안 물에 들어가 있었는지 알지 못했고, 종종 코까지 물에 담근 채 눈을 감고 있는 할머니들 덕분에 나는 모두가 나처럼 물에서 숨을 쉴 수 있는 줄 알았다. 하지만 아니었다. 사람은, 아니 육지에 사는 포유류는 물에서 숨을 쉴 수 없다.

  나는 이 사실을 바다 생물을 알려주던 선생님의 말을 듣고 나서야 알았다. 선생님은 물고기 사진을 들고, 우리는 물에서 숨을 쉴 수 없지만 이 친구들은 물에서 숨을 쉴 수 있다고 말했다. 그럴 리가 없는데. 나도 물에서 숨을 쉬는데. 나는 손을 번쩍 들고 나도 물에서 숨쉴 수 있다고 말했다. 아이들이 까르륵 웃었다. 아이들의 놀림 속에 나는 얼굴을 붉힌 채 씩씩거렸다. 아이들이 나를 놀린다는 사실보다 내 말을 믿지 않는다는 것에 더 화가 났다. 한순간에 거짓말쟁이가 됐다. 그날이 그날이다. 나는 그날 억울해서 가게에 돌아오자마자 엄마에게 내가 물에서 숨을 쉴 수 있다고 말했다. 엄마는 당연히 믿어줄 줄 알았다. 그래서 믿었느냐 하면 앞서 말했듯이 엄마는 나를 귀찮아했고 그렇게 나는 수조 속에 머리를 박았다. 아빠는 엄마에게 혼나 우울해하는 내게 아이스크림을 사주며 아빠도 어렸을 때는 하늘을 날아다녔다고 말했다. 나는 너무 순진하게 아빠의 말이 진짜라고 생각했지만 아빠는 너무 순순히 "거짓말이지!" 놀리듯 말했다. 그게 나를 더 서럽게 만들었다. 나는 억울해서 밤잠을 설쳤다.

나는 이들에게 본때를 보여줄 기회만 기다렸다. 그리고 기회는 머지않아 생겼다.

횟집 손님이 슬슬 줄어드는 여름이 되었다. 유치원 선생님들은 아파트 단지 안에 있는 야외 수영장으로 우리를 데리고 갔다. 거기에는 수심 팔십 센티미터의 비교적 얕은 수영장과 삼 미터의 깊은 수영장이 있었다. 선생님은 우리에게 구명조끼를 입히며 얕은 수영장에서만 놀기를 단단히 일렀다. 아이들이 깊은 수영장 쪽으로 다가가기만 해도 돌아가라고 호루라기를 불 정도로 철저히 주의를 주었지만 그 경계는 오래가지 못했다. 선생님들이 따가운 햇볕을 피해 그늘 아래에 앉아 이야기를 나누고 있을 때, 나는 입고 있던 구명조끼를 벗고 인공잔디를 밟으며 삼 미터 수심의 수영장으로 향했다. 웅덩이에 동전이 떨어진 듯한 잔잔한 파장을 일으키며 나는 더 넓고 시원한 물속으로 뛰어들었다.

나를 지켜보던 아이 하나가 소리를 질렀고, 그 소리를 들은 선생님이 놀라 수영장으로 달려왔다. 그런 소란과 아무런 상관없는 나는, 삼 미터 아래 수영장 타일을 밟았다 뛰어오르며 선생님에게 손을 흔들었다. 나를 바라보던 선생님과 아이들의 모습을 똑똑히 기억한다. 물이 출렁거릴 때마다 종이에 그려진 사람처럼 구겨지던 모습들. 그러다가 차츰 물살이 잠잠해지며 또렷해지던 표정들. 물속에서 바라본 그 푸르고 시원했던 하늘. 아주 편안하게 물속에서 숨을 쉬는 나. 물 밖이 다른 세상인 것 같았다. 여기가 내 세계이고 거기가 외부 세계인 것 같은.

내가 '하우스HOUSE'에 들어간 것은 그해 장마가 끝날 무렵이었다. 아빠는 내비게이션이 안내하는 대로 차를 몰았지만 길 같지 않은 길이 이어지자 몇 번씩 차를 멈춰 세워 내비게이션에 찍힌 주소를 확인했다. 엄마는 아무 말도 없었다. 내가 잘못한 건 하나도 없다고 말해주면서도 자꾸 내가 죄지은 것 같은 기분이 들게 했다. 엄마의 뒷모습이 무서워 나는 차 안에서 한마디도 하지 않았다. 남은 장맛비를 쥐어짜내기라도 하듯 그곳에 도착했을 때 비가 내렸다. 억세고 굵은 빗줄기였다. '하나용접소'라는 간판이 붙은 커다란 창고 앞에는 두 사람이 우산을 들고 우리를 기다리고 있었다.

한 명은 이전에 봤던 사람이었다. 병원에서 폐 검사를 받던 나에게 다가와 명함을 내밀었던 여자. '박은정 실장'이라는 여자가 우리를 이곳으로 불렀다. "댁의 따님은, 평범한 인간이 아닙니다"라는 대사를 치면서 말이다.

월미도에 자리잡은 이곳은 겉만 보면 오래된 건물의 용접소였지만 그 안으로 들어가면 거짓말처럼 커다랗고 깊은 지하가 이어졌다. 일층이 옥상이자 출입구인 셈이었다. 건물에는 지하 팔층까지 있었다. 소음 없이 빠른 승강기를 타고 실장은 우리를 지하 팔층으로 안내했다.

실장은 엄마와 아빠에게 내가 관리받지 못하면 언젠가 스스로의 힘을 감당하지 못해 죽을 수도 있다는, 협박에 가까운 설득을 했다. 언제부터 이런 존재가 태어났는지는 모르겠으나 2000년부터 나 같은 존재를 확인해왔으며 그때부터 지금까지 집계된 통계에 따르면 매해 많게는 세 명의 능력자 아이들이 태어났다고 했다. 그중 대부분이 오 세 이전에 자신의 힘을 인지하지 못한 사고로 사망하거나 특이할 정도로 약한 면역 체계로 인해 사망했다고도.

"어쩌면 홍길동도 이런 부류의 인간이었을지도 모르죠. 우리는 이런 능력자를 '미다스'라고 부릅니다."

실장이 농담을 건넸으나 웃는 사람은 아무도 없었다.

"미다스요?"

아빠는 내내 듣는 둥 마는 둥한 표정을 짓고 있더니 말을 듣고 있기는 했는지 실장에게 되물어봤다. 작명이 조금 촌스러운 감이 없지 않아 있었지만 나처럼 원인 불명의 능력을 가지고 태어난 사람들을 '미다스'라고 칭한다고 했다. 손에 닿는 모든 것을 금으로 바꾸는 그리스신화 속 인물의 이름을 따온 것이다. 그런 의미로 하우스는 미다스를 관리하는 정부 산하의 비밀 기관이었다.

"이곳에 있는 아이들이 이곳을 집이라고 불러서 '하우스'가 됐어요. 그만큼 이곳이 편하다는 증거죠."

"그럼 우리 애는 여기서 뭘 하나요."

엄마가 단호하게 물었다. 바쁘니까 나중에 다시 말하라던 때와 비슷한 표정과 말투였다. 엄마는 의자 등받이에 등도 붙이지 않고, 언제든 내 손을 붙잡고 이곳을 나갈 준비가 되어 있는 사람처럼 앉아 있었다. 실장은 그 말을 기다렸다는 듯이 흰 벽에 프로젝터를 띄우고 빔을 쐈다.

"이 시설에는 현재 총 열한 명의 미다스가 존재하고 있으며 자제분이 들어올 경우 이들 중에서 가장 막내가 됩니다. 이곳의 주목적은 개인의 능력을 분석하고 그 힘의 크기를 파악한 후, 타인을 해하지 않고 능력을 조절할 수 있도록 돕고 동시에 본인의 능력으로부터 스스로를 보호할 수 있도록 교육하는 것입니다. 입소 후 일 년 동안은 이곳에서 집중된 검사와 훈련을 받지만 그 이후에는 개인의 능력치에 따라 사회에 도로 편입될 수 있습니다. 자택에서 통근도 가능하지만 그럴 경우 하우스의 감시망을 허락 없이 이탈해서는 안 되고요. 국가의 지원을 받으며 운영되기 때문에 별도로 지불해야 할 돈은 없으나 지원을 받는 만큼 아이들의 능력을 적당히 이용하는 봉사활동을 일 년간 사백 시간 수행해야 합니다. 하우스의 대표는 직급 높은 공무원이 담당하고 있으며 그 밑으로 실무를 담당하는 전무와 상무, 그리고 실장과 미다스를 관리하는 매니저가 있습니다. 매니저가 미다스와 상시 연락합니다. 그 밖의 연구진은 총 스무 명으로 구성되어 있습니다."

아빠와 내가 어중이떠중이처럼 실장의 말을 듣고 있는 것과 달리 엄마는 그 말이 끝나자마자 입을 열었다. 술에 취한 진상 손님을 대할 때 같은 단단한 목소리였다.

"그러니까 우리 애를 마치 범죄를 저지른 아이처럼 이곳에 가두고 교육시킨 후 사회에 내보낸다는 말인가요, 지금."

엄마의 말은 어절마다 뚝뚝 끊어졌다. 실장은 엄마를 뚫어지게 쳐다봤다. 그 눈빛만으로도 그것이 엄마 말에 '긍정'한다는 뜻인 것을 알 수 있었다.

"거절할 수는 있나요?"

엄마가 물었다. 실장이 엄마에게 다가오더니 무릎을 꿇고 앉아, 주먹 쥔 엄마의 손을 붙잡았다.

"어머니, 주영이 같은 아이는 관리되지 않으면 스스로를 위험에 빠뜨릴 수 있어요. 혼란스러우시겠지만 인정해야 해요. 내 아이가 남들과 다르다는 걸요."

지금 생각해보면 실장의 말은 좀 비겁했다. 구구절절 애써 돌려 말하지 말고 그냥 어머니 말이 다 사실이라고 했으면 됐을걸.

집으로 돌아가던 엄마가 이주영, 저기 다녀도 괜찮겠어? 하고 물었다. 딱히 별생각 없던 나는 그저 엄마가 나를 그곳에 보내도 되는지 내게 허락받는 기분이 들어 괜찮다고 대답했다. 나는 좋아, 재미있을 거 같아. 엄마가 울어서 그랬다. 엄마는 내가 못 봤다고 생각했겠지만. 그래서 나는 그때부터 유치원이 아니라 하우스에 다녔다. 부모님은 내가 태어나기 전부터 운영했던 횟집을 접고 하우스와 가까운 인천 끝자락으로 집과 가게를 모두 옮겼다.

하우스에는 실장이 말했던 것처럼 열한 명의 언니 오빠들이 있었다. 이냥저냥 재미있고 심심한 생활이었다. 손으로 불을 만들어내는 언니가 멋있기도 했고 몸이 고무처럼 늘어나는 오빠가 재미있기도 했지만 그런 것들은 일주일이 지나니 더는 새롭지 않았다. 빨리 훈련받아 돌아가야겠다고 생각했다. 호락호락하지는 않았지만. 많은 기계를 몸에 붙였다가 뗐고, 가끔은 종일 무언가를 다닥다닥 붙이고 있기도 했으며 어떤 때는 원치 않게 열두 시간 동안 물속에 있어야 했다. 힘들었지만 울 일은 아니라고 생각했고, 가끔은 울고 싶었지만 괜히 약해 보일까봐 참았다. 아빠가 밤마다 나를 데리러 와서 오늘 수업은 괜찮았냐고 물을 때에도 울지 않기 위해 이를 악물고 참았다. 사실 수업은 정말 괜찮았다. 수업이라 일컫는 훈련은 참으면 그만이었으니 상관없었다. 그렇지만 친구가 없다는 건 이를 악물고 눈물을 참게 할 만큼 외로운 일이었다. 나랑 나이가 가장 적게 차이 나는 언니도 다섯 살은 많았으므로 실질적으로 친구라 부를 만한 사람이 없었다. 다들 다정하게 챙겨주기는 했으나 그건 어린 사람을 대하는 친절일 뿐이었다. 나쁘지 않았지만 즐겁지도 않았다. 나는 어디에도 속하지 못했다. 그렇게 하우스 구성원들 끄트머리에 간신히 붙어 있는 생활이 길어졌다.

그 지하가 답답해서 참을 수 없어진 것은 일 년이 지난 후였다. 가게 한편에서 그림을 그리고 책을 읽던 시간이 그리워졌다. 만일 '그애'가 오지 않았다면 나는 그로부터 일주일 후 그곳을 무단으로 탈출했을 것이다.

흰 피부에 주먹만한 얼굴, 눈끝이 족집게로 집어놓은 것처럼 쪽 찢어진 이도영. 나보다 키도 작고 말라서 영 친구라고 보기 힘들었던 그애. 실장의 바지춤을 잡고 숨어 있다가 인사하라고 앞으로 내밀리자 왕왕 울음을 터뜨려버린, 내 인생에서 첫 친구라고 할 수 있는 이도영이 왔다. 어느 날 갑자기, 누가 뒷골목에 버려진 강아지를 주워 온 것처럼.

이도영은 유일하게 하우스에서 사는 애였다. 그애에게는 집이 없었다. 정말로 뒷골목에서 주워 왔으니까.

이름도 비슷하고 동갑이라 이곳 사람들은 우리가 쌍둥이 같다고 했다. 이도영이 그곳에 사는지 모를 때, 홀로 남아 우리를 배웅하는 이도영이 유독 걸린 것도 그래서였나. 집에 가다가 몇 번씩이나 뒤돌아볼 만큼. 쟤는 왜 집에 늦게 갈까, 우리가 가고 나면 혼자서 저기서 뭘 하는 걸까, 하는 생각을 자주 했다. 밥을 먹다가도, 목욕을 하다가도, 침대에 누워 눈을 감았을 때에도 문득문득. 결국 이도영을 자주 생각했다는 말이다. 이도영이 너무 작고 마르고 햇빛을 받아본 적 없는 것처럼 희어서 그랬을 거라 생각했다. 어쩐지 친구인 내가 지켜줘야 할 것 같은 느낌이 강했으니까. 이도영은 집단에서 살아남는 법을 일찍 배운 아이처럼 누구의 말이든 잘 따랐다. 좋게 말하면 그랬다는 것이지 내 눈에는 제 몫을 챙기지 못하고 죄다 양보하고 뺏기는 것만 같았다. 그걸 지켜보고 있는 게 못내 답답할 즈음 결국 나는 굳이 저기에 껴서 놀 필요 없다고 말하며 이도영의 손을 잡고 뛰쳐나왔다. 어차피 언니 오빠들은 우리를 진짜 친구로 생각하지 않으니까 그냥 우리끼리 놀자. 이도영은 히죽 웃었다. 이도영은 내가 앞으로 애한테 뭘 어떻게 가

르쳐줘야 사람들에게 속지 않고 살아갈 수 있을까…… 하는
생각을 일곱 살에 하게 만들었다.

이도영은 가족이 없었다. 그래서 하우스에서 살았다. 너는
어디서 사냐고 묻자, 이도영은 동산보육원에 있다가 왔다고
말했다. 정확하게 말하자면 동산보육원 뒷골목에서 혼자 놀고
있을 때 실장이 찾아와 함께 가자고 말했다고. 보육원이 뭐하
는 곳인지 몰랐던 때였으므로 나는 그 단어를 까먹지 않도록
종일 중얼거린 후 엄마에게 뜻을 물었다. 엄마는 그때 이도영
의 존재를 처음 알았고, 나는 이도영에게 가족이 없다는 걸 처
음 알았다.

언니 오빠들이 이도영에게 무슨 능력을 가지고 있냐고 할 때
마다 이도영은 쪽 찢어진 눈을 손가락으로 휘어 접으며 "잘 봐
요!" 하는 애매한 대답을 내놓았다. 그래서 언니 오빠들은 이
도영의 시력이 엄청 좋거나 투시 능력이 있다고 생각했다. 겉
으로 확인할 수 있는 능력이 아니었고 힘겨루기를 할 수 있는
능력도 아니었으므로 미다스 사이에 존재했던 서열에서는 자
연스럽게 배제되었다. 하지만 그건 그들의 오만이었다. 내가
본 미다스들 중에서 이도영의 능력이 가장 강하고 근사했다.

이도영의 능력을 알게 된 건 정전 덕분이었다. 대규모 정전
이었다. 도시 전체가 삼십 분 동안 아웃된 날이었다. 정전이
된 건 오후 두시였고, 대부분의 사람들은 보고 있던 티브이가

꺼지거나 끓고 있던 커피포트가 멈춘 것으로 정전을 알아차렸
다. 하지만 우리는 사정이 조금 달랐다. 정전이 되자마자 땅속
에 박혀 있던 건물은 칠흑같이 어두워졌다. 다른 층에 있던 사
람들이 암흑의 삼십 분을 어떻게 견뎠는지 모르겠지만, 이도
영과 단둘이 지하 육층에 있던 나는 일생 동안 한 번도 겪어보
지 못한 완벽한 어둠이 닥치자마자 공포에 휩싸였다. 한 치 앞
도 보이지 않았다. 한 발자국도 움직일 수 없었고 내가 서 있
던 곳이 어디였는지조차 까먹을 정도의 어둠이었다. 그 두려
움에 휩싸여 숨쉬는 것도 잊었을 때, 어둠을 뚫고 어디선가 이
도영이 태연하게 물었다.

"왜 그래?"

이도영은 겁에 질려 굳어 있는 내가 걱정되었는지 다가와
손을 잡았다. 그 손길에 더 놀라는 나를 보고 미안하다고 헐레
벌떡 손을 놓았다가, 뒷걸음질치는 나의 손을 또다시 덥석 잡
으며 "책상!" 하고 소리쳤다. 여기서 중요한 것은 이도영이
'겁에 질린 내 얼굴'과 '내 등뒤에 있는 책상'을 봤다는 것이
다. 그것이 그 아이의 능력이었다. 이도영의 세상에는 어둠이
없다.

이도영에게 세상은 언제나 낮이었다. 이도영은 어둠이 무엇
인지, 밤이 무엇인지 볼 수 없는 눈을 가지고 태어났다. "눈을
감아도 어둡지 않아?"라고 물었을 때 이도영은 그 말이 무슨

뜻인지를 이해하지 못했다. 그 능력은 이도영의 눈과 잘 어울렸다. 정확하게 어떤 부분이 어떤 의미로 잘 어울렸느냐고 묻는다면 뭐라 설명할 길이 없었지만 말이다. 나는 어쩌면 그때부터 이도영에 관해서는 뭐든 좋게 생각할 수밖에 없었는지도 모른다. 이 역시도 이유는 없다.

나를 초등학교에 보내기 위해 실장과 대판 싸우고 승리를 거뒀던 날, 엄마는 나에게 이도영에 대해 물었다.

"도영이는 학교 안 간다니?"

"모르겠는데."

엄마는 집에 가는 동안 무언가를 골똘히 생각하는가 싶더니 다음날 다시 실장을 찾았다. 이도영은 그렇게 우리집에서 살게 됐고, 나와 함께 학교를 다니게 됐다.

엄마는 이도영에게 집과 가족이 없다는 걸 줄곧 잊지 않고 있었던 것이다. 실장을 찾아갔던 엄마는 능력을 제대로 사용하려면 정서적인 안정감이 있어야 하는데, 그런 안정감은 이곳에서 얻지 못할 것 같다고 말했다. 실장 입장에서도 나쁘지 않은 제안이었다. 도리어 양육비를 지원해주겠다는 조건까지 내걸었다. 아무튼 중요한 건 이도영이 우리집에서 살게 됐다는 점이다. 나와 함께 잠을 자고, 함께 학교를 가고, 학교가 끝나면 함께 하우스에 가고 그곳에서 헤어지지 않고 함께 또다른 하우스로 갔다.

엄마는 친구도 좋고 남매도 좋으니 사이좋게만 지내라고 했다. 그런 부탁쯤은 거뜬했다. 나는 이도영이 정말 친구로서 좋았으니까. 학교에서 우리는 쌍둥이로 소개됐다. 그래서 어디를 가든 사람들은 나를 보면 이도영을 떠올렸고 이도영을 보면 나를 떠올렸다. 우리는 그 속에서 특출난 힘을 가진 미다스가 아닌 평범한 십대였다. 우리는 중학교를 잠시 따로 다녔지만 언제나 함께하는 것은 변하지 않았다. 나는 이도영과 함께했던 모든 순간들을 사랑했다. 그애가 있어서 내 하루는 평범했고 가끔 특별했으니까. 내가 미다스로 태어난 걸 싫어하지 않게 해준 유일한 사람이었다.

그런 이도영이 죽었다. 이 말을, 어떻게 풀어서 해야 할지 모르겠다.

*

중학교를 다니면서 친구들과 농구를 시작한 이도영은 아침마다 쑥쑥 크더니 고등학교 입학할 때에는 아이들 사이에서 손에 꼽을 정도로 커졌다. 시원시원한 이목구비에 큰 키, 희고 밝은 피부, 어렸을 때부터 다져진 사회성이 만들어낸 웃음. 이런 것들이 버무려져 이도영은 학교에서 인기가 많았다. 입학식 때부터 다들 힐끔힐끔 쳐다볼 정도로 이목을 끌더니 첫 한 달이 지났을 무렵에는 너도나도 이도영의 이름을 알고 있었고, 중간고사가 지났을 때에는 내게 이도영에 대해 노골적으로 물어오는 친구들이 생겼다. 쌍둥이 누나라는 점이 이도영에 대해 더 잘 알 수 있는 기회라고 느껴진 모양이었다. 그럴 때마다 나는 멋대로 대답했다. 실제로 이도영이 해산물을 먹고 체한 경험이 있어 딱히 좋아하지 않는데 오징어를 좋아한다고 대답하거나, 공포영화를 좋아하지 않는데 좋아한다고 하거나. 한마디로 그때마다 멋대로 지껄였다는 뜻이다. 덕분에 이도영에 대한 정보는 제각각이었다. 어디에도 진실은 없었고 오직 나만 알고 있었다.

나는 왜 그렇게 대답했을까. 나 역시도 궁금했지만 답을 찾을 수 없었다. 그때쯤 우리가 당연하게 해왔던 것들이 당연해지지 않았다. 손을 잡는 것도, 한 침대에서 자는 것도, 아주 사소하게는 음료수를 함께 나눠 마시는 것도 말이다. 우리는 언제나 그렇듯 많은 이야기를 나눴지만 언젠가부터 둘 사이의 언어가 달라지기라도 한 것처럼 나는 이제 이도영의 마음을 전부 읽을 수 없게 되었다. 이도영과 나 사이에 어떤 틈이 생겼다. 그 틈이 눈을 오래 마주치지 못하게 했고, 나를 조금 작아지게 했다. 이도영이 곁에 있으면 그 틈으로 이상한 기운이 흘러나오는 것 같았다. 이게 다 무슨 일인지 정확하게는 모르겠다. 다만 나는 이 모든 걸 느낀 순간부터 이도영의 날카로운 눈매가 더 좋아졌고, 이도영의 흰 피부를 자주 만지고 싶다고 생각했고, 이도영의 따뜻하고 말랑말랑한 몸을 안고 싶다는 생각을 했다.

박세정은 고등학교에 올라와 친해진 친구다. 방향이 같아 우리는 자주 함께 하교했다. 이도영에게 일이 있는 날에는 박세정과 나 둘이 갔지만, 나에게 일이 있을 때에 그 둘은 함께 가지 않았다. 이유는 간단했다. 박세정이 이도영을 좋아했다. 이건 박세정이 내게 알려줬기 때문에 아는 사실이다. 그렇지만 박세정은 다른 친구들처럼 내게 이도영의 정보를 캐내려고 하거나 나를 이용해 이도영과 더 가까워지려는 짓을 하지 않았다. 그래서 친구가 됐다. 박세정은 이도영은 이도영이고, 이주영은 이주영이라며 이도영이 좋은 만큼 친구 이주영도 좋다고 말해준 유일한 애였다.

박세정과 둘이 하교하던 날이었다. 박세정이 더운지 교복 셔츠를 앞으로 쭉 당겼다.

"어떻게 중간고사가 끝난 게 어제 같은데 벌써 기말고사니. 이게 말이 되니?"

"기말고사를 빨리 쳐야 방학이 오지."

내 말을 듣자마자 박세정이 몇 걸음 앞서 걷더니 휙 뒤돌았다. 나는 걸음을 멈췄다. 앞길을 막아선 박세정의 눈이 가늘어지더니 집요하게 나를 노려봤다.

"너 방학 때 어디 가? 저번부터 방학, 방학, 거리고 있는데…… 뭔데 빨리 말해."

"뭘 말해. 방학이니까 그냥 좋은 거지."

박세정은 아무래도 수상하다는 표정이었다. 나는 그런 박세정을 지나쳐 걸었다. 방학 때 어디 짧게라도 놀러갔다 오자던 박세정의 요청을 거절한 이력이 있으므로 괜히 초조해졌기 때문이었다. 이번 방학에는 이도영과 제주도에 가기로 했다. 엄밀히 따지자면 둘이 가는 것도 아니었고 보호자로 매니저도 따라붙었으며 놀러가는 것보다 일하러 가는 것에 더 가까웠다. 제주도 바다를 치우기 위해서였다.

나는 종종 한강에 가라앉은 쓰레기를 주웠고 이도영은 어두운 지하에서 길 잃은 개나 고양이를 구출했다. 때때로 사고 현장에서 구조가 시급한 사람들의 위치를 알려주기도 했다. 그게 우리가 나라를 위해 하는 봉사였다. 덕분에 우리는 야간자율학습을 하지 않았고 주말 약속도 잡지 못했다. 우리의 사회적 공헌을 알 리 없는 친구들은 괜히 바쁜 척한다며 핀잔을 주었지만 못내 아쉬워하는 게 보였다. 특히 이도영이 크고 작은 행사에 함께하지 못한다는 점을 말이다. 하지만 이도영은 눈치가 없어서 그런 관심을 잘 몰랐다. 눈칫밥을 하도 먹고 자라서 포화상태가 된 건지 이상한 방면으로 둔했다.

박세정이 내 옆에 따라붙었다.

"근데 너 그거 들었어? 이상훈 이번 쪽지시험 칠십 점 맞아
서 난리났던데."

박세정은 단순해서 한 가지 일에 골몰하지 않고 언제나 금
방 다른 주제를 꺼냈다.

"그게 왜 난리야?"

"왜냐니. 걔 중간고사에서 만점 맞았잖아. 그런 애가 이번
쪽지시험에서 한 번도 아니고 줄줄이 육십, 칠십 점 맞았으니
까 난리지. 안 그래도 걔 수학 시간에 나와서 문제 풀라고 하
면 못 푼다며."

"시험 기간에 족집게 과외라도 받나보지. 걔네 잘산다며."

"하, 세상에 그런 선생이 있다고? 칠십짜리 애를 시험 때만
백으로 만드는? 참 나, 부럽다."

그후에도 성적이 돈으로 매겨지는 세상이라며 계속 투덜투
덜거리던 박세정과는 갈림길에서 헤어졌다. 박세정은 가다가
몇 번씩 뒤돌아서는 방학 때 본인 빼고 어디 놀러갈 생각 하지
말라고 소리쳤다. 나는 대답하지 않고 잘 가라고 손만 흔들었
다. 그 말에 고개를 끄덕이면 거짓말을 하게 되는 거니까.

이도영은 그날 평소보다 더 늦게 들어왔다. 고양이를 구해
주고 왔다는 이도영은 얼굴에 여느 때와 다른 웃음을 띠고 있
었다. 무슨 일 있었느냐고 묻기 전에 방으로 홀랑 들어가버린
이도영은 그날부로 생각에 자주 잠겼고 무슨 말을 하려고 입

을 벙긋거리다가 말았다. 밤마다 종종 집 앞에 오 분, 십 분씩 나갔다 들어왔고, 노트북으로 혼자서 무언가를 열심히 찾아보는 것 같기도 했다. 무슨 일이냐고 보채볼까, 매니저한테 물어볼까 하다가 기다림을 택한 쪽은 나였다. 이도영이 자신만의 고민을 끝내면 분명 나에게 이야기해줄 거라고 믿었기 때문이었다. 이도영은 비밀을 오래 간직하지 못한다. 애초에 내게 말하지 않고는 못 배길 애라는 걸 알고 있었다.

이도영은 기말고사가 시작될 때까지도 내게 아무 말 하지 않았다. 예전처럼 평일 밤이나 주말에 봉사를 하고 올 뿐이었다. 오히려 그 시간을 괴롭게 버틴 건 나였다. 숨기고 있는 것이 있냐고 몇 번이나 물어보고 싶었다. 그럴 때마다 허벅지를 꼬집으며 참았다. 문 앞을 서성이다가 이도영이 나오는 기척에 헐레벌떡 도망간 날도 많았다.

하지만 그러지 말았어야 했다. 궁금했을 때 당장 문을 열고 뭘 숨기고 있느냐고 물어봤어야 했다. 왜 나한테는 미래를 내다볼 수 있는 능력이 없는 걸까.

그날은 내가 한강으로 봉사를 하러 가야 하는 날이었다. 동시에 기말고사 마지막날이기도 했다. 박세정이 시험 끝났으니 노래방 갔다가 빙수 먹으러 가자고 꼬드겼지만 나는 바쁜 일이 있다고 거절했다. 박세정은 입술을 비죽 내밀며 서운함을 감추지 못했다. 나는 그런 박세정의 엉덩이를 두드려주며 방학 시작하기 전에 꼭 놀자고 다독여 집으로 보냈다. 하지만 정말 어쩔 수 없었다. 시험 기간 내내 봉사를 한 번도 나가지 않았으니 지금부터 부랴부랴 해치워야 방학이 시작되면 제주도로도 떠날 수 있었다.

내가 집에서 옷을 갈아입고 나갈 준비를 마쳤을 무렵 이도영이 집에 도착했다. 지금 나가? 응. 늦어? 많이 안 늦어. 그런 일상적인 대화를 주고받았다. 내가 현관에서 신발을 신고 있을 때, 방으로 향하던 이도영이 문득 뒤돌더니 말을 걸었다.

"주영아."

"왜?"

"너 또 머리 자를 때 됐다."

물속에서는 머리 길이가 짧을수록 편하다. 아주 예전에 버려진 그물망에 머리카락이 엉키는 바람에 물속에서 머리카락을 자른 이후로 나는 절대 손에 잡힐 정도로 머리카락을 기르지 않았다. 엄마는 둘이 나란히 앉아 있는 걸 보면 뒷모습으로는 영 구분할 수 없다고 했지만 머리카락 자라는 속도는 이상하리만치 내가 훨씬 빨라서 이도영이 미용실에 한 번 갈 때 나는 적어도 두 번은 다녀야 했다.

나는 뒷덜미에 한 움큼 잡히는 머리카락을 쓸며 고개를 끄덕였다.

"기르는 거야?"

"기를 생각 없는데. 왜? 내가 길렀으면 좋겠어?"

"아니, 그런 말은 아니고."

"네가 길러볼래?"

내 말에 이도영이 웃으며 손가락으로 자신을 가리켰다. 나? 하고 묻는 얼굴이었다. 내가 고개를 끄덕였다.

"너 머리 기르면 예쁠 거 같은데."

"그래? 길러볼까?"

"응, 이번 여름에 길러봐."

알겠다며 고개를 끄덕이던 이도영은 더 할말이 있는지 자리를 지키고 서 있었다. 이도영은 머뭇거리더니 그럼 오늘 일찍와? 하고 물었다. 이렇게 꼬치꼬치 캐물으며 말을 빙빙 돌리는 걸 보니 그간의 비밀을 이제야 이야기해주려는 모양이다. 그것도 오늘밤에.

"응, 일찍 와."

이도영은 이따 보자며 웃었다.

이도영도 여느 때처럼 고양이를 찾아주기 위해 나갔다. 그럼 여느 때처럼 밤 열시가 넘기 전에 돌아왔어야지. 그날따라 유독 귀가하는 시간이 늦어지더니 이도영은 기어코 자정이 넘을 때까지 돌아오지 않았다. 나는 바보처럼 찾아나설 생각도 하지 않고 이도영이 해줄 비밀 얘기가 무엇일지에 대해 곰곰이 생각하며, 침대에 누워 벽지가 누렇게 변한 천장만 바라보고 있었다. 이도영이 대낮 같은 밤하늘을 쳐다보고 있었을 때……

거센 강풍이 창문을 두드리는 소리에 정신을 차리며 자리에서 일어났다. 곧바로 커다란 굉음이 들렸다. 창이 흔들릴 정도로 바람이 불었다. 시계를 확인했다. 자정이 넘었다. 나는 그때야 이도영을 찾았다. 이도영은 전화도 받지 않았다. 학교를 비롯해 우리가 자주 다니던 모든 곳을 찾아보았지만 이도영은 그 어디에도 없었다.

이도영은 다음날 아침에야 찾을 수 있었다. 인천 남항 컨테이너 부두. 그곳에 있었다. 타워크레인 아래에.

여기에 있었으니까 내가 찾을 수 있을 리가 없지. 도대체 너는 왜 여기에 왔을까. 그걸 묻고 싶었지만 물어도 대답을 들을 수가 없었다. 하우스 소속 수사대의 말에 따르자면, 어떤 이유로 너는 저 높은 곳에 올라갔고 그때 불어닥친 강풍에 중심을 잡지 못해 떨어진 것 같다고 했다. 아무튼 그 말을 조합해보면 네가 저 위에 올라간 이유도, 죽게 된 까닭도 무엇 하나 확실한 게 없다는 말이다.

정오의 태양을 바라보고 있는 이도영의 눈꺼풀을 덮어준 것은 나였다. 바닥에는 검게 변해 얼룩으로 남은 피가 가득했다. 눈물은 나지 않았고 이런 생각이 들었다. 너는 이제야 어둠이 무엇인지 알았을까? 그런데 왜 나는 지금 눈물이 나지 않을까? 슬프지도 않았다. 뭐랄까, 이도영이 잠깐 내게 장난치는 것 같았다. 네가 거기를 올라간 이유조차 알지 못해서 그랬던 걸까.

어쨌든 확실한 건 내 현실 부정과는 상관없이 이도영이 죽었다는 거였다. 저 높은 곳에서 떨어져서 눈도 감지 못하고.

*

학교에는 교통사고로 인한 사망이라 알렸다. 장례는 가족끼리 치르겠다고 말했지만, 실제 이도영은 장례는커녕 하우스의 가장 깊은 지하 팔층에 누워 있었다. 차가운 스테인리스 베드 위에 나체로 말이다. 네 죽음의 원인을 알아내기 전까지 너는 죽어도 이곳을 떠날 수 없게 된 것이다.

나는 그곳에 누워 있는 이도영을 떠올릴 때마다 아무리 죽었다고 해도 춥지 않을까? 이불을 덮어주거나 꽉 안아줘야 할 텐데…… 따위의 생각을 했다. 흰 피부가 냉동실에 얼린 것처럼 딱딱하게 굳어 있다고 생각하면 심장이 아렸다. 나는 차가운 이도영 대신 따뜻하고 말랑말랑한 이도영의 몸을 생각하려고 애썼지만 마음처럼 되지 않았고 그래서 속상했다. 학교도 가지 않고 종일 하는 일이라고는 죽은 이도영을 떠올리는 것뿐이었다. 그날 이도영이 나한테 하려고 했던 말이 무엇일까 고민했고, 고민에 지칠 때쯤 나도 모르게 잠드는 게 일상의 전부였다.

아무도 나를 건드리지 않았다. 내가 게으름 피우는 걸 싫어하는 엄마도, 심심하면 찾아와 놀자고 하는 아빠도 없었다. 박세정은 몇 번 전화하더니 통화가 연결되지 않자 언제든 연락하라는 문자를 남겼다. 평소에는 연락이 조금만 늦어지거나 확인 후 답장을 하지 않으면 난리쳤던 박세정이었는데 이번에는 확인하고도 답장하지 않는 나를 채근하지 않았다. 나는 그 기회를 노려 이도영을 더 많이 생각했다. 여전히 눈물은 나지 않았지만. 그리고 나는 미뤄두고 있던 감정 하나를 그제야 툭 꺼냈다. 나는 이도영을 좋아했던 걸까?

엄마가 내 방으로 들어와 창문을 열었을 때는 일주일이 지난 날이었다. 슬픔을 핑계삼을 수 있는 기간이 끝났다. 내가 느끼고 있는 슬픔이 더는 통하지 않고, 또다시 세상으로 걸어 들어가야 하는 시간이 다가온 것이다. 하지만 나는 마지막 저항을 하고 싶어, 아랑곳하지 않고 이불 속에서 몸을 웅크렸다. 아직 세상에 나갈 준비가 되어 있지 않다는 발악이었다. 평소의 엄마라면 그만 궁상떨고 일어나라고 할 테니까. 그러면 못 이기는 척, 슬픔을 애써 억누르는 척 자리에서 일어나야지.

하지만 엄마는 그러지 않았다. 침대 끄트머리에 가만 앉아, 이불 무덤의 등선을 손으로 쓸었다. 손은 곡선을 타다가 비죽

나온 내 머리카락에 닿았다. 주영아, 엄마가 다정하게 나를 불렀다. 웅크린 내 몸을 끌어안았다. 이상하다. 이러면 안 되는데. 엄마가 이러면 안 되는데. 그러면 못 이기는 척 자리에서 일어날 수가 없는데.

엄마는 오래도록 나를 끌어안고 있었다. 엄마도 슬프구나. 장난처럼 이도영을 아들이라고 불렀었는데, 이도영이 정말 아들이 되었던 거구나. 슬픔이 포개져 우리는 한동안 자리에서 일어나지 못했다. 바람이 불지 않았다면, 어쩌면 그렇게 평생을 있었을지도 모른다.

함께한 시간이 길다고 생각했는데 정리하고 보니 이도영의 물건은 겨우 박스 하나를 채웠다. 버릴 생각은 없었지만 그대로 두었다가는 빛과 바람에 빨리 풍화될 것 같았다. 주인 없는 물건은 쉽게 죽는다. 그러지 않기를 바라. 너희라도 오래 살아남으라는 쓸데없는 기도를 했다.

이도영의 교실 책상에는 포스트잇에 쓴 편지와 국화꽃이 가득 놓여 있었다. 보고 싶다는 말이 큼직하게 쓰인 포스트잇을 멍하니 바라보다가 한 장씩 떼어냈다. 이도영에게 전해줄까, 했다가 그냥 가는 길에 버려야겠다고 마음먹었다. 이도영의 반 아이들 중 그 누구도 나를 대놓고 쳐다보지 않았지만 모두가 나를 의식하고 있었다. 적막한 교실에서는 내가 움직이며 내는 소음만 크게 퍼졌다. 그냥 떠들어도 되는데. 없는 척 행동해도 괜찮은데. 애들아, 떠들어도 돼! 나 신경쓰지 마! 라고 말하고 싶었지만 오지랖인 것 같아 입을 다물었다. 최대한 빨리 교실을 빠져나가는 게 내가 반 아이들에게 해줄 수 있는 가장 적절한 일처럼 느껴졌다. 이도영의 물건들을 하나씩 상자에 담다보니 문득 궁금해진다. 이 반 아이들은 너에게 사실 특별한 능력이 있어서 네가 밤마다 고양이를 구조했다는 걸 알까? 아마도 모르겠지. 내가 입을 열지 않는 한 아마 평생 이 아이들 중 누구도 모를 거야. 너무도 당연한 사실이고 그래야만 하는 건데 이상하게 답답해졌다. 문득 소리치고 싶었다. 친구들이 모르는 도영이의 비밀에 대해.

교실 밖 복도 창문으로 한 아이가 나를 보고 있었다. 아니, 나를 보고 있는 것인지 이도영의 책상을 보고 있는 것인지 모르겠지만 어쨌든 그 아이는 내가 자신을 쳐다보자 깜짝 놀라며 고개를 돌렸다. 그리고 황급히 자리를 피했다. 그때까지는 그 아이에 대해 대수롭지 않게 생각했다. 쟤도 이도영을 좋아하던 아이였겠지, 하는 생각뿐이었다.

박세정은 유일하게 이도영이 아니라 내게 편지를 썼다. 만나자마자 십 분 동안 나를 말없이 안고 있다가 건넨 편지였다. 박세정의 눈에는 눈물이 그렁그렁 차 있었지만 내 앞에서는 흘리지 않겠다고 다짐하고 온 사람처럼 끝내 눈물을 떨어뜨리지 않았다. 편지는 학교에서 읽지 말고 집에서 읽으라는데, 나는 어쩐지 그 편지를 영원히 열어볼 수 없을 것 같았다. 한참을 머뭇거리다가 주머니에 편지를 넣으며 고맙다고 대답했다. 박세정은 오늘은 학교 끝나고 나랑 가? 하고 조심스럽게 물어왔다. 그렇지, 이제 이도영이 없으니까 매일 박세정이랑 가야 되겠구나. 나는 고개를 끄덕였다. 박세정은 좋아하지도, 슬퍼하지도 않았다.

이도영이 없는 세상에 적응해나가야 한다. 그게 제일 힘들다.

그때 또다시 시선이 느껴졌다. 고개를 돌려 건물 모퉁이를 바라봤다. 그림자 하나가 빠르게 사라지는 것이 보였다.

'그애'는 며칠이고 내 주위를 서성이며 나를 쳐다봤다. 훔쳐본 것도 아니다. 대놓고 쳐다봤고 눈이 마주치면 뒤늦게 고개를 돌렸다. 거슬렸지만 일부러 알은척하지 않았다. 뭔가를 깊게 신경쓸 여유가 없었다. 하지만 그애를 더는 지나칠 수 없는 상황이 며칠 후 찾아왔다. 그애가 내가 사는 빌라 앞에 서 있었던 것이다. 그것도 앞이 캄캄한 밤에. 나는 빌라 입구 계단에 서서 신발코를 바닥에 툭툭 치며 어둠 속에 우두커니 서 있는 그애를 쳐다봤다.

"너 말이야, 이주영 맞지? 이도영 누나."

그애는 날카로운 목소리로 내가 알아듣지 못할 말만 늘어놓았다.

"아니지, 누나 아니잖아. 그렇지? 너희 쌍둥이 아니라며."

"그게 무슨……"

"너도 내가 보여?"

"뭐?"

"너도 개처럼 이 어둠에서 내가 잘 보여?"

한 발 더 다가와 나에게 묻는 그애 얼굴을 보다가 명찰로 시선을 내렸다. 유태이.

너 지금 나한테 무슨 소리를 하고 있는 거야?

*

우리는 히어로 영화를 좋아하지 않았다. 이도영의 말을 빌리자면 영화 속 영웅들은 지나치게 이상적인 모습으로 묘사된달까. 서로 힘을 합쳐 지구를 위협하는 외계 생명체를 물리치고, 자신의 정체를 밝히지 않아도 사람들에게 신임을 얻고 응원을 받는다는 것 자체가. 그것들 전부가. 우리는 그걸 하지 못했다. 보편적인 인간에게는 나타나지 않는 비범한 능력을 가지고 있었지만 우리는 그들처럼 세상 밖으로 나가 싸울 수 없다. 그래서는 안 된다. 우리의 존재는 보편적인 인간들의 평범한 일상을 망가뜨릴 것이다.

그래도 역시 능력이 별 볼 일 없어서 그런 건가? 그런 말들은 다 핑계고.

우리는 상영관을 차지했던 히어로 영화 대신 하루에 두 번 밖에 상영하지 않는, 그날 처음 본 제목의 영화 표를 쥐고 그런 시시콜콜한 이야기를 나누다가, 외계 생명체의 침략으로 지구 전체가 위기에 빠지는 일이 없어서 그런 것이라 결론 내렸다. 그렇다고 외계 생명체의 침략을 바랄 수는 없으니까.

그러니까 우리가 참자. 외계 생명체가 없어서 우리도 정체를 숨기고 있어야 하는 것으로. 없는 존재처럼. 어쩌면 우리가 세상 밖으로 나갔을 때 사람들이 더 불안해할지도 몰라. 영웅이 나타났으니까 곧 악당도 나타날 거라고 하면서……

*

나는 다음날 유태이를 찾아내기 위해 학교를 쏘다녔다. 유태이는 어젯밤 내가 말을 잇지 못하자 그대로 도망쳤다. 이 근방의 지리라면 유태이보다 내가 더 잘 아는데도 놓쳤다. 골목으로 들어가는 걸 보고 뒤따라갔지만 유태이는 흔적도 없이 사라져 있었다. 골목 끝은 막다른 길이었고 거기를 빠져나가려면 돌담을 넘어야 했다. 그렇게 높은 돌담은 아니었지만 그렇다고 단번에 넘을 수 있는 높이도 아니었다. 적어도 도망치는 와중에 마주친 돌담이라면 어찌할까 망설이다 두 손으로 벽을 짚고 힘겹게 넘어야 하는 수준이었다. 그러는 동안 내가 도착할 거였고. 그렇지만 유태이는 없었다.

학교에서 유태이를 찾아내는 건 어렵지 않았다. 5반에서 유태이를 발견했다. 교실로 들어가 그애 책상 앞에 서자, 가방에서 책을 꺼내던 유태이가 손을 멈추고 나를 쳐다봤다.

"너 나랑 얘기 좀 하자."

또 도망갈 줄 알았던 유태이는 고개를 한 번 끄덕이고는 자기가 먼저 몸을 틀어 교실을 빠져나갔다. 나는 유태이를 따라 옥상으로 향했다. 높게 묶은 유태이의 머리카락이 말총처럼 흔들리는 것을 보면서.

옥상 한구석에는 책걸상이 쌓여 있었다. 애도의 시간이 끝나면 머지않아 이도영의 책상도 이곳으로 오게 될 거였다. 죽은 아이의 책상에 앉아 공부하고 싶은 학생은 없을 테니까. 나는 그 책상 무덤을 등지고 섰다. 이도영을 생각할 때가 아니었다.

유태이가 입을 꾹 다물고 나를 노려봤다. 저 눈빛은 노려봤다고 표현하는 게 맞았다. 유태이의 태도는 빚쟁이 같았다. 정작 받아내야 할 대답이 있는 사람은 난데. 유태이가 제멋대로 말을 지껄이고 간 후 얼마나 많은 생각에 잠을 못 이뤘는지 모른다. 유태이가 이도영의 능력을 알고 있었다. 이도영이 내게 말하지 않은 친구였을까. 이도영의 비밀을 전부 알고 있는 걸까.

짤막한 신경전을 끝내고 전날 밤 이야기를 꺼내려고 했을 때, 유태이가 먼저 입을 열었다.

"이도영 진짜 죽은 거 아니지."

그 순간 이도영의 눈을 감겨줬을 때부터 지금까지 이상하리만치 잠잠했던 심장 어느 한 부분이 뒤틀리는 걸 느꼈다. 가슴께가 아프고 쓰라리다. 뜨겁고 답답하다. 누군가 아주 세게 내 가슴을 친 느낌이었다. 나는 유태이의 멱살을 쥐고 깨금발을 했다. 옥상 문으로 강하게 밀어붙였지만 유태이는 눈 하나 깜빡하지 않았다.

"걔 안 죽잖아."

"너 지금 뭐라고 지껄이는 거야?"

"죽을 수 없잖아."

유태이는 나를 놀리는 게 아니었다. 웃음기 하나 없이 진지했고 그래서 더 절박해 보였다. 내 기분을 나쁘게 하려는 사람이 저토록 절박한 표정일 수가 없었다. 손이 떨렸다. 이도영이 안 죽었나. 그 죽음을 직접 목도하고도 처음 본 애의 말을 믿고 싶었다. 냉정함을 유지하고 싶었지만 목소리가 하염없이 떨렸다.

"너 어제부터 자꾸 무슨 말을 하는 거야. 아는 게 있으면 돌려서 하지 말고 똑바로 말해."

"안 죽었지."

"죽었어. 죽었으니까 개소리 지껄이지 말고 똑바로 말해."

"높은 곳에서 떨어졌다고 죽었을 리 없잖아."

"똑바로 말하라니까!"

유태이를 강하게 밀쳤다. 유태이는 버티지 못하고 뒷걸음질을 쳤고, 그렇게 단단한 철제문 뒤로 사라졌다. 그러니까 닫힌 문으로 몸이 통과했고 유태이의 멱살을 쥐고 있던 내 손도 문을 통과한 상태였다. 내가 상황을 파악하기도 전에 유태이의 손이 철제문을 통과해 불쑥 튀어나오더니 내 가슴팍을 밀쳤다. 몸이 뒤로 나자빠지며 철제문으로부터 내 팔이 빠졌다. 내 손끝이 문을 다 통과할 때까지 유태이는 내 손을 잡고 있었다.

그리고 사라졌다. 유태이는 닫힌 문을 통과해 도망쳤다. 나는 그제야 유태이가 지난밤 돌담을 넘은 것이 아니라 통과해 사라졌다는 것을 알았다. 유태이에게 능력이 있다.

등록되지 않은 미다스다. 그리고 유태이는 이도영이 어떻게 죽었는지 알고 있다.

*

세상에 미다스가 더 있을까? 우리가 알지 못하는.

이도영이 물었다.

없지 않을까? 여기는 모든 미다스를 데려와서 관리하잖아. 이렇게 이상한 능력을 가지고 있는데 발견하지 못했을 리가 없어. 다들 감지기 달린 촉수를 세운 것처럼 쏙쏙 찾아내잖아.

나는 시시한 답을 했다.

그럼 만약에 정말 어쩌다가 발견하지 못한 미다스가 있다면, 걔는 평범한 사람들 속에서 자신을 뭐라고 생각할까?

이도영은 유태이의 존재를 알게 된 후에 그런 의문을 가졌던 것일까. 아니다, 그럴 리가 없다. 일 년 전 겨울에 나눈 얘기였다. 이도영이 그토록 오랫동안 유태이의 존재를 내게 숨겼을 리 없고, 유태이 역시 이도영을 오래도록 알았다면 그 높은 곳에서 떨어져도 죽지 않았을 거란 말을 했을 리 없다.

유태이는 계속해서 건물을 통과해 달렸다. 그렇지만 그애도 보는 눈이 신경 쓰이기는 했는지 사람이 많은 도로에서는 대범하게 건물을 통과하지 못했다. 나는 유태이가 보이면 그애를 쫓았다가 어느 순간 보이지 않으면 길이 나 있는 쪽으로 달렸다. 유태이가 왜 도망가는지조차 알지 못했다. 이도영의 죽음에 유태이가 연관되어 있는 것일까. 이도영이 죽을 수밖에 없는 이유에 유태이가 있는 것일까. 그래서 저애는 저렇게 도망가고 있는 것일까. 혹시 정말 그렇다면, 이도영이 유태이 때문에 죽은 거라면 나는 유태이를 어떻게 해야 할까……

유태이는 남항 컨테이너 부두 쪽으로 향하고 있었다. 학교가 있는 동네는 이미 벗어난 지 오래였다. 숨은 차지 않았다. 능력을 감당하기 위해서는 높은 체력이 필요했기 때문에 이 정도 달리기는 이제 아무것도 아니었다. 달리기라면 지구 한 바퀴를 달리고도 남았으니까. 하지만 유태이는 점점 지쳐가는 것이 보였다. 땀과 뒤엉킨 머리카락이 이마에 가닥가닥 달라붙었다. 곧 체력이 바닥난 유태이가 먼저 항복을 선언하리라. 계속 쫓아 뛰기만 한다면 유태이는 쉽게 잡힐 거였다. 하지만 틀렸다. 유태이가 줄지어 늘어선 컨테이너를 통과하자마자 나는 곧 이 많은 컨테이너들 중 어느 곳에 유태이가 있는지 알 수 없게 되었다.

나는 블록처럼 놓인 컨테이너 사이를 지나다니며 별 소득 없이 주변을 살폈다. 유태이라면 나를 따돌리기 위해 컨테이너 안에 숨어 있을 것이다. 나는 들어가지 못하는.

"나와. 나와서 나랑 얘기를 해!"

크게 소리쳤다.

"나오라니까!"

목소리가 컨테이너 사이로 메아리쳤다. 괴성과 울음이 뒤섞인 울림이었다. 숨이 차서 가슴이 아파왔다. 숨이 잘 쉬어지지 않았다. 주먹으로 가슴을 내리쳤다. 그렇게 하지 않으면 꽉 막힌 숨을 토해낼 수 없을 것 같았으니까. 하지만 나오라는 숨은 나오지 않고 애꿎은 눈물만 땅에 후드득 떨어졌다. 내가 또 한 번 유태이를 부르려고 한 순간, 갑자기 튀어나온 유태이가 내 입을 틀어막으며 컨테이너로 밀쳤다. 유태이는 부릅뜬 눈으로 이렇게 말하고 있었다.

'조용히 해!'

자동차가 멈춰 서는 소리가 들렸다. 그 자동차의 전조등 불빛이 우리가 있는 컨테이너까지 뻗었다. 여전히 내 입을 틀어막은 채로 유태이는 전조등 불빛을 바라보고 있었다. 겁에 질린 얼굴이었다. 유태이의 손바닥에서 땀이 나는 게 느껴졌다. 자동차 시동이 꺼지면서 문이 열리고 서너 명이 내리는 소리가 뒤이어 들렸다. 한 남자가 걸걸한 목소리로 말했다.

"학교에 없는 거 보니까 진작 알고 토낀 거 아니야?"

"걔가 갈 데가 어디 있다고."

다른 남자가 비웃으며 대답했다.

"아, 그 새끼 사람 귀찮게 어디로 간 거야."

그들이 찾는 사람은 유태이다. 유태이의 표정만 봐도 알 수 있었다. 그들이 하는 이야기를 더 가까이에서 듣고 싶었다. 유태이의 손을 치우고 그들에게 가까이 가려고 하자 유태이가 내 손을 붙잡았다. 그러지 말라는 듯 고개 젓는 유태이를 바라보다가 그 손을 떼어내고 말했다.

"안 들켜."

거리가 좀 멀긴 하지만 커다란 화물선이 정박된 곳이 보였다. 저 거리라면 나 하나쯤 바다에 들어간다고 해도 알아차리지 못할 거였다. 나는 가지런히 정렬된 컨테이너 사이로 돌아가 화물선이 있는 곳으로 달렸다. 그리고 그들이 머리를 맞대고 있는 틈을 타 바다로 달려 그대로 뛰어들었다.

이도영은 물에서 숨을 쉬면 어떤 기분이냐고 자주 물었다. 조금 더 시원해? 라고 물었던 것 같다. 비린내가 나냐고 했던 것 같기도 하고, 또 어떤 소리가 들리냐고 물었던 것 같기도 하고. 어쨌든 내가 뭐라고 했더라. 그냥 그렇지 뭐. 이런 시시한 대답을 했을 것이다. 이렇게 될 줄 알았다면 조금 더 자세하게 알려줄걸 그랬다. 함께 손을 잡고 수영을 했던 날, 물에서 숨을 쉴 수 없는 이도영이 참지 못하고 수면 위로 고개를 내밀었을 때. 그때 이도영의 손을 붙잡고 더 자세히 설명해줄걸.

어떤 기분이냐면 도영아, 똑같아. 물은 나한테 그저 축축한 육지야.

방파제에 바짝 붙었다. 수면 위로 물결을 따라 흔들리는 남자들의 형상이 보였다. 그들은 손에 담배 하나씩을 쥔 채 먼 수평선을 이따금씩 쳐다볼 뿐 자신들의 발밑으로는 눈길조차 주지 않았다. 나는 오른쪽 귀를 수면 위로 올렸다. 파도가 거세 방파제를 세게 붙잡지 않으면 몸이 떠밀릴 것 같았다. 남자들의 목소리와 파도 소리가 뒤섞여 들린다.

"……그냥 자기 혼자 생각 많아서 어디 간 거 아니겠어? 그래놓고 이 근처에 있을 수도 있고."

"걔가 사이코냐? 자기 때문에 사람 죽은 곳 다시 오게."

"근데 그 죽은 애에 대해서는 더 알아낸 거 없어?"

"학교는 찾았어. 근데 경찰도 조사를 안 하고 교통사고로 처리를 했다는데. 교통사고는 무슨."

바람 빠지는 듯한 남자의 웃음소리가 들렸다.

"그러니까 더 찜찜하네. 뭐하는 애였는지 알아야 개랑 뭔 작당을 했는지 알아내기라도 할 텐데. 유지선 터니까 개랑 도망갈 궁리 하고 있었다면서. 그때 일로 유지선도 병원에서 저러고 있는데 이러다가 개가 복수라도 하려고 덤벼들면 어떡해."

"쫄지 마, 인마. 기껏 해봤자 뭐 통과하는 것밖에 못하는 애가 뭘 할 수 있겠냐? 도망이나 잘 가겠지. 그리고 눈을 가려. 그러면 돼."

"눈?"

"눈을 가리면 능력이 좀 오락가락해. 저번에 눈 가리니까 못 쓰는 거 봤어. 이 근방 더 찾아보고 유지선한테 가 있으면 거기로 오겠지."

낄낄 웃던 남자들은 짧아진 담배꽁초를 바다로 던지고 자리를 떴다. 나는 둥둥 떠 있는 담배꽁초를 쥐고 물을 빠져나왔다.

손이 떨린다. 그냥 떨린다고 해야 할지 힘을 너무 줘서 주체할 수 없다고 해야 할지 모르겠다. 손이 너무 떨려 손톱이 손바닥 살을 파고들 정도로 세게 주먹을 쥐었다. 축축하게 젖은 신발이 걸을 때마다 물자국을 냈다.

유태이와 헤어졌던 컨테이너 앞에 섰다. 컨테이너 문을 붙잡았다가 자물쇠가 채워져 있는 것을 보고 도로 놓았다. 또다시 숨이 차서 가슴이 아파왔다. 뛰지도 않았는데, 젖은 수건을 쥐어짜내는 것처럼 가슴이 욱신거렸다.

"갔어. 나와."

그애가 죽었던 날, 네가 그 자리에 있었다. 그 자리에서 너는 뭘 하고 있었는지 들어야겠다.

*

사람은 쉽게 죽지 않는다. 사람의 목숨은 가죽처럼 질기다. 끊어진 것 같으면서도 끈질기게 살아남았고 끊길 것 같으면서 집요하게 숨을 이어갔다. 유태이는 죽어가는 사람의 숨결이 징그러울 정도로 끈질기다는 것을 안다. 그 숨이 완전히 끊길 때까지 한 공간에 있어야 했으니까.

빛 하나 들어오지 않는 컨테이너는 인간의 살코기가 밀폐되어 바다로 수출되는 통조림 같았다. 눅눅하고 퀴퀴한 먼지 냄새와 피냄새가 뒤엉켰다. 그래서 유태이는 컨테이너에 있을 때 구석에 앉아 코를 막고 입으로 숨을 쉬었다. 캄캄해 아무것도 보이지 않았지만 꼭 눈을 감았다. 손이 두 개여서 힘들었다. 하나만 더 있었어도 코와 귀를 동시에 다 막을 수 있었을 텐데. 유태이는 귀를 막는 대신 두 팔로 숙인 머리를 감쌌다. 대부분의 인간이 죽어서 이곳에 들어왔지만 종종 숨이 붙어 있는 경우가 있었고, 죽었다가 다시 살아나는 인간도 있었다. 그런 인간들 때문에 유태이는 컨테이너에 들어가야 했다. 숨이 끊기고도 몇 시간을 같은 공간에 있다가 나와야 한다. 그래야 밀실 컨테이너 속 자살로 위장한 완벽한 살인이 되니까. 유태이가 원해서 하는 일이 아니다. 유태이는 죽은 사람과 혹은 죽어가는 사람과 한 공간에 있는 것이 너무 무섭고 두려웠지만 빠져나갈 수 있는 구멍이 보이지 않았다. 밖에는 유태이를 기다리는 삼촌들이 있었다. 유태이가 예정된 시간보다 일찍 나오면 삼촌들은 유태이의 멱살을 붙잡고 도로 컨테이너에 집어넣었다. 죽은 걸 확인하지 않고 나와서 만에 하나 그 사람이 끝내 살아남아 밖으로 빠져나온다면 의뢰인에게 몇 배의 돈을 배상해야 하는 것은 물론이고 범죄의 덜미가 잡힐지도 모르기 때문이었다. 밖에 있다가 들어가는 건 안 되냐고 사정했지만 통하지 않았다. 삼촌들은 이유 없이 고약했다.

버텨야만 했다. 그 사람이 왜 죽어야 하는지, 뭘 하던 사람이었는지 아무것도 모른 채, 그 사람의 숨이 끊기기를 바라면서 어둠을 견뎌야만 했다. 이따금씩 살려달라고 중얼거리는 사람도 있었다. 유태이가 한 공간에 있다는 걸 알고 있는 것인지는 확실하지 않지만 살려줘, 살려줘, 하다가 아이처럼 울음을 터뜨리는 사람도 있었고 누군가의 이름을 중얼거리는 사람도 있었다. 하지만 끝내 모두 죽었다. 그 컨테이너에서 살아서 나간 사람은 없다. 안에서 컨테이너를 잠그고 유태이가 벽을 통과하면 그곳은 완벽한 밀실이 됐고, 타살은 자살이 됐다.

영원히 그 어둠에서 벗어날 수 없을 것만 같았다. 유태이는 언젠가 자신도 그곳에서 죽을 것을 믿어 의심치 않았다. 아무도 들어오지 못하는 어둠에서.

하지만 그날, 유태이의 어둠을 거두며 들어온 아이는 고양이를 품에 안고 있던 이도영이었다. 이도영은 교무실에서 시험문제를 몰래 사진 찍고 있는 유태이를 발견했다. 어둠 속에서 유일하게 유태이를 발견한 애였다.

원래 이름이 유태이가 아니라는 걸 유태이도 알고 있었다. 유태이는 자신을 돌봐주던 사람들의 이름에서 한 글자씩 따온 이름이었다. 누군가 알려주지 않아도 머리가 크자 자연스럽게 알게 되었다. 그리고 그렇게 알게 된 것들 중에는 부모가 자신을 버린 것이 아니라는 것도 있었다. 하지만 너무 자란 후였다. 자신을 찾는 실종자 전단지를 발견했지만 연락할 수 없었다. 부모님도 알았을까? 자식이 괴물이라는 걸. 아마 모르니까 이렇게 찾던 것이 아닐까 싶었다. 유태이의 본래 이름은 김혜진이었다. 전단지를 보고 알았다. 혜진이. 평범한 이름이네. 유태이라는 이름이 더 예쁘다. 유태이는 그렇게 생각하고 말았다. 다 큰 자식이 이제야 연락해 자신의 인생을 책임져달라고 하는 건 너무 미안한 일이었다.

언니와 오빠, 그리고 삼촌 세 명이 있었다. 유태이의 '유'는 언니의 성을 따온 거였다. 그중에서 제일 좋아하는 언니의 성을 따와서 다행이라고 늘 생각했다. '태'는 오빠의 이름 가운데 글자를 따왔고, '이'는 삼촌 중에 있었다. 원룸에서 언니 오빠와 함께 살았다. 삼촌들은 바로 그 윗집에 살았는데, 인천 끄트머리에 위치한 오래된 건물은 재개발이 멈춘 지 오래되어 사람이 살지 않았다.

언니는 유태이에게 글을 가르쳐주고 숫자도 가르쳐주고 거짓말도 가르쳐주었다. 그리고 도어 록 여는 법과 금고가 무엇인지도 가르쳐주었다. 빈집인 줄 알고 들어갔다가 사람을 마주치면 귀신인 척 벽을 통과하는 방법도 가르쳐줬다. 오빠는 맛있는 밥을 해줬고, 과자를 사줬고, 놀이터에 함께 가줬고 그림을 그려줬으며 유태이와 비밀 이야기를 가장 많이 했다.

오빠는 유태이에게 괴물이 아니라고 말해준 최초의 사람이었다. 오빠와 조금 더 오래 함께했다면 언니보다 오빠를 더 좋아했을 것이고 스스로를 영웅이라 생각했을지도 모른다. 하지만 오빠는 유태이와 오래 있어주지 못했다. 비가 오는 날 가게를 털고 도망가는 길에 사고가 났다. 빗길에 미끄러지던 트럭과 추돌했다고 했다. 오빠는 돈이 생기면 가게를 차리고 싶다고 했는데, 그 꿈 근처에 가지도 못하고 그 자리에서 죽었다.

오빠가 죽고 언니는 힘들어했다. 종종 새벽에 언니와 오빠가 단둘이 밖으로 나가는 걸 목격했는데, 처음에는 자신만 빼고 둘이 나가서 놀고 온다는 것에 서운해했다가 나중에는 셋이 사는 좁은 원룸이 사랑을 나누기에 적합한 장소가 아니라는 걸 깨달았다. 둘이 사랑했구나. 유태이는 바보같이 오빠가 떠난 후에야 알았다. 그래서 오빠가 떠났으니 언니도 떠날 거라고 생각했다. 언니가 나가면 영원히 돌아오지 않을까봐 가슴을 졸였다. 하지만 다행히 언니는 떠나지 않았다. 대신 유태이와 약속했다. 언니가 돈을 모을게. 딱 오백만원 모으면 우리 그걸로 도망치자.

그때쯤 삼촌들은 새로운 사업을 시작했다. 심부름센터라고 했는데 쉽게 말하자면 돈을 받고 사람을 대신 죽여주는 일이었다. '백 퍼센트 밀실 자살처럼 만들어드립니다'라는 카피를 내걸었다. 카피는 잘 먹혔다. 자살로 꾸미는 밀실은 집이나 사무실일 때도 있었지만 대체로 인천 남항 부두의 컨테이너였다. 그곳이면 찾는 데도 오래 걸려 발견될 즈음이면 혹시라도 남아 있을 타살의 흔적이 거의 사라진 후였고, 안에서 잠긴 컨테이너만큼 자살이라고 명확하게 말해주는 곳이 또 없기 때문이었다. 삼촌들이 사람을 죽인 후 컨테이너에 넣었다. 그리고 그 안에 유태이가 함께 들어가 완전히 숨이 끊길 때까지 기다렸다가 컨테이너 문을 안에서 잠그고 빠져나오는 게 그들의 작업 방식이었다.

이 사업은 벌이가 쏠쏠했고 도망 다닐 이유도 없었다. 안정적인 범행 장소를 찾은 셈이다. 그렇게 되자, 언니는 제일 먼저 삼촌들에게 유태이가 학교에 다닐 수 있게 해달라고 부탁했다. 이사가 잦고 도망쳐야 했던 생활이 어느 정도 청산됐고 무엇보다 고등교육은 언니가 가르칠 수 있는 지식의 한계를 뛰어넘는다는 이유였다. 더욱이 가족과 잘 살고 있던 애를 납치해 왔으면 그 부모가 해줬을 노력의 0.001퍼센트라도 해야 하지 않겠느냐며 설득했다. 어쨌든 유태이는 언니의 지속적인 요구 덕분에 학교에 들어갔다. 언니와 함께 교복을 맞추고 가방을 샀다.

입학 전날은 잠이 안 와 계속 몸을 뒤척였다. 언니도 그러기는 마찬가지였던지 깊은 새벽 조용히 태이야, 하고 불렀다. 언니가 몸을 일으켰다. 학교에서는 절대 벽을 통과하면 안 돼. 사물함에 손을 그냥 넣어도 안 되고. 알겠지? 잘할 수 있지? 친구도 많이 사귀고. 유태이는 못하겠다고 하면 입학이 없던 일이 될까봐 무조건 고개를 끄덕였다.

유태이가 학교에 들어간 후 시험지로 돈을 벌자고 제안한 건 둘째 삼촌이었다. 한 문제당 오만원씩 받는 수법이었다. 시험지를 훔치는 일은 유태이의 몫이었다. 삼촌은 중간고사 일주일 전에 교무실에 몰래 들어가 잠긴 사물함에서 시험지를 꺼내 사진으로 찍어 오라고 시켰다. 언니가 격렬하게 반대했다. 술자리였는데 언성이 점점 높아졌다. 언니가 급기야 테이블을 뒤집었다. 둘째 삼촌이 언니를 때렸다. 그 모습에 놀란 유태이가 발작을 일으켰다. 나자빠진 채 몸을 부르르 떨었다. 집안에 있는 물건들이 유태이를 따라 흔들렸다. 곧 그곳에 있던 모든 물건과 주변 건물이 제대로 설 수 없을 만큼 진동했다. 그들은 처음으로 유태이에게서 공포를 느꼈다. 유태이를 어느 순간에는 죽여야 한다는 걸 깨달은 날이기도 했다. 내버려두면 언젠가 자신들을 죽일 괴물이었으니까.

언니는 이번만 삼촌들을 도와주고 그다음에는 모아둔 돈이 적지만 그거라도 들고 도망가자고 약속했다. 언니는 한반도 끝에 있는 집을 알아보았다. 언니가 가진 삼백만원으로 다행히 방을 구할 수 있었다. 언니는 조금씩 이곳에서 도망칠 준비를 했다. 그러는 동안 유태이는 중간고사 시험지를 1학년부터 3학년까지 전부 빼냈다. 어차피 도망갈 거니까 구태여 몸을 숨기지도 않았다. 중간고사 시험지는 몇백만원에 팔렸다. 유태이는 누가 샀는지 궁금하지도 않았지만 같은 학년에 만점 맞은 아이가 있다는 이야기를 듣고 그애의 부모겠거니, 싶었다. 그후 한동안은 교무실에 들어가지 않았다. 유태이가 다시 교무실을 찾은 건 기말고사를 앞둔 어느 날이었다. 그때 들켰다. 품에 고양이를 안고 있던 이도영이 복도에 서서 교무실 창문으로 유태이를 보고 있었다.

집으로 돌아온 유태이는 그 어둠 속에서 그애가 자신을 제대로 보지 못했을 거라 생각하며 스스로를 달랬다. 동시에 유태이 역시 그애가 누군지 모른다는 점에서 불안했다. 얼굴을 흐릿하게 보기는 했지만 분명하지 않았다. 키가 좀 큰 편이었고 머리가 짧았는데 누구지? 우리 학교에 그런 애가 있던가? 왜 그 시간에 거기에 있었지? 만약 그애가 신고라도 한다면? 하지만 그다지 걱정되지 않았다. 방범 카메라를 돌려 본다고 할지라도 자물쇠를 따고 들어가는 학생이 찍혔을 리 없으니까. 하필이면 그날 언니는 삼촌들에게 하루 동안 자리 좀 비우겠다고 말하고 방을 계약하러 내려갔다. 오늘만큼 언니가 간절한 날이 또 없었는데. 유태이는 밤새 뜬눈으로 보내다 학교로 갔다.

자신을 지나치는 모든 아이들이 어제의 그애 같았다. 모두가 자신을 이상하게 쳐다보는 기분이었다. 그애가 밤사이 학교에 있는 모든 사람에게 자신의 정체를 까발린 것은 아닐까? 유태이를 아무렇지 않게 지나치지만 한 발자국만 멀어져도 바로 뒤돌아 비웃고 흉보고 있는 것은 아닐까. 어쩐지 등이 시리고 따가워 몸을 움츠렸다. 차라리 벽을 통과해 학교를 빠져나가고 싶었다. 그렇게 끝없이 달려 언니와 가기로 했던 땅끝까지 가고 싶었다.

하지만 그애는 조용히 다가와 유태이, 하고 불렀다. 큰 키에 희멀건 피부, 쭉 찢어진 큰 눈의 이도영이 자신을 내려다보고 있었다. 이도영은 무릎을 굽혀 눈높이를 맞추더니 조심스럽게 물었다.

"너 학교 끝나고 시간 돼? 그럼 나랑 얘기 잠깐만 하자."

유태이는 엉겁결에 고개를 끄덕였다. 그래놓고 학교가 끝나면 잽싸게 도망칠 생각이었지만, 이도영이 교실 뒷문에서 기다리고 있어 그러지 못했다.

두번째 계획은 시치미를 떼는 거였다. 만일 이도영이 어제 일을 꺼낸다고 할지라도 그 어둠 속에서 그 사람이 자신이라고 어떻게 특정 지을 수 있느냐고 말이다.

하지만 그것마저도 실패했다.

"나한테는 어둠이 없어. 이게 무슨 말인지 나도 잘 모르겠는데, 남들 말을 빌려서 하자면 나는 밤에도 낮처럼 봐."

이도영의 차분하고 다정한 말에는 많은 것이 함축되어 있었다. 하나는 교무실에 있던 사람이 너라는 걸 알고 있다는 것이며, 두번째는 자신도 능력이 있다는 것이고 마지막은 그러니까 만나서 반갑다는 뜻이었다.

"……그, 그게 무슨 말이야?"

"너 어제 벽을 그냥 통과했지?"

말문이 막힌 유태이를 보고 이도영은 히죽 웃었다. 자신이 이겼다는 걸 본인도 알고 있는 승리의 웃음이었다. 그 얼굴을 마주보는데 왜 갑자기 얼굴이 홧홧해졌을까. 이제 와서 발뺌하는 건 늦었다고 판단했고 이렇게 된 이상 도망이나 가자는 심보로 급하게 몸을 돌렸다.

"악!"

그리고 그대로 담벼락에 이마를 부딪쳤다. 유태이가 이마를 붙잡았다. 이게 뭐야? 왜 갑자기 벽에 이마를 박고 난리야?

이도영이 괜찮아? 하고 물었다. 태이는 눈을 꽉 감고 벽으로 돌진했다. 이번에는 다행히 몸이 수월하게 통과했다. 학교 담벼락을 지나쳐 집을 향해 미친듯이 뛰었다. 심장이 어제보다 더 세차게 뛰었다.

그때부터 이도영을 피해 다녔지만 이도영은 귀신같이 유태이를 찾아냈다. 끈질겨서 귀찮았다고 해야 할지, 아니면 그래서 다행이라고 해야 할지.

지난번 홀로 바람을 쐬고 온 언니는 가방 속에 꽁꽁 감춰둔 임대차 계약서를 보여줬다. 언니는 집 계약서라며, 곧 둘이 같이 살 수 있다고 자랑스럽게 말했다. 유태이는 그런 언니에게 이도영에 대해 이야기하고 싶었다. 그냥 무작정 이도영의 이름을 입에 올리고 싶었는데 도통 자신이 무슨 이야기를 하고 싶어하는지 알 수 없어 차마 꺼내지는 못했다.

첫날 시험이 끝나고 이도영은 언제나 그랬던 것처럼 유태이를 기다렸다.

"너랑 비슷한 사람 많아."

이도영이 말했다. 처음 듣는 말이었다.

"아니, 엄청 많지는 않은데 있기는 있어. 나 말고도."

"……"

"너한테 소개시켜주고 싶은데, 내 친구들."

"……"

"너 혼자 아니야."

유태이는 이도영의 말을 흘려듣듯 지나쳤다. 그렇지만 몇 발자국 가지 못하고 뒤돌았다.

"시험 다 끝나고 다시 말해줘."

그러고는 도망치듯이 그 자리를 피했다. 더 있다고? 재뿐만 아니라 나 같은 인간이 더 있다고? 마음이 복잡해 멈춰야 한다는 생각도 하지 않고 뛰었다. 숨이 찼지만 힘들지 않았다. 이 기분이라면 정말로 땅끝, 언니가 사두었다는 집까지 뛰어갈 수 있을 것 같았다. 유태이는 항구에 있는 집까지 쉬지 않고 뛰었다. 언니한테 가서 빨리 말해줘야지. 이도영 이야기를 꼭 해야지.

언니는 병원에 입원해 있었다. 책상에 뒤통수를 찧었다고 했다. 너무 세게 부딪혀서 정신을 잃었고 경미한 뇌출혈도 있었다고. 언니는 중환자실에 몇 시간 있다가 일반실로 옮겨졌다. 아직 의식이 없었다.

시험은 보는 둥 마는 둥 쳤다. 생각할 게 너무 많아서 문제도 제대로 읽지 못했다. 변한 게 있다면 셋째 삼촌이 유태이의 등하교를 함께했다는 것이다. 말로는 시험 기간이라는 핑계를 댔지만 그것이 일종의 '감시'라는 걸 눈치챘다. 삼촌들은 왜 갑자기 자신을 감시하는 걸까? 그 이유는 쉽게 밝혀졌다. 삼촌들의 방에서 찢어진 집 계약서를 발견했다. 목격하지 않은 순간을 상상하지 않으려고 노력했지만 삼촌들이 언니의 계획을 알고 다투다가 언니를 다치게 했다는 결론밖에 나지 않았다. 아니, 이건 상상이 아니고 진짜다. 찢어진 계약서가 현장에 남은 시체처럼 그 당시의 상황을 말해주고 있으니까. 문밖에서 삼촌들의 목소리가 들렸다. 유태이는 들고 있던 계약서를 허겁지겁 내려놓고 방을 빠져나갔다.

그날 아침, 그러니까 시험 마지막날이자 이도영이 따로 이야기하자고 했던 날 아침, 셋째 삼촌은 어딘가 석연치 않는 표정으로 유태이를 힐끔힐끔 쳐다봤다. 평소에도 입이 가벼워 두 삼촌들에게 자주 혼나는 걸 봐왔었는데, 아니나다를까 그날도 궁금함을 참지 못하고 유태이에게 물었다.

"너 어제 삼촌들 방 들어왔었나?"

들켰구나. 유태이는 바로 알았다. 하지만 뻔뻔하게 아뇨?

하고 고개를 저었다. 셋째 삼촌이 자신의 거짓말을 믿지 않을 거라는 것도 알았다.

시험이 다 끝나자 이도영은 약속한 대로 교실 앞으로 찾아 왔다. 유태이는 교실 창밖으로 정문에서 기다리고 있는 셋째 삼촌을 한 번 쳐다보고는 이도영에게 말했다.

"지금은 안 돼. 누가 기다리고 있어서. 이따가 밤에 뭐해? 밤에 나랑 컨테이너 부두에서 만나."

부두에는 되도록 가고 싶지 않았지만 그곳이 삼촌들을 피해 숨기 좋은 장소 같았다. 하지만 그날 강풍 특보가 내려져 안전 사고에 각별히 유의하라는 방송을 들었더라면 컨테이너가 많은 부두에서 만나자는 말을 하지 않았을 것이다. 그렇지만 몰 랐다. 유태이는 정말이지 아무것도 몰랐다. 삼촌들이 자신의 뒤를 밟는지도 몰랐고 삼촌들을 피해 타워크레인 위로 이도영 과 도망친 것이 잘못된 선택이었다는 것도 몰랐다. 그 모든 것을 알지 못하는 바보였으니 당연하게도 자신의 힘이 언제 제 대로 나오는지도 몰랐다. 분명 잡으려고 했는데. 강풍에 흔들 리던 타워크레인으로 컨테이너 하나가 날아와 기둥을 쳤을 때, 떨어지는 이도영을 붙잡으려고 손을 뻗었을 때 왜 자신의 손이 이도영의 손을 스쳐 허공을 붙잡았는지. 유태이는 정말 이유를 알지 못했다.

유태이는 컨테이너 안에 주저앉아 주체할 수 없이 떨리는 몸을 꽉 끌어안았다. 이도영의 얼굴이 생생하게 떠올랐다. 죽지 않았기를 간절히 바랐는데. 가끔 능력이 통하지 않아 사물이 몸에 닿을 때 말고 유태이는 타격을 받지 않았다. 높은 곳에서 떨어지거나 무거운 것이 깔고 뭉개도 그 충격까지 몸을 통과했기 때문이었다. 그래서 이도영도 죽지 않았다고 생각했다. 유태이의 세상은 너무 작아서 자신 외에 만난 능력자가 처음이었으므로. 각기 다른 능력을 가지고 있다는 건 결국 전혀 다른 존재라는 걸 몰랐으니까. 아무튼 죽었다는 거구나. 그애가 죽었구나. 유태이에게 혼자가 아니라고 말해줬던 그애가 죽었구나.

컨테이너 밖에서 이주영의 목소리가 들렸다.
"갔어. 나와."
유태이는 차마 문을 열 수 없다.
"……제발 나와. 네가 나한테 설명해줘야 해."
그렇지만 이주영의 목소리가 너무 서글퍼서 더 외면할 수 없었다. 유태이는 하는 수 없이 문을 열었다. 이주영은 축축하게 젖어 있었다. 발아래에 물웅덩이가 고여 있었다. 이주영은 한 발짝씩 다가오더니 천천히 유태이의 멱살을 움켜잡았다. 그 속도가 너무 느려 충분히 피할 수 있었으면서도 유태이는 도망가지 않았다. 이주영이 고개를 숙였다. 이주영은 살짝만 밀어도 밀려날 것 같았다. 젖은 머리카락에서 떨어진 물방울이 유태이의 어깨와 가슴에 젖어들었다.

"야."

이주영이 입술을 떨며 물었다. 고개를 들어 눈을 마주쳐왔다. 이주영의 눈이 발갛게 충혈되었다.

"나 이도영 눈빛만 봐도 걔가 무슨 생각 하고 있는지 다 아는 사이거든. 걔가 너 만나러 나갔던 그날 표정이 즐거웠어. 신났고."

"······"

"그래서 말이야 네가 나한테 제대로 말해줘야 해. 이도영 네가 죽였어? 네가 거기서 떨어뜨렸어? 네가 그 사람들이랑 짜고 이도영을 죽였어?"

"······"

"그런 거냐고!"

이주영이 소리쳤다. 유태이는 아무 말도 할 수 없었다. 결국 이도영이 죽은 건 자신 때문이니까 죽였다고 표현해도 무방하지 않을까. 유태이는 아무런 대답도 하지 못하고 이주영만 쳐다봤다. 이주영의 뺨으로 물이 흘렀다. 저건 눈물이다. 젖은 머리카락에서 흘러내린 것이 아니라 대답을 기다리며 이주영이 흘린 눈물이다. 여기서 진실을 말한다고 뭐가 달라질까. 결국 이도영이 유태이 때문에 죽었다는 건 변하지 않을 텐데. 이주영에게 그건 아무런 위로도 되지 않을 텐데.

이주영은 숨을 한 번 삼켜내고 다시 입을 열었다. 이번에는 아까보다 훨씬 더 차분해진 목소리였다. 아니, 이건 차분한 목소리가 아니다. 절박하고 애처롭다,에 더 가까웠다.

"그게 아니면……"

"……"

"이도영이 너를 도와주려고 했어?"

그 순간 이주영에게서 이도영이 보였다. 분명 표정도, 목소리의 온도도 다른데 둘은 닮아 보였다. 유태이는 결국 울음을 터뜨리듯 입을 열었다.

*

나는 유태이의 이야기를 듣는다. 유태이의 말은 뒤죽박죽이다. 그렇지만 알아듣는다. 알아들어야만 하기 때문이다. 그날 이도영은 이곳에서 유태이를 만났다. 우리의 존재를 알려주려고. 그러다 유태이의 뒤를 밟은 삼촌들에게 들켰고 이도영과 도망가다가 타워크레인 위로 향했다. 나는 이도영이 왜 타워크레인 위로 갔는지 안다. 이도영은 유태이처럼 컨테이너 안으로 들어갈 수 없었고 또 이도영에게는 모든 곳이 낮처럼 환했기 때문에 어디로 가야 어둠 속에 몸을 감출 수 있는지 몰랐을 것이다. 이도영은 원래 그런 애였다. 숨바꼭질을 할 때도 장롱 속이나 책상 밑이 아닌 무조건 위로, 높이 올라가자고 하던 애였다. 그래서 또 높이 올라가는 것만이 답이라고 생각했겠지. 초강풍이 불어 타워크레인이 흔들렸지만 버텨주리라 생각했겠지. 아니면 당장 눈앞에 들이닥친 위험 때문에 그런 걸 신경쓸 겨를이 없었거나. 이도영의 능력으로는 저 사람들로부터 유태이를 지킬 수 없으니까, 자신의 눈을 길잡이삼아 유태이를 안전한 곳으로 인도해야 한다고 생각했을 것이다. 그때 분 강풍 탓에, 컨테이너 하나가 타워크레인의 기둥을 쳤고, 하필 이도영이 발을 헛디뎠다. 유태이는 그 순간 손을 뻗었지만 잡을 수 없었다. 다급해지자 자신도 모르게 능력이 발휘돼서, 유태이의 손은 이도영의 손을 그냥 통과했다.

너무 허무해서 웃음이 났다. 특별한 능력을 가지고 있던 이도영은 너무 허무하고 시시하게 죽었다. 유태이가 자신의 능력을 컨트롤할 수 있었다면 이도영은 죽지 않았을까? 애초에 유태이가 그 조직에 납치되지 않고 우리와 함께였다면 이도영은 죽지 않았을까? 그러니까 사람들이 우리를 숨기지 않아서, 유태이가 자신의 존재를 진작 깨달았더라면 이도영은 죽지 않았을까? 무엇 하나 그렇다고 할 수 있는 것이 없었다. 어느 지점을 고쳐야 이도영이 죽지 않을 수 있었는지도 모르겠다. 하지만 한 가지는 확실했다.

유태이는 이도영을 살리려고 했다.

*

도영아, 사람들이 우리의 존재를 알면 어떻게 될까? 영웅처럼 우리를 반길까, 아니면 괴물이라고 욕할까?

우리를 어떻게 보느냐에 따라 다르지 않을까? 제각각일 거야. 그렇지만 나는 우리가 영웅이 될 거라고 믿어. 우리가 그렇게 할 거니까. 지금도 그러고 있고.

이도영의 말이 맞다. 우리는 영웅이 되어야 했다. 그렇지만 나는 고작 물속에서 숨만 쉴 수 있는걸. 그걸로 내가 무슨 영웅이 될 수 있겠어?

나는 원래부터 도영이가 하고자 하는 걸 반대하지 못했다. 지금도 다르지 않았다. 원망도, 서러움도 지금 결단을 내릴 문제가 아니라고 판단했다.

"가자."

"어디를……"

"이도영이 너를 데리고 가려고 한 곳."

우리의 또다른 집. 하우스로 유태이를 데리고 가야 한다. 그곳에서 정말 이도영이 유태이를 구하다가 죽었는지 따질 것이고, 그때 원망할 것이다.

발밑으로 그림자가 보였다. 뒤를 방심하고 있었다는 걸 깨달았지만 너무 늦었다. 누군가 내 목에 팔을 두르고 잡아올렸다.

"윽……!"

순식간에 발이 공중에 떴고 숨이 막혔다. 발버둥쳤지만 소용없었다. 유태이가 놀라 뒷걸음질쳤다. 그러자 나를 붙잡은 남자가 유태이를 비웃었다.

"너 그 능력으로 그 오빠도 네 언니도, 그리고 네 친구도 다 치고 죽게 만들었으면서 얘도 그렇게 만들려고?"

"그냥 가!"

안간힘을 다해 외쳤지만 유태이는 기어코 걸음을 멈췄다. 그사이 다른 남자가 다가가 유태이의 팔을 거세게 붙잡았다. 유태이가 발버둥치자 반대편에 있던 남자가 다가와 똑같이 팔을 잡고는 검은 비닐봉지를 꺼냈다. 눈을 가리면 능력을 못 쓴다고 그랬었나. 나는 있는 힘껏 발을 휘둘렀지만 역시나 부질없는 몸짓이었다. 숨이 막혔다. 목을 조르는 남자의 팔을 붙잡고, 있는 힘껏 목소리를 쥐어짜냈다.

"유태이 그냥 도망가! 그냥 뿌리치고 가라고!"

남자가 내 입을 틀어막았다. 유태이는 잔뜩 겁먹은 얼굴로 나를 쳐다보다가 남자들의 손을 뿌리쳤다. 그렇지만 하필 이 순간 능력이 발휘되지 않았고 남자가 유태이의 머리에 비닐봉지를 씌웠다. 억울하고 화가 난다. 도영아, 역시 나는 영웅이 무리다. 나는 영웅이 될 수 없다. 내 능력이 조금만 더 강했으면 이런 남자들은 간단하게 무찔렀을 텐데. 나도 다른 언니나 오빠처럼 불을 사용할 줄 알았다면, 힘이 셌다면 이들을 꼼짝 못하게 할 수 있었을 텐데. 하필이면 물속에서 숨쉴 수 있는 게 다라서, 고작 물에 떠다니는 쓰레기를 줍는 게 다라서 나한테는 무리다.

몸이 떨릴 만큼 화가 났다. 뱃속에서부터 뜨거운 기운이 느껴졌다. 이도영을 죽음으로 몰고 간 사람들이 눈앞에 있는데, 유태이를 끌고 가는 사람들이 있는데 아무것도 하지 못하는 내가 너무 한심해서 눈물이 나려고 했다. 숨이 쉬어지지 않았다. 남자가 목을 조르고 있어서 그런 것이 아니다. 목에 막이 생긴 것처럼 숨을 쉴 수가 없다. 남자의 팔을 꽉 움켜쥐었다. 켁켁, 숨을 억지로 토해냈다. 속은 점점 타들어갈 듯이 아파왔고 목덜미가 간지럽고 뜨거웠다. 놓으라고 발버둥쳤다.

"뭐, 뭐야!"

남자가 나를 내팽개치듯 놓았다. 남자가 뒷걸음질치는 게 보였지만 시야가 흐려 남자를 붙잡을 수 없었다. 남자는 겁에 질린 표정으로 내게서 멀어지고 있었다. 땅을 박박 긁으며 숨을 쉬려고 노력했지만 소용없었고 간지러운 목덜미를 긁자 끈적끈적하고 투명한 액체가 묻어나왔다. 그리고 본능적으로 느꼈다. 물이 필요하다. 물로 가야 한다. 물에서는 숨을 쉴 수 있을 것 같다. 하지만 너무 멀다. 이 상태로는 바다까지 갈 수가 없다. 남자에게 끌려가는 유태이가 보였다. 팔에 힘을 주려고 하지만 아무리 애를 써도 몸을 일으킬 수가 없다. 몸은 뜨거운 액체 덩어리처럼 자꾸만 늘어졌다. 나는 왜 저 모습을 지켜보고만 있어야 할까. 다른 미다스처럼 사람을 공격할 순 없다면 적어도 다른 사람들처럼 달려가 남자의 다리라도 붙잡아야 할 텐데, 왜 나는 그마저도 하지 못하고 있는 걸까. 단 한 사람조차 구하지 못하는 내게 무슨 힘이 있다고 그렇게 훈련을 받았을까. 아무짝에도 쓸모없는 이것도 능력이라고……

몸에 힘이 돌아오기를 기다렸다가 하우스에 연락해 저 남자들을 잡는 게 최선일 거라는 생각이 들었다. 유태이가 그때까지만 버텨준다면 말이다. 이 방법 외에 내가 할 수 있는 일은 없어 보였다. 하지만 이마저도 불가능해 보였다. 조금 전 나를 붙잡고 있던 남자가 내게 돌아오는 것이 보였다. 남자의 손에 칼이 들려 있었다.

나는 이것밖에 되지 않는다고, 컨테이너 바닥에 누워 꾸역꾸역 인정하고 있는데 추잡스럽게 눈물이 났다. 내 시야에 이도영이 떨어져 죽은 타워크레인이 있었다. 너는 저 높은 곳에 올라가는 것도 두려워하지 않고 유태이를 지키려고 했는데, 그러니까 너는 단지 우리와 같은 능력을 가진 아이라는 이유로 그애를 그렇게 지키려고 했는데 나는 이렇게 쉽게 그애를 포기하려고 하고 있다는 사실이 너무 한심스러워서 눈물이 났다. 또다시 팔에 힘을 줬지만 바닥에 그대로 떨어졌다. 역시 물이 필요하다. 물이…… 나는 잔잔하게 움직이는 바다를 바라보며 생각했다. 나는 네가 필요해. 네가 나를 도와줘야 해.

땅이 울린다. 눈앞에 있는 돌덩이가 파르르 떨리더니 곧 제멋대로 통통 튀어올랐다. 그 진동을 나만 느낀 건 아니었는지 차에 유태이를 태우던 남자들과 내게 다가오던 남자가 자리에 멈춰 서서 주위를 황급하게 돌아보는 게 보였다.

그리고 파도가 보인다. 이도영이 떨어져 죽은 타워크레인을 다 덮을 정도로 높은 파도가 벽처럼 서 있는 게 보였다. 파도는 그곳에 가만히 서 있었다. 누군가의 부름을 기다리는 것처럼. 나는 눈꺼풀을 힘겹게 뜨고 파도에게 중얼거렸다.

"……이리 와."

파도는 엄청난 진동을 일으키며 육지로 밀려왔다. 타워크레인을 덮고, 컨테이너를 밀어내며 무서운 기세로 들이닥쳤다. 차가운 바닷물이 비처럼 닿기 시작하더니 곧 내 몸이 거대한 물살에 휩쓸렸다. 나는 그제야 숨을 토해냈다. 이전과 분명 다른 무언가가 느껴졌다. 하지만 지금은 그걸 신경쓸 때가 아니었다. 나는 남항 부두를 덮친 거대한 바다 속에서 유태이를 찾아 헤엄쳤다. 까만 바다를 헤엄쳤다. 내가 또 물속에서 무언가를 찾아내는 건 잘하니까. 물속에서 소용돌이치는 컨테이너를 가까스로 피하고, 저 혼자 나뒹구는 쓰레기를 걷어냈다. 고개를 바쁘게 움직였다. 유태이가 물속에서 버틸 수 있는 시간은 얼마 되지 않는다. 어디 있을까. 너무 멀리 휩쓸려가지만 않으면 되는데……

캄캄하고 깊은 물속을 헤엄친다. 떠다니는 자동차와 컨테이너가 있고 그 틈에 이도영도 있고 이도영의 손을 잡고 헤엄치는 나도 있다. 이도영이 필요하다. 이 어둠 속에서 유태이를 발견해줄 이도영의 눈이. 하지만 없다. 이제는 나 혼자 해야 한다. 커다란 컨테이너가 나와 이도영을 뭉개고 지나간다. 비리고 습한 육지를 두 팔로 가로지른다. 바다가 울음이 되지 않도록, 유태이를 반드시 찾으리라.

항구를 훨씬 벗어난 곳에서 사람의 형체가 보였다. 기절한 건지 유태이는 아무런 저항 없이 물에 뜬 부표처럼 있었다. 유태이에게 손을 뻗었다. 내 손이 허공을 헤매다가 어느 순간 유태이의 손을 잡았다.

아주 꽉 잡았다. 절대 놓치지 않도록.

그 남자들이 죽었는지 살았는지는 내 알 바 아니었다. 나는 그저 기절한 유태이를 업고 뛰었다. 이애를 살려줄 수 있는 사람들을 찾으러 가야 했다. 그리고 때마침 멀리서부터 헬리콥터 소리가 들려왔다. 헬리콥터의 불빛이 땅을 훑으며 무언가를 찾고 있었다. 헬리콥터에 쓰인 '하우스'라는 글자를 보고 나는 그제야 설움을 토해내며 소리쳤다. 갑자기 들이닥친 해일을 보고 능력자의 짓이라고 추측한 걸까. 나는 유태이를 업은 채로 헬리콥터를 향해 손을 흔들며 크게 울부짖었다. 우리를 발견한 헬리콥터가 지상으로 착륙을 시도했다. 나는 아직까지 거친 파도에게 말했다.

"고마워, 이제 그만해도 돼."

거짓말처럼 바다가 잠잠해졌다.

*

그날 인천에 예측되지 않은 거대한 해일이 들이닥치자, 사람들은 혼란스러워했다. 지진이 감지되지 않은 해일로 불안은 증폭됐고 사회는 잠시 마비된 듯했다. 하우스는 대통령까지 참석한 기나긴 대책 회의에 들어갔다.

죽음의 비밀이 밝혀지자, 이도영은 그제야 차가운 스테인리스 베드에서 벗어났다. 나보다 키도 크고 체격도 컸던 이도영은 내 두 손바닥에 다 올라오는 조그만 함에 담겼다. 나는 그 함을 끌어안고 집에 돌아가던 길에, 온전히 이도영의 죽음만을 생각하며 울었다. 차 뒷좌석에 앉아 참았던 눈물을 토해냈다. 함 위로 눈물이 후드득 떨어졌다. 엄마와 아빠는 나를 한 번씩 쳐다봤다가 속도를 서서히 늦췄다. 네가 어이없게 죽었다는 것을 오랫동안 생각할 것 같다. 생각할 때마다 울 것 같다. 그러니까 여기에서 실컷 네 생각을 하고 앞으로는 네 생각을 하지 않으려고 해. 해야 할 일이 많으니까. 관계를 풀어가야 할 유태이가 생겼고, 세상이 이제 미다스를 알게 될 테니까. 그러니 나는 한동안 이도영을 생각하지 못할 것이므로 지금 많이 해둬야 했다.

*

도영아, 유태이는 미다스로 등록되었어. 실장이 유태이를 보자마자 끌어안았는데 유태이가 한참을 어색해하다가 나중에는 자기가 더 실장을 세게 끌어안더라. 유태이를 보살펴줬던 언니는 다행히 아무 문제 없이 깨어났어. 하우스가 지원해줘서 땅끝이 아닌 서울 한곳에 유태이와 살 집을 마련했어. 잘됐지. 유태이를 이용해 범죄를 저질렀던 남자들을 찾으려고 했지만 바다 아주 멀리까지 갔는지 찾을 수 없었어.

유태이는 우리보다 더 독한 봉사를 해야 될 거야. 어쨌든 자신의 능력으로 범죄에 가담한 건 사실이니까. 유태이는 억울해하지 않았어. 그렇게라도 할 수 있어서 다행이래. 우리보다 조금 더 위험한 일을 하게 될 거 같아. 불법으로 무기를 제조하는 테러 집단을 잡으러 떠날 건가봐. 훈련을 받은 후에.

유태이는 가족을 만났어. 원래 가족을. 자신을 반기지 않을 거라고 걱정했던 유태이의 염려와 달리 유태이와 똑같이 생긴 아줌마 아저씨가 유태이를 보자마자 끌어안고 울었어. 미안하다고 사과하고 보고 싶었다고 몇 번이고 말했어. 실장이 앉았을 때처럼 어색해하던 유태이는 곧 엉엉 울더라. 진짜 크게. 아주 오랫동안. 실장은 아줌마 아저씨에게 능력자에 대해 설명해줬어. 그분들은 우리 부모님이랑 똑같이 처음에는 그 이야기를 믿지 못했지만 이내 수긍했지. 유태이를 위한 거니까. 그리고 나한테 고맙다고도 하셨어. 나는 그 말을 듣는 게 머쓱해서 제대로 대답도 못했어. 고마워해야 할 사람은 내가 아니라 너였으니까.

도영아, 나는 내일 대통령을 만나. 우리의 존재를 밝히자고 결정 내렸어. 그래서 대통령을 먼저 만나고 그다음에 전 국민이 보는 방송에서 표창장을 받아. 그리고…… 그리고 말해야 돼. 나는 능력이 있어요. 물에서 숨을 쉴 수 있고 물을 조종할 수 있어요. 해일을 일으킬 수도 있지만 반대로 해일을 막을 수도 있어요. 나는 앞으로 해일을 막을 거예요. 바다의 쓰레기를 주우면서……라고. 그전에 박세정한테 모든 걸 밝힐 거야. 어제 비로소 박세정이 나한테 준 편지를 읽었는데 이런 말이 쓰여 있더라. 주영아, 너만은 끝까지 내 곁에 있어줘.

내 목덜미에 아가미가 생겼어. 만질 때마다 기분이 이상해.

네가 봤다면 신기해했을 건데. 아쉽다. 나는 이제 지구 곳곳에 일어나는 해일을 막으러 가야 해. 훈련도 다시 받을 거야. 내 능력의 한계가 어디까지인지 다시 측정해야 하거든. 물에서 숨을 쉴 수 있는 것이 내 본래 능력의 아주 기초 단계래. 진짜 능력을 쓰기 위한 필수적인 요소 정도. 실장이 내 능력의 본모습을 밝혀내는 프로젝트를 '서프비트'라고 지었어. 미다스처럼 촌스럽지. 그래도 마음에 들어. 뭔가 대단한 사람이 된 것 같거든. 다음주에는 해군들이랑 함께 일을 해. 바다에 대해서도 더 잘 알아야 하니까. 도영아, 그러니까 한동안 나는 바쁠 거야. 너를 오래도록 생각하지 않을 거야.

그리고 나는, 반드시 영웅이 될게.

사과가 말했어

시침이 로마 숫자 'III'에 닿는다. 새벽 세시. 지갑만 챙겼다가 카드를 쓰면 알림이 간다는 사실을 깨닫고 서랍에 있던 현금을 챙긴다. 배고프다. 손이 떨릴 정도로. 방문과 현관문을 소리나지 않게 통과하고, 꼭대기 층에 멈춰 있는 승강기를 기다릴 틈도 없어 계단을 두 칸씩 밟아 내려간다. 입속에서 쓰고 비린 맛이 난다. 그날 이후로 내내 배가 고프고 입안이 비리다. 혀가 얼얼해질 정도로 단 게 필요하다.

동네에 있는 대형 편의점은 품절 대란이 일어난 초코크림빵이 떨어지지 않게 구비해두는 걸 알고 있지만, 아는 사람을 마주칠 확률이 높아 목록에서 지운다. 나를 일방적으로 아는 사람. 모자이크와 이니셜로 철저하게 가려진 블라인드를 뚫고,

아니면 걱정하는 척 나를 까발린 이들의 말을 통해 본체를 알게 된 이들. 거리의 모든 CCTV와 블랙박스가 그들의 눈 같다. 어디를 가도 크림빵을 먹는 나를 누군가가 볼 것만 같다. 그런 나를 보고 전혀 힘들어 보이지 않는다며 떠들어대겠지만, 며칠째 영양제와 맛대가리 없는 죽으로 끼니를 때운 나는 더 참을 수 없다. 크림빵을 생각하지 않으려 할수록 그 형태와 향이, 맛이 선명해진다.

빅풋의 몸을 뒤덮은 털은 작은 슈크림 깍지로 짜놓은 초코크림으로 되어 있었다. 핥으면 기름이 혀에 미끈하게 남는. 크림의 종류 따위는 모르겠고 어렸을 때 할머니가 사 온 케이크가 그런 맛이었다. 연분홍색 크림으로 만든 장미 세 송이와 씹으면 아무 맛도 나지 않는 잎사귀 모양 과자가 꽂혀 있는, 시트 사이에 얇게 발린 딸기잼이 전부인 케이크였다. 처음 몇 입 베어먹히고 그대로 냉동고에 들어갔다가, 몇 개월을 넘긴 뒤 성에가 잔뜩 낀 빙하유적처럼 출토되어 그대로 버려지던. 빅풋을 설명하다 그 맛이 떠올라 입맛을 다시자 형사가 책상을 탁, 내리치며 녹화중인 캠코더를 닫았다. 입맛을 다시면 어떡하니. 하지만 빅풋을 핥았을 때 정말 여섯 살에 먹은 케이크의 맛이 선명하게 떠오른 걸 어쩌란 거지. 형사는 정해진 답을 읊었다. 네가 그때 먹은 건 좀더 비리고 역겨워. 맞지? 기억하니? 기억나지? 간절하게 묻지만 나는 끝내 그렇다고 대답하지 못했다. 내가 기억하는 것은 초코크림으로 이루어진 빅풋. 빅풋은 세 살 때, 학술회에 참여한 엄마를 따라 캐나다에 갔다가 처음 보았다. 심심해하는 나를 위해 엄마는 기념품 가게에서 빅풋이 나오는 그림책을 사주었다. 캐나다에 사는 발이 큰 괴물. 내가 그 빅풋에 대해 신나게 떠들었을 때 지었던 엄마의 표정은 수분 없이 바짝 말라버린 대추 같았고, 기억해야 한다고, 네 진술이 중요하다고 설득하는 형사의 말은 에코 심한 마이크를 통해 흐르던 도덕 선생님의 말들처럼 피곤하고 공허했다.

사거리를 두 번, 고등학교를 두 번이나 지났다. 새벽 구조대처럼 밝게 빛나는 편의점을 지나쳐, 모퉁이를 돌고 돌아 미로 같은 골목으로 깊이 들어간 뒤에야 나타난, 이승의 마지막 가게인 듯한 편의점을 발견한다. 좁은 평수에 물건을 가득 채워 넣은 만물상처럼 보인다. 가게 앞 CCTV는 옆집 담장을 타고 자란 넝쿨에 가려져 있고, 주차된 차도 없다.

편의점 주인은 좁은 계산대에 서서 이어폰 없이 예능 프로그램을 보고 있다. 수북하게 쌓인 간식들을 보자 뱃속 허기가 날뛴다. 모서리가 날카로운 도형이 되어 위벽을 굴러다닌다. 손에 잡히는 빵을 그 자리에서 뜯는다. 선반 뒤에서 빅풋이 나를 쳐다보고 있다. 허겁지겁 입에 크림빵을 욱여넣는다. 도형이 찌르지 못하게 빨리 위벽에 크림을 덧대야 한다. 저 빅풋처럼. 주인이 다가온다. 계산을 할 건데, 내 걸 뺏어먹을 생각인가? 안 되는데. 아직 배가 덜 찼는데. 진열된 빵을 전부 두 팔로 끌어안고 구석으로 간다. 어딘가에 황급히 전화를 거는 주인이 보인다. 경찰이 올 거다. 엄마나 형사가 올 수도 있다. 그전에 다 먹어둬야지. 한동안 또 못 먹을 테니까. 유리창 밖으로 깜빡이는 가로등을 바라보는데 잊고 있던 장면이 불현듯 생각난다. 그날 오로라가 나타났다. 분명하다. 내가 빌어먹을 뽕 주사를 맞기 전에 봤던 거다. 이건 확실하다. 단서를 찾았다는 생각이 들자 심장이 빠르게 뛴다. 빵을 계속 욱여넣으며 아저씨를 다급하게 부른다. 이거 받아 적어요, 제 말 적어요, 아저씨가 증인이에요. 이거 선명하거든요. 그렇게 외치고 싶은데 빵에 목이 막힌다. 가슴을 퍽퍽 치다가, 결국 또 눈이 뒤집힌다.

눈앞이 또 까맣다.

기절한 건가? 입에 있는 건 다 삼키고 싶다.

삶은 코코넛 껍질 까기 같은 거다.

수박이나 바나나도 껍질을 까야만 먹을 수 있지만 그건 과일 자체가 맛있으니까. 그에 반해 코코넛 안에 든 건 밍밍한 액체인데, 그걸 먹겠다고 몇 미터 나무에 오르고 단단한 껍질을 돌로 내리쳐야 한다. 잘못 쪼개지면 먹지 못하고, 쪼개기 전까지는 썩었는지도 알 수 없으며, 재수없으면 떨어진 코코넛 열매에 머리가 깨져 죽는다. 어렸을 때 놀이동산에서 처음 빨대 꽂고 마셔본 코코넛밀크가 상상했던 맛이 아니어서 울었던 기억이 난다. 구슬아이스크림을 포기하고 선택한 거였는데. 엄마는 그러게 왜 먹겠다고 했느냐며, 맛없는 코코넛밀크를 아까워하며 전부 마셨다. 내게 구슬아이스크림을 또 사주는 관용은 베풀지 않았다. 이건 맛있지 않을까, 그때 내가 먹은 코코넛이 유달리 맛없던 거 아닐까. 호기심을 버리지 못하고 거듭된 실패를 이어갈 즈음, 팩에 담긴 코코넛워터가 출시되었다. 팩으로 나온 코코넛워터는 그럭저럭 마실 만했지만, 단단한 껍질이 감춘 짜릿함을 더는 느낄 수 없었다.

그 이후로도 호기심의 결과는 늘 좋지 않았다. 선택에 대한 최악의 결과를 책임지는 것까지가 내 몫인 건 알지만, 썩은 코코넛인지 맨눈으로 봐서는 알 수 없다는 점에서 억울한 부분이 없지 않아 있다. 내가 원하는 건 구슬아이스크림보다 달콤한 코코넛밀크지, 쿰쿰한 냄새가 진동하는 과즙이 아니니까.

나는 했던 이야기를 반복한다.

"오로라가 보일 거라길래, 보여준다고 해서. 보러 갔어요. 춘천이요. 춘천에 있는 산인데, 산 이름은 기억이 안 나는데. 근데 오로라를 보긴 했어요."

책상 위 코코넛워터 팩을 본다. 그 옆에 사과가 있다. 오래 내버려둔 건지 껍질이 꼭 할머니 손등처럼 쭈그러들었다. 구멍도 나 있다. 저 안에 벌레가 든 게 분명하다.

"차라리 사과였으면 좋겠다."

"뭐?"

"별똥별도 떨어졌어요. 두 개인가, 세 개인가. 사과 먹어도
돼요? 배고픈데. 저 사과 좋아해요. 할머니가 사과 키워 팔아
요."

"내가 말했지."

*먹지 마. 수척해 보여야 해. 심적으로 고통받는 것처럼 보여
야 한다고. 기억이 안 나니까, 마음의 상처라도 느껴지는 것처
럼. 그래야 법정에서 유리해. 그래야 벌을 줄 수 있어. 그래야
너한테 약을 먹이고 그 짓을 한 가해자를……!*

픽!

아야.

정수리에 떨어져 튕겨나간 사과가 땅바닥을 몇 번 더 구르
다 멈춘다. 거기에는 이미 같은 나무에서 떨어진 사과 몇 알이
옹기종기 모여 있다. 낮잠을 자다 돌연 당한 봉변에 정수리를
어루만지며, 방금 떨어진 사과를 줍는다. 옷에 사과를 빡빡 문
지르고, 단단한 과육을 깨문다. 새콤한 과즙이 혀에 닿자마자
턱 근육에 뻐근함이 느껴지며 침샘이 날뛴다. 최상급 사과의
맛이다. 조금 전까지 입에 마구잡이로 털어넣었던 과자들과

비교도 되지 않을 만큼. 겉을 살피니 무른 곳도, 벌레가 먹은 곳도 없다. 모여 있는 다른 사과들도 마찬가지다. 단단한 꼭지의 단면을 살핀다. 마치 가위로 자른 듯 말끔하다. 이상하다, 생각하며 사과 하나를 해치우고 다른 사과를 하나 더 주워 옷에 닦을 때, 수레를 끌고 가던 자두와 눈이 마주친다. 아니, 수레를 끌고 가다 말고 멈춰 서서 나를 응시하고 있던 자두와.

태국인들은 이름이 길어 별명을 붙인다고 했다. '자두'의 태국식 별명은 '촘푸'다. 자두는 사람들에게 자신의 이름을 촘푸라고 읽는다고 발음만 알려주었을 뿐 그 뜻은 알려주지 않았다. 촘푸가 자두인 걸 아는 사람은, 그리고 자두의 진짜 이름을 아는 사람은 이 마을에서 나뿐이다. 긴 이름을 들었지만 간략하게 줄이자면 '수파폰 추자이' 정도가 된다. 자신의 이름을 세 가지로 설명하는 자두에게 잠시 기가 죽었던 나는 내 본명과 태명, 그리고 할머니가 부르는 애칭을 알려주었다. 자두는 나를 홍옥이라 부른다. 예뻐도 너무 예쁜 붉은 사과의 명칭. 나를 홍옥이라 부르는 사람은 할머니랑 자두뿐이다.

자두는 할머니네 사과밭에서 일한다. 여기서만 일하는 건 아니고 새벽엔 사과밭에서, 햇빛이 강한 오후엔 저 옆집 딸기 비닐하우스와 무화과 비닐하우스에서 번갈아 일한다. 그 외에도 파인애플이나 애플망고 포장을 돕기도 한다. 자두의 손이 필요한 곳이면 모두 촘부야! 하고 부른다. 정확한 발음은 아니

다. 다들 부르고 싶은 대로 부른다. 어차피 이름에 '촘'이 들어
가는 사람은 이 마을에 자두뿐이어서, 자두는 치읓만 들려도
알아서 몸을 움직인다. 자두는 열 달 전 이곳으로 왔다. 일주
일에 두 번, 교육센터에서 한국어 수업을 듣는다는데 열 달이
지나도록 자두는 가벼운 인사를 제외하고 한국어를 하지 못한
다. 웃긴 건 말을 어느 정도 알아듣는 것 같은데, 좀 피곤하다
싶으면 금방 귀를 닫아버린다는 것이다. 특히나 말이 빠른 노
인들 속에서 자두는 때로 다른 차원의 무언가를 바라보고 있
는 것처럼 멍할 때가 많다. 그래서 자두는 내가 어떤 애인지
모른다. 서울에서 살던 애가 왜 두 달 전에 시골로 내려와, 타
면 안 된다고 이 더위에 꾸역꾸역 긴팔을 입는지, 이 마을 다
섯 살짜리 애도 가진 핸드폰도 없이 날마다 책만 읽는지, 학교
는 왜 안 가는지, 이런 것들의 이유를 모른다. 그리고 딱히 알
고 싶어하지도 않는 것 같다.

자두가 내 옆에 앉아 사과를 먹는다. 턱을 타고 흐르는 과즙
을 목장갑으로 시원하게 닦는다. 이곳 사람과 결혼한 자두는
분명 나보다 나이가 많겠지만, 언뜻 보면 우리 둘은 친구로 보
인다. 우리는 서로를 자두와 홍옥으로 부르며, 한국어 존댓말
을 쓰지도 않기에 자연스럽게 친구가 되었다.

—사과 말이야, 이번이 처음이 아니야.

핸드폰도 없고, 학교도 가지 않는 두 달 동안 자두에게 태국

어를 배웠다. 말을 하는 건 어렵지만 자두의 말을 알아들을 정
도는 된다.

―무슨 말이야?

태국어로 묻는다. 자두에게 태국어를 쓰는 사람이 이 마을
에서 나밖에 없다는 점이 못내 기쁘다.

―신호 보내는 거.

―신호?

―말을 하고 싶은 것 같아.

―말?

―응. 별똥별, 여기에 떨어졌어. 그뒤로 계속 사과가 말을
걸어.

우리는 사과밭을 가로질러 뛴다. 키 낮은 사과나무의 가지
와 잎사귀, 주렁주렁 달린 사과들이 시야를 가렸다가 이마에
부딪힌다. 속도를 줄이고 싶지만 나보다 앞서 뛰는 자두와의
거리를 일정하게 유지하려면 어쩔 수 없다.

인터넷에 '유성우' '별똥별' 따위를 검색했지만, 오로라가
뜬 그날 별똥별을 봤다는 사람은 찾지 못했다. 하늘을 주시하
고 있던 사람이 적지 않았을 건데 별똥별을 봤다는 사람이 나
뿐이라는 것이 이상하지 않으냐고, 형사와 나란히 앉아 있던
심리 상담사가 펜 뚜껑을 매만지며 말했다. 형사는 이 내용을
빼자고 말했다.

진술에서 불리할 거 같은데요.

아무래도 피해자가 약에 취해 있었다는 게 드러날수록 피해 사실을 증명하기 힘들죠.

……우리 별똥별은 못 본 걸로 하자. 봤어도 봤다고 하지 마. 알겠니? 그날 오로라는 있었지만 별똥별은 떨어지지 않았어. 그리고 이게 진실이야.

아니, 그건 진실이 아니다. 나는 지금 진실을 찾아 달리고 있다. 진실로 향하는 걸음은 날개가 달린 것처럼 가볍다. 떨어진 별똥별이 사라진 내 기억을 대신해 증명해줄 수 있지 않을까. 그날, 그곳에서, 누가, 나에게 어떤 짓을 했는지.

자두가 멈춘 곳은 과수원 끄트머리의 사과나무 앞이다. 별똥별이 떨어지며 생긴 구덩이나 그 잔해를 기대했지만 그런 흔적은 찾아볼 수 없고, 자두는 사과나무를 가리킨다. 이 나무란다. 별똥별이 떨어진 곳이. 하지만 그렇다고 하기에 벼락 맞은 나무의 모습이 아니다. 불이 붙거나 주변에 잎이나 사과가 떨어진 흔적도 없다.

—맞은 것 같지 않은데.

—'맞은'게 아니라 การดูดซึม 한. การดูดซึม. 스며든다. 젖는다. 섞인다. 빨아들인다. 빨려들어간다. 하나가 된다. 물든다.

자두는 내가 아직 배우지 못한 단어의 뜻과 비슷한 말을 줄지어 뱉는다. 나는 별똥별이 나무에 빨려들어가는 장면을 상상한다. 깨지거나 쪼개지거나 파괴되는 것이 아니라 감싸고 뒤섞여 삼투되는.

　―봤어? 네 눈으로.

자두가 고개를 끄덕인다. 그러더니 사과 한 알을 툭, 딴다. 얼마나 단단하게 달려 있는지 사과를 당길 때 나뭇가지가 주욱 딸려 내려왔다가 용수철처럼 튄다. 자두가 허리에 차고 있던 조그만 포켓 가방에서 과도를 꺼낸다. 사과에 칼날을 거침없이 쑤신 뒤, 사과를 반으로 쪼개 속을 보여준다.

　―이게 뭐야?

내가 묻는다.

　―증거.

자두는 사과 속 소용돌이무늬가 별똥별의 흔적이라 답한다.

쪼갠 사과는 여섯 시간이 지나도록 갈변하지 않았다. 소용돌이무늬 역시 그대로였다. 사과의 갈변을 막는 새로운 약이 나온 건 아닐까. 창고를 확인한다. 익숙한 제초제와 영양제, 농약뿐이다. 할머니한테 직접 물어볼까 하다가 만다. 할머니는 신종 바이러스라 생각할지도 모른다. 증거가 될 중요한 사과나무를 뿌리째 뽑아버릴지도 모르지. 숨기기로 한다. 까발려지는 게 더 불리한 때도 있다. 무엇보다 지키고 싶다면, 알리는 건 더욱 신중히 해야 한다.

다음날까지 기다리려다가 참지 못하고 늦은 밤에 소리 없이 집을 나온다. 신발을 챙겨 들고 나와 뛰어가며 신는다. 사과밭을 가로질러 자두네로 달려가는데, 픽! 소리와 함께 머리가 깨질 듯이 아파오고 발 앞으로 사과가 떨어진다. 정수리를 움켜쥐며 떨어진 사과를 본다. 그러다 사과가 오전부터 정확히 정수리를 맞히고 있다는 사실을 깨닫는다. 우연이 아니다. 칼로 자른 듯한 꼭지 단면. 이 추락에는 의도와 정확도가 담겨 있다.

자두가 찍어둔 좌표를 보여준다. 새마을금고에서 나눠준 벽걸이형 달력 한 장을 찢어 7600제곱미터의 밭을 그리고 간격 맞춰 심어진 750그루의 사과나무를 전부 표시해둔 지도다. 나는 오는 길에 떨어진 사과를 보여주며 지도에 위치를 찍는다. 자두가 '×'를 그린다. 하지만 지도의 표시를 전부 이어도 뚜렷한 윤곽이 보이지 않는다. 숫자도, 그림도, 글자도 아니다. 자두가 내게 지도를 넘긴다.

─나는 바빠. 일이 많아. 다 표시 못해. 네가 해. 시간 많잖아. 확실해. 말을 걸고 있어. 사과가.

녹색이 지붕에서 울면 누군가 죽는다.

녹색의 한국 명칭은 '가면올빼미'나 '원숭이올빼미'인데 생김새를 보면 녹색이라는 이름이 더 잘 어울린다. 한국 명칭은 이름이라기보다 묘사처럼 느껴진다. 어쩌면 녹색이라는 단어에도 묘사가 들어 있을 수 있겠지만 적어도 내게 녹색은 고유한 이름처럼 느껴진다. 녹색은 익히 아는 올빼미의 몸에 흰 가면을 쓰고 있다. 꼭 덜 만들어진 사람 얼굴 같고, 어렸을 때 만화에서 보았던 지네귀신 같다. 그리고 그날 보았던 가면도 저런 모양인 것 같다. 뙤약볕이 내리쬐는 한낮에 마당 평상에 드러누워 전선에 앉은 까마귀를 본다. 한국에서 까마귀가 울면 불길한 징조인 걸 자두에게 말했던가. 말하지 않는 게 좋겠다. 까마귀와 녹색을 두고 보면, 녹색이 훨씬 불길하게 생겼으니까, 까마귀가 진다. 피부가 바싹 말라가는 느낌이 나쁘지 않다. 건조기에 들어간 빨랫감처럼 세포가 살균되었으면 좋겠다고 생각하며, 지도를 본다. 여전히 그림이 그려지지 않는다. 낡은 대문이 비명을 지른다. 달갑지 않은 방문자다.

엄마와 형사의 손에는 증거로 제출할 자료가 한 상자 들려 있다. 준비가 거의 다 되었다고 말하지만 역시 이상하다. 피해를 증명하기 위해 저렇게나 많은 게 필요하다니. 내가 기억하지 못하는 죄가 이렇게 크다니. 엄마가 내 팔뚝과 볼, 옆구리 살을 잡는다. 왜 이렇게 살집이 좋아졌냐고 묻는다. 재판이 며칠 뒤인데. 판사가 속 편하다고 생각하면 어쩌려고 그러냐고. 속상한 듯 말하지만 나무라는 투다. 나는 대꾸하지 못한다. 속 편한 게 맞으니까. 아무 기억도 나지 않는데 왜 불편해야 할까. 그날 나에게 있었던 일을 내내 상기하며 나는 아프고 불행해야 한다고 세뇌하고 싶지 않다.

"새가 있었던 것 같아."

내 말에 형사는 호들갑 떨며 상자 안에서 종이 뭉텅이를 꺼낸다. 내가 있었던 펜션 방에 액자가 걸려 있고, 그 액자에 새 사진이 있다는 것이다. 이거 맞지? 하며 사진을 보여준다. 하지만 아니다. 사진이 아니었다.

"진짜 새. 새가 걸어왔다고, 나한테. 내 손등을 콕콕 쪼았어. 고개를 갸웃거리면서 쳐다봤다고. 내가 머리를 만져주자 기분 좋은 듯이 몸을 부르르 떨었어. 빅풋이 흘리고 간 초코크림에 몸을 비비다가 후다닥 날아갔어."

내 말은 기록되지 않는다.

엄마와 형사가 떠나자 허기가 밀려온다. 점심을 먹은 지 얼마 되지 않았는데 배가 고프다. 참지 못하고 주방으로 향한다. 냉장고에는 늙은 호박과 찐 감자, 초코파이, 먹다 남은 카스텔라, 고무줄로 입구를 묶어둔 과자 봉지, 파김치, 열무김치, 나박김치, 누룽지와 두유가 있다. 씹을 수 있는 것들을 전부 꺼내 먹는다. 먹어야 한다. 허기가 두렵다. 허기를 채우지 않으면 내가 사라질 것만 같다. 초코파이와 김치가, 카스텔라와 누룽지가 섞인다. 고소한 과자가 두유에 버무려진다. 배고프다. 아무리 입에 넣어도 배고픔이 사라지지 않는다. 평생 이 배고픔에서 벗어나지 못할까봐 무섭다. 무서워서 눈물이 난다.

칼로 자른 듯한 사과 꼭지 단면을 바라보다 손등에 그어본

다. 얼마나 날카로운지 시험해보고 싶어졌다. 피가 흐를 정도
는 아니지만 그어진 상처를 따라 핏빛이 비친다. 목덜미에 세
게 내리꽂으면 동맥도 뚫을 수 있을까? 정수리에 떨어질 때 꼭
지부터 떨어지지 않은 게 얼마나 다행인가. 다음부터는 헬멧
을 착용해야겠다 생각하며, 지도에 '×'를 그린다. 그 순간 삼
미터 떨어진 세시 방향으로 사과 하나가 떨어진다.

툭.

나는 자두에게 말한다.

—그 새, 녹색이었던 것 같아. 사람 얼굴처럼 생겼어.

마치 빅풋처럼.

—녹색이 울었어?

—아니.

—다행이다.

—울었으면, 내가 죽었을까? 그 새끼가 아니라?

—녹색은 심판자가 아니니까. 죽음에 가까운 사람이라면
아무래도 홍옥, 너였겠지.

—나한테 무슨 일이 있었는지 알아?

—몰라. 그렇지만 너였겠지. 너였으니까 여기로 왔겠
지. 여기는 그런 곳이잖아. ยังมีชีวิตอยู่ แต่เหมือนตายแล้ว
ที่ๆคนอย่างฉันจะมา.

뒷말을 알아들을 수가 없다. 너무 빠르다. 일부러 해석하지 못하게 하려는 것처럼. 나는 구태여 뜻을 묻지 않는다. 대신 오늘 낮에 추가로 표시한 지도를 보여준다. 한 가지 알아낸 게 있다. 지도에 표시하면 같은 곳에 또 떨어지지 않는다. 장소를 옮기고, 표시하면 또다른 나무의 사과를 떨어뜨린다.

—아는 거야. 우리가 표시했다는 걸.

우리에게 말을 걸고 있는 것이 무엇인지 알아내지 못하는 이상 이 메시지는 아무런 소용이 없다. 행위에는 반드시 목적이 있어야 한다.

—귀신이나 악마 같은 건가.

—우주에서 온 걸지도 몰라.

—별똥별을 타고?

—바람이 불었거든. 세게. 그날. 엄청나게 세게. 나무가 전부 뽑힐 것처럼.

맞아, 그날 바람이 불었지. 창문이 흔들렸고 나뭇잎이 요란하게 스쳤다. 빗풋이나 새는 없고, 덜컥 컴컴한 어둠이 눈앞에 펼쳐진다. 발에 채던 술병. 웃음소리……

—학교에서 배웠어.

자두가 말한다. 징그러운 웃음이 순식간에 사라진다. 다행이다.

—뭘?

—바람에 실려온 신의 속삭임.

사과 편지 예순여섯 장.
"사과할 일 없다면서 왜 사과 편지를 쓴대요?"
"너한테 약을 먹인 건 사실이니까."
아.
"그거만요?"
"그거만."
"반성문은 몇 장 썼대요?"
"어제는 여든아홉 장."
"오늘은요?"
"추가로 계속 쓰는 중이라……"
"검사님."
"응?"
"제가 여기서 사과 편지를 읽어야 하나요? 아니면 찢어버려
야 하나요? 알려주세요."
"기억해야지."
"그건, 불가능해요."
'무리'라고 말하려다 일부러 '불가능'이란 단어를 썼다. 안
되는 건 단호하게 말해줘야 하니까. 다행히 검사는 아무 말도
하지 못한다. CCTV가 검사실 책상을 담고 있다. 궁금하긴 한

데, 읽는 모습이 찍힐까봐 눈으로 첫 장만 대충 훑는다. 문장
이 제대로 읽히지 않는다. 악필이고, 문장이 별로다. 호기심에.
너도 좋으라고. 같이 경험하고 싶어서. 미안. 사랑해서. 실수로. 따
위의 단어들이 뒤죽박죽 보인다. 그래서 뭐라는 거지? 도통 읽
을 수가 없다. 문장을 이따위로 써놓으면 어쩌자는 거야.

　나는 읽기를 포기한다. 검사를 마주보는데, 그 뒤의 창밖으
로 녹색이 옥상을 향해 날아간다. 아주 천천히. 다행히 녹색은
울지 않는다. 독수리 같은 건가. 내가 죽기를 기다리는.

　"태국의 신은 바람으로 사람을 만들었대요."

　"밥은 잘 먹고 있니?"

　"신이 지혜의 말을 바람에 실어 보낸 거예요. 그 말에서 사
람이 태어났고요."

　"밥은 잘 먹고 다니니?"

　내 말을 못 들었나. 아니면 듣고 싶지 않은 건가. 반복해 묻
는 검사의 말에는 단호함이 느껴진다. 헛소리를 또 들어주지
는 않을 거라는.

　"……음, 네. 아니. 아뇨. 아니다, 네."

　시골로 돌아가는 길에 엄마에게 떡볶이와 크림빵이 먹고 싶
다고 중얼거린다. 엄마는 못 들은 척한다. 잠시 뒤 또 중얼거린
다. 백미러로 나를 보는 엄마의 시선이 느껴진다. 한번 더 떡
볶이를 말하자, 한숨이 들려온다. 엄마는 결국 주택 단지 안에

차를 세우더니 튀김과 순대, 철판 떡볶이를 팔고 있는 가게로 향한다. 접시에 비닐을 씌우고 떡볶이를 담는 주인의 느릿한 동작. 핸드폰을 심각하게 바라보고 있는 엄마. 지금이다.

나는 반대편 문을 조용히 열어 차에서 내려 무작정 달린다. 목적지는 있지만 방향이 맞는지는 지금 신경쓸 것이 아니다. 우선은 엄마에게서 최대한 멀어질 수 있는 곳이 내가 택한 방향이다. 때마침 재킷 주머니에서 웅웅, 하고 짧은 진동이 울린다. 골목을 사정없이 꺾으며 한참 달린 뒤, 세탁소 앞에서 뜀박질을 멈춘다. 숨이 차 더는 달릴 수가 없다. 세탁소에서 섬유유연제와 스팀 냄새가 뒤섞여 나오고, 빳빳하게 세탁된 누군가의 빨래가 가게 앞 건조대에 널려 있다. 나는 입구 계단에 잠시 앉아 핸드폰을 연다. 자두에게서 온 연락이다.

〔탈출?〕탈출했다는 말을 번역 사이트에서 태국어로 번역해 보내자, 자두가 재빠르게 답장한다. 〔번역기 안 써도 됨.〕뭐야, 한국어 쓸 줄은 아네. 곧이어 구글맵으로 주소 하나가 도착한다. 〔여기야. 멀어?〕다행히 멀지 않다. 차로 삼십 분. 하지만 나에게는 차도, 택시를 탈 돈도 없다. 걸어서는 한 시간 사십 분. 나쁘지 않다. 물론 좋지도 않지만.

도착한 곳은 가파른 경사 끄트머리에 있는 허름한 오피스텔 건물이다. 정문에는 그 흔한 호출 벨도 없다. 한쪽 유리문 뒤에는 자전거와 폐가구가 쌓여 있다. 다른 쪽 유리문을 열고 들

어간다. 〔502호가 또 시끄럽게 굴었다고 했으니까 402호 가
봐.〕자두의 메시지를 보며 계단을 오른다.

402호 앞에는 버리려고 모아둔 박스와 빈 생수병이 나름
잘 정리되어 있다. 전단이 덕지덕지 붙은 다른 집들에 비해 현
관문이 깨끗하다. 그것뿐인데 이상하게 안도감이 든다. 깔끔
한 옷, 땟자국 없는 소매, 은은하게 풍기는 시트러스 향, 잘 닦
인 운동화로는 증명하지 못할 삶의 태도다. 몸에 걸치는 건 마
음만 먹으면 누구나 단정하게 할 수 있다. 하지만 생수병의 라
벨을 떼고, 유색 플라스틱은 따로 모아두는 것, 박스 테이프와
송장을 다 제거해 접어놓는 것, 필요하면 언제든 쓰라는 쪽지
와 함께 완충재를 모아두는 것, 일회용 용기를 깨끗하게 세척
해 내놓는 건 어쩌면 땟자국 없는 소매는 할 수 없는 일이기도
하다. 적어도 내가 겪어본바 그 두 가지는 공존할 수 없다. 그
새끼 역시 자기 몸은 깨끗하게 닦을 줄 알았을지언정 일회용
용기를 씻어 밖에 내둔 적은 한 번도 없었다. 더럽다고. 방금
까지 자기 입에 들어갔던 그것이.

초인종을 누른다. 노이즈 섞인 벨이 짧게 울리다 그친다. 한
번 더 누를까, 고민하지만 안에서 기척이 들려와 가만 기다린
다. 누구세요, 라는 질문과 동시에 문이 열린다. 남색 맨투맨
을 입고 머리를 대충 묶은 여자다. 뻣뻣하게 굳어 있던 무릎이
유연해진다. 나는 마을 회관에서 뽑은 인쇄물을 여자에게 보

여준다. 여자는 인쇄물이 아니라 나를 보며 인상을 찌푸린다. 잡상인이라 여겨 이상하게 보는 거겠지만, 아니, 인쇄물을 보면 더 이상하게 보겠지만. 나는 비장하게 말한다. 십이 년 전 여름, 당신이 블로그에 쓴 글을 알고 있다고.

여자는 근처 대학교 대학원생이고, 어제까지 논문 초고를 쓰느라 집이 엉망이라 말했지만 현관 앞에 잘 접힌 박스처럼 여자가 말한 엉망은 약간의 불규칙성이지 더러움과는 거리가 멀다. 작업과 식사를 함께 해결하는 탁자로 나를 안내하며, 잠시 고민하더니 물을 마실 거냐고 묻는다. 남의 집을 너무 훑어보지 않기 위해 노력하지만, 전자레인지 위에 올라가 있는 빵이 보인다. 마감 할인 판매를 노려 한꺼번에 산 듯한 투박한 빵들이다. 또 배가 고프다. 가까스로 시선을 옮긴다. 하지만 여자는 눈치가 빠르다. 쟁반에 앙금빵과 단팥빵을 담아 내온다.

나는 여자에게 사과에 대해 말한다. 사과가 건네는 메시지의 실마리를 찾기 위해. 여자는 성의 있게 고개를 끄덕이지만 따분함은 숨기지 못한다. 하긴 나 같아도 새벽까지 공부하다가 이제 막 쉬려는데 느닷없이 나타난 낯선 여자애가 십이 년 전 글을 물으면…… 새삼 빵까지 내준 여자의 친절함이 대단하다 느낀다.

"이건 미스터리 서클과는 좀 다른데요. 서클이 자신들의 존재를 드러내기 위한 일종의 표식 같은 거라면, 학생분이 가져온 건 은밀한 편지 같은 거죠. 의도가 전혀 다른."

"누가 표식을 그리고, 누가 편지를 쓰는 건데요?"

여자는 잠시 대답을 망설인다. 머뭇거림, 난감함, 부끄러움 따위가 얼굴에 내려앉는다. 나를 힐끔 본다. 느닷없이 과거의 글을 가지고 찾아온 이 어린 여자애도 일반적인 사고방식의 소유자는 아닐 거라는, 그런 안도감이 보인다.

"언니가 무당이에요."

"멋진 직업이네요."

안 하느니만 못한 답을 내뱉고 부끄러워진다. 다행히도 여자는 내 대답 따위 신경쓰지 않는 듯 보인다.

"운명을 거스르려고 별 난리를 치다가 병을 크게 앓았어요. 의사가 죽을 거라 해서, 마지막 수단으로 스님이 있는 시골로 내려갔죠. 절에서 지내는 언니를 보러 갔다가 미스터리 서클을 봤어요. 해외에 소개된 것처럼 크지는 않았고요. 절에서 가꾸는 텃밭에, 겨우 알아볼 정도였어요. 근데 그건 확실히 누군가가 의도적으로 남긴 이미지였어요. 그리고 언니가 그 땅과 대화를 나누더라고요. 왔니. 뭐가 필요하니. 여기가 마음에 드니. 왜 나한테만 집착하는 거니."

여자는 방에서 미피가 그려진 문구 상자를 들고 나온다. 그 안에는 블로그에 올린 것보다 더 많은 양의 미스터리 서클과 무당에 대한 자료가 있다.

"가질래요? 필요는 없고, 버리기에는 누가 볼까봐 뭣해서 그냥 가지고 있었는데."

"……저도 필요는 없어요."

말은 그렇게 하면서 나는 여자가 가져온 상자를 들춰본다.

"우리가 신이라 믿는 거요. 저는 그냥 다른 형태의 생명체라 결론지었어요. 우리가 통상적으로 생각하는 생명체가 아니라 전혀 다른 감각으로 존재하는, 그런 외계 생명체요. 중력이나 형태, 시간에 얽매이지 않아서 우리가 존재하지 않는다고 느끼는. 이곳에, 우리와 함께 있지만 특정한 몇 사람과만 긴밀히 소통하는 거겠죠. 상부상조, 공생, 뭐 그런 의미로요. 그런데, 사과가 떨어진다고요?"

여자가 웃는다.

"뉴턴한테 말 걸다 실패한 앤가. 소심한 성격의 외계인일 수도 있겠네요."

유머인가. 말의 의도를 도통 짐작할 수 없어, 어색하게 웃어본다.

신발을 신고 나가다가 여자에게 묻는다.

"혹시 바람이 불었나요?"

여자가 곧장 고개를 끄덕인다.

"많이 불었어요. 근데 신기하게 목련꽃이 떨어지지 않더라고요."

벌이 앉기만 해도 목련꽃이 툭툭 떨어지던 5월에.

화를 낼 줄 알았는데 엄마는 아무 말도 하지 않는다. 옆자리에 놓아두었던 떡볶이를 내게 내밀며, 몇 시간이 지난 거라 불어 있을 수도 있다고 말한다. 나는 상관없다고 대답하며 떡볶이 포장을 연다. 그런데 엄마가 운다. 왜 상관없느냐고 울며 묻는다. 맛있는 걸 먹어야지, 붇지 않은 걸 먹어야지, 왜 아무거나 다 괜찮다고 먹느냐며 화가 나 운다. 어느 장단에 맞춰야 할지 몰라서 나는 퉁퉁 불은 떡볶이를 무릎에 올려놓고 쳐다만 본다. 안 먹는 게 맞겠지만, 나는 배가 고프다. 허기가 온다. 두려운 허기. 그때도 허기를 느꼈다. 어렴풋하게 이성이 돌아왔을 때 내가 옷을 입고 있었던가, 벗고 있었던가, 그런 건 기억나지 않는다. 테이블 위에 먹다 남은 순살치킨, 마라탕, 케이크가 놓여 있던 것만 뚜렷하다. 허기가 져서 모두 입에 넣었다. 이 정도면 배가 차야 하는데 밀어넣으면 넣을수록 뱃속에 꼭 블랙홀이 생긴 듯이 허기와 공허가 영역을 넓혀갔다. 그날 이후로 내 뱃속은 계속 확장되어간다. 포장 봉투를 들추는데 젓가락이나 이쑤시개가 없다. 그걸 챙겼어야지. 하는 수 없이, 나는 손으로 떡볶이를 집어 입에 넣는다. 엄마의 울음소리가 잦아들었지만 엄마를 신경쓸 겨를이 없다. 식은 떡볶이를 입에 넣는다. 허기진다. 무서울 만큼.

검사를 만나러 가던 오전에만 해도 끝나고 집으로 돌아가자던 엄마는 다시 또 할머니 집에 나를 맡긴다. 떠나는 엄마에게 손을 흔들고, 할머니는 배가 고프겠다며 삶은 고구마와 달걀, 감자, 옥수수 등이 가득 든 바구니를 평상에 올려놓는다. 조금 전까지 떡볶이를 다 먹어놓고 나는 태연하게 앉아 옥수수를 깨문다.

"홍옥아, 아가야."

할머니가 감자 껍질을 까며 내게 말한다.

"많이 먹어. 든든허게. 꼭꼭 씹어서 천천히. 많으니까. 체할라."

그 순간 엄마처럼 울음이 터진다. 나는 한 손에 옥수수를, 다른 한 손에 고구마를 쥐고 운다. 할머니는 왜 우냐고 묻지 않고 조용히 훌쩍인다.

할머니, 나도 나무에서 똑 떨어지고 싶어. 데굴데굴 구르다가 밭 어딘가에 처박히고 싶어. 벌레들한테 잔뜩 먹히고, 개미한테 뒤덮였다가 씨만 남고 싶어. 땅에 묻히고 싶어. 그렇게 한 해를 넘길 때 그 씨에서 약하지만 강한 뿌리가 튀어나오는 거야. 할머니, 나는 홍옥이 아니고 그렇게 홍옥을 주렁주렁 단 나무로 다시 태어나고 싶어, 라고 울음 속에 섞는다. 할머니라면 알아들을 것 같아서.

자두는 시어머니를 따라 차로 한 시간 걸리는 광역도시로 잠시 나갔다. 시어머니가 쓸 침대를 보러 간다고 했던 것이 기억난다. 해가 지기 전에 돌아온다고 했던 것도 같고. 하늘에는 조금씩 붉은 노을이 깔린다. 그 모습이 예뻐 밭 옆길에 잠시 서서 풍경을 구경하고 있으니 나를 재촉하듯 사과 하나가 땅에 툭, 떨어진다. 나는 지도를 펼쳐 들고 사과밭으로…… 스며든다. 젖는다. 섞인다. 빨아들인다. 빨려들어간다. 하나가 된다. 물든다……

해가 졌다. 달이 떴고, 사과는 떨어지길 멈췄다. 지도에는 글자인지 그림인지 알 수 없는 무언가가 적혀 있다. 달빛에 의지해 지도를 보고 있을 때 날갯짓소리가 들리고 녹색 한 마리가 날아와 사과나무에 앉는다. 원숭이 얼굴과 닮았다지만 달리 말하면 흰 분장을 한 사람 얼굴 같은 것. 눈이 마주친다. 녹색이 얼굴만 까딱까딱 움직인다. 그리고 운다. 녹색의 울음이 사과밭에 가득 퍼질 때, 저멀리 낯선 차 한 대가 마을로 들어온다. 목적지가 정해진 차는 망설임 없이 할머니 집으로 향한다. 엄마나 형사 차가 아닌데. 내가 걸음을 떼자, 녹색이 더 소란스럽게 운다. 땅이 흔들린다. 동시다발적으로 사과가 후드득, 떨어진다. 꼭 비명을 지르는 것 같다.

낯선 차인 줄 알았는데 아니다. 나를 만나러 올 때 종종 가지고 왔던. 휘발유를 넣어야 하는지 경유를 넣어야 하는지도 모르면서. 차에서 네가 내린다. 운전석이 아니라 뒷좌석에서.

덥수룩하게 자란 머리카락과 앙상하게 파인 볼. 나는 그제야 엄마와 형사가 말한, 수척하고, 아파 보이고, 힘들어 보여야 한다는 것이 무엇인지 깨닫는다. 저 정도여야 하구나. 많이 힘 들구나, 많이 반성하고 있구나, 하는 말이 절로 나올 정도로. 너는 나를 보자마자 흠칫 놀라더니 인상을 찌푸린다. 울 것처럼. 미안해서 눈도 못 마주치겠다며 어깨를 잔뜩 움츠리고 고개를 숙이더니, 비척거린다. 운전석에서 네 엄마가 내린다. 나를 보고 한숨을 푹, 내쉰다. 왜 이렇게 멀리에 있느냐고 중얼 거리는 것 같은데 잘 들리지는 않는다.

한 살 차이였다. 고등학교 동아리에서 만났다. 그러니 성인과 미성년자의 기준을 들이밀기에는 석연찮은 부분이 있다고, 형사가 말해 알고 있다. 학생일 때 만나 한 명이 성인이 된 거였으니까. 그건 막는다고 막을 수 있는 게 아니니까. 그러니까 쟤와 나의 관계와 사건에는 명확하길 좋아하는 법이 재단할 수 없는 모호한 지점이 많다는 것이다. 우리는 학생 때 만났다. 네가 성인이 됐다. 너는 나에게 불법적인 경로로 얻은 약을 권했다. 내가 약에 취해 있는 동안 우리에게는 어떤 일이, 내가 동의하지 않고 원치 않았던 일이 일어났으나 너는 연인 사이에 합의가 있었다고 말을 하고, 나는 아닐 거라 하지만 '아니다'가 아니므로, 나는 그때 초코크림을 뒤집어쓴 빅풋과 별똥별을 보고 있었으므로 내 말에는 아무런 무게가 없다. 텅

비어 있고, 공허하고, 가볍다. 네가 갑자기 무릎을 꿇는다. 이 마을에 몇 안 되는 CCTV가 우리 머리 위에 있다. 컴컴한 길 끝에서 질척이는 소리가 난다. 또다시 빅풋이 나를 향해 걸어온다. 녹쌕이 운다. 바람이 거세게 불어오는데 네 머리카락은 흔들리지 않는다. 울면서 무어라 말하는 네 말에도 무게는 없다. 바람이 쓸어가 나에게 닿지 않는다. 배고프다. 당장 무언가를 먹지 않으면 내 혀부터 씹어먹을 것 같다. 나는 뒷걸음질을 치다가 뒤돌아 달린다. 네가 나를 부른다. 부르는 것 같다. 바람소리와 녹쌕의 울음소리 탓에 제대로 들리지 않는다.

　—홍옥!

　그 소음을 뚫고 자두의 목소리가 들린다. 우두커니 멈춰 선다. 도시에서 돌아온 자두가 손에 빵 봉지를 들고 뛰어온다. 자두를 보자마자 울음이 터진다. 내게서 녹쌕의 울음소리가 난다.

　—말 못한 게 있어.

　내가 말한다.

　—나 마약을 했어. 그래서 기억이 안 나. 기억해야 하는 것들이 기억이 안 나. 그래서 아무것도 못하고 있어. 내가 바보 같지?

　나를 달래던 자두가 말한다.

　—로즈애플.

―뭐?

―촘푸의 진짜 뜻.

―자두라며.

―로즈애플은 자두맛이 나. 그런데 한국에는 없어, 로즈애플이. 없어서 설명을 못해. 말해도 못 알아들어. 그래서 자두라고 해. 대신.

―대신.

―응. 결국 맛은 똑같잖아.

자두에게 지도를 내민다.

―알아냈어. 하지만 모르겠어. 나는 이게 뭔지 모르겠어.

처음 보는 낯선 문양.

หิว

―우리나라 말이야.

자두가 말한다.

―무슨 뜻이야?

내가 묻는다.

―배고파.

자두가 말해준다.

―배고파.

내가 따라 말한다.

빠져나가는 차를 가로막는다. 끼익, 차가 내 무릎 앞에서 멈춰 선다. 운전자는 놀라지도, 화를 내지도 않고 나를 바라보기만 한다. 뒷좌석에서 네가 내린다.

나는 사과밭을 가로지른다. 네 손을 잡아끈다. 마치 네가 네 방으로 나를 잡아끌었듯이. 떨어진 사과들이 데굴데굴 구르며 우리를 쫓는다. 너는 내 손을 꼭 잡으며, 이 일이 다 끝나면 다시 또 만나자고 말한다. 나는 아무런 말도 하지 않는다. 우리를 따라오던 빅풋이 걸음을 멈추더니, 돌연 반대편 산속으로 들어간다. 하늘에 또다시 오로라가 떠오르고 아무것도 흔들지 않는 바람이 분다. 나는 유성우가 흡수된 사과나무 앞에 선다. 사과 하나를 따서 네게 내민다. 자두가 나를 부른다. 이리 오라고 손짓한다. 네가 사과를 옷에 슥슥 문질러 한입 베어물 때, 나는 자두를 향해 달린다. 있는 힘껏 달려 사과밭을 빠져나간다. 땅이 흔들리고, 요동치더니 소용돌이가 곳곳에 생긴다. 빨려들어가려는 나를 자두가 붙잡는다. 두 손으로 힘차게 나를 지상으로 끌어올린다. 뒤를 돌자, 검은 소용돌이 속으로 수십만 개의 이빨이 보인다. 빨려들어가는 사과와 네가 보인다. 네가 나를 부른다. 뭐라고 부르는지 들리지 않는다. 이상한 낌새를 느낀 네 엄마가 운전석에서 나오려고 손잡이를 달칵, 잡아당긴 순간 사과밭이 입을 다문다.

녹썍의 울음이 멈춘다. 밭은 잔잔하고, 하늘은 검고 사과는
때깔 좋게, 먹음직스럽게 더욱 붉어진다. 내 이름처럼.

입술과 이름의 낙차

쓸모없는 짓을 했어. 너는 정말 별거 아닌 것에 화를 내고 무모해. 동양인들은 원래 그래?

얼핏 지금의 나를 두고 하는 말 같지만 에이든은 죽었다. 지금의 나를 나무랄 수 없다.

에이든은 죽었다.

나는 이 사실을 반복적으로 되새긴다. 그러지 않으면 기억이 순식간에 뒤엉켜 무엇이 먼저인지, 어떤 것이 진실이고 내가 누구인지를 알 수 없게 된다. 에이든이 죽었다는 것을 잊지 말아야 한다. 에이든은 죽었다.

구둣발 소리가 들린다. 나는 굽이 높고 언제나 반짝거리는 그녀의 검은색 구두를 떠올린다. 그것이 나에게로 다가오고 있다는 예측. 위험하다. 죽음이 구둣발 소리에 맞춰 주변의 벽을 타고 땅거미처럼 내게 밀려온다. 시야가 어슴푸레해 앞을 분간하지 못한다. 움직여야 한다. 그렇지만 손가락조차 내 마음대로 움직일 수 없다. 내 몸을 가늠해본다. 잇새로 튀어나오는 비명을 짓이겨가며 하는 행동이 고작 오른팔을 들어 내 몸을 만져보는 것이다. 최악이다. 왼쪽 옆구리가 벌어져 있다. 손가락을 쑤셔넣을 수 있을 만큼. 몸을 더듬어 탄환이 통과했는지를 살펴본다. 등허리에 구멍이 나 있지 않다. 탄환이 벌어진 옆구리 어딘가에 박혀 있다. 단순히 그것 때문인가. 그럴 리가 없다. 몸의 감각이 사라진 것은.

점점 더 가까워지는 소리. 아니, 이건 구둣발 소리가 아니다. 둔탁하고 느리다. 뭉툭하게 한 지점을 내리찍는 규칙적인 소리는 땅에서 오는 것이 아니라 더 높은 곳에서부터 퍼진 것이다. 젖은 흙냄새가 희미하게 풍긴다. 비린 냄새는 내 몸에서 나는 것이겠지만, 지하실의 눅눅한 시멘트 바닥에 누워 맡던, 비가 오면 하수구를 통해 들어오던 짙은 흙냄새가 난다. 분명히. 옥상 배수관에서 떨어지는 물방울을 떠올려보지만 하수구로 떨어질 때 나는 소리가 아니다. 패널 지붕 위로 떨어지는 규칙적인 물방울. 또 한번 구둣발 같은 소리가 들린다. 나는 패널을 따라 흐르는 물방울을 떠올린다. 젖은 바닥으로 다시 떨어지는 물방울 소리가 연이어 들린다. 그것은 구둣발 소리가 아니고 패널에 떨어지는 물방울 소리였음이 확실해진다. 언제 비가 내렸던가. 기억나지 않는다. 적어도 퀸즈 미들타운 터널을 통과하기 직전까지는 비가 오지 않았다.

그때 나는 이륜차를 타고 있었고, 쫓고 있었다. 중형 테슬라 블랙. 추적을 눈치채지 못하고 누군가와 통화를 하던 표적의 뒷모습을 보고 있었다. 그런데 갑자기 거대한 괴물이 나를 붙잡아 이곳에 처박은 듯이, 어째서 모든 상황이 단절되고 내가 이곳에 눈도 뜨지 못한 채로 죽어가고 있는지 알 수 없다. 내가 노리던 표적이 누구인지도 떠오르지 않는다.

나는 표적을 사냥하기 전까지 그 주위를 무수히 맴돈다. 지겹고 지독하게. 표적의 삶과 취향, 즐겨 쓰는 몸 세정액의 향까지 전부 다 알 정도로. 그리고 표적의 웃는 얼굴에 정들 때쯤 나는 쏘고, 부수고, 으깨고, 자르고, 던진다. 존재의 흔적이 남지 않도록. 그러니까 이렇게 단순히 익숙하다는 감각만이 남아 있어서는 안 된다. 창밖을 보던 표적의 옆얼굴을 떠올린다. 오십대 중후반으로 보이는 금발의 단발머리 여성. 진주 귀걸이. 그리고 더는 기억나지 않는다.

멈췄던 발소리가 다시 들린다. 힘이 들어가지 않은 무거운 걸음걸이. 대원이거나 혹은 우리를 노리는 조직원일 가능성이 사라진다. 긴장감이 풀리자 몸의 감각이 더 무뎌진다. 속이 메스껍고 두통이 점점 심해진다. 좋지 않은 신호다. 오랫동안 눌러놓았던 잠재의식이 곧 튀어나와 나를 통제할 것이다. 그렇게 된다면 내가 할 수 있는 일은 간절히 바라는 것밖에 없다.

친절한 음성이 묻는다. 괜찮냐고 묻는 것 같은데 확실하지 않다. 모든 발음이 뭉개져 들린다.

까무룩 정신을 잃은 나는 그 꿈을 꾼다.

또.

쏟아지는 수돗물 소리. 베란다에 장난감 삽을 든 채 쪼그려 앉은 아이가 모래놀이에 흥미를 잃고 싱크대를 쳐다보고 있다. 언제까지 쏟아질까. 저렇게 내버려두면 곧 대야에서 물이 흘러넘쳐 수챗구멍으로 흘러내려갈 것이고, 블랙홀처럼 빨려 내려가는 것 같아도 끊임없이, 세상의 물을 전부 끌어모을 기세로 물이 계속 쏟아져 흘러내리다보면 오층 높이의 배수관까지 물이 다 차올라 기어코 싱크대에서 물이 넘치기 시작하겠지. 아이는 그런 상상을 한다. 싱크대에서 넘친 물이 주방을 뒤덮는 상상. 거실까지 흐른 물이 집안을 집어삼킬지도 모른다고.

그럼 어쩌지? 오층에서 쏟아진 물이 베란다로, 현관으로 흘러넘치면 사층은 폭포를 보게 되겠지만 일층은 물난리가 날 것이고 경비원이 열심히 가꾼 화단의 식물은 전부 죽어버릴 거였다. 아이는 급박함을 느낀다. 삽을 내려놓고 안방으로 향한다. 수도꼭지를 잠그면 돼. 그 생각을 했던가. 스쳤던가. 잠

깐 들었던 것 같기도 하지만, 아이는 엄마에게 말해줘야 한다
는 강박뿐이다. 안방에는 아무도 없다. 그제야 엄마가 이 앞에
서 요구르트를 사 온다고 했던가, 우유를 사 온다고 했던가,
아니 사과였나 아니면 포도였나, 아무튼 그런 걸 사 온다고 빨
간 장지갑을 챙겨 나갔던 것이 기억난다.

 아이는 식당 전단과 칭찬 스티커가 붙은 현관으로 향한다.
수도꼭지만 잠그면 되는데. 아이는 만화 캐릭터가 그려진 노
란색 슬리퍼를 신는다. 한 발 내딛다가, 느낌이 이상해 좌우를
바꿔 다시 신는다. 문손잡이를 잡은 아이의 손등에는 아침에
붙여둔 날개 모양의 판박이 스티커가 여전히 남아 있었고, 일
순 스티커에 시선을 빼앗긴 아이가 다른 손으로 자신의 손등
을 눌러보는 사이 열린 문틈으로 엘리베이터 도착 소리가 파
고든다. 아이는 잠시 외출을 망설인다. 엄마 올 때까지 집에
서 잘 기다리고 있어, 금방 다녀올게, 라고 말하던 엄마의 말
이 손등에 붙은 스티커를 보니 떠올랐기 때문이다. 그 말을 들
을 때 아이는 손 위에 모래 무덤을 만들어 스티커가 붙은 손으
로 모래를 두드리고 있었다. 손으로 모래를 내려칠 때마다 울
리던 진동. 단단해짐과 부서짐이 동시에 일어나는 광경에 시
선이 빼앗겨 고개만 대충 주억거렸고, 그 짧은 사이에 아이가
혼자 집밖으로 나가거나 집안에서 사고가 나지 않을 거라 믿
으며, 정말 빠르게 다녀올 것이었기에 수도꼭지와 가스 밸브

를 확인할 생각도 없이 엄마는 외출했을 것이다. 아이의 간식을 사기 위해.

아이가 시계를 볼 줄 알았더라면 엄마가 나간 지 고작 삼 분밖에 지나지 않았고, 앞으로 삼 분이 더 걸린다고 해도 물이 넘쳐흐르는 일은 일어나지 않는다는 걸 알았을 텐데. 아이는 몰랐다. 엄마가 나간 지 얼마나 지났는지, 앞으로 얼마만큼의 시간이 흘러야 물이 흘러넘치는지도. 아이는 손등에 붙은 판박이 스티커를 보며 현관문을 열었다. 삐빅, 하고 열리는 도어록 소리는 마치 텔레포트의 작동 소리 같았다.

*

"너는 늘 혼돈에 빠져 있어. 확신이 없고."

식사를 하는 동안 케이트는 손에 쥐었던 감자튀김을 들었다 놓는 행위를 의식적으로 반복했다. 그 행위가 무척 거슬렸지만 주미는 보지 못한 척 자신의 식판만 노려보며 맛없는 스파게티를 돌돌 말아 입에 욱여넣었다.

"조금 대범해져도 된다고 생각해. 뭣하러 그렇게 복잡하게 생각해? 세상사는 다양하지만 생각은 단순할 수 있잖아."

케이트가 식사 전에 식욕억제제와 탄수화물 흡수를 막아주는 알약을 몇 주째 먹고 있다는 것도 알았지만 주미는 이 역시

258

알은체하지 않았다.

"나 이해해달라고 부탁한 적 없는데."

"친구니까 하는 소리야. 옆에서 보면 피곤해서."

케이트가 히죽 웃었다.

케이트는 이번달 말 마테오가 주최하는 파티에 가기 위해 무리하게 체중을 감량하는 중이었고, 주미는 삼 개월 전까지 섭식 장애 치료를 받았다. 항우울제는 여전히 먹고 있지만 복용량이 줄었고, 여전히 음식을 두려워하지만 토하지 않는다. 주미는 그렇게 느리게 이전으로 돌아가고 있었으나 그 모든 것을 겪고도 케이트에게 어떤 말을 해주어야 하는지 알지 못해 식판만 응시했다. 주미는 대체로 알지 못한다. 어떤 상황에서 어떤 말을 건네야 상대방을 늪에서 건져올릴 수 있는지. 알았더라면 진작 엄마부터 건져올렸을 것이다.

주미가 그렇게 말하자, 섭식 장애 치료를 위해 만났던 상담사는 순서가 반대라고 말했다.

'부모에게 건넨 위로가 지속적으로 받아들여지지 않은 경험을 먼저 했을 수도 있어요. 당신이 못하는 게 아닙니다. 당신의 마음을 지키기 위해 더는 위로를 건네지 않게 된 거예요.'

과연 그럴까. 주미는 그날 이후로 의식 깊은 곳에 주렁주렁 매달아둔 기억을 한 알씩 꺼내 종일 빨아먹었다. 달달하고 새콤한 것은 이미 오래전에 핥아 몸에 흡수시켰고, 구석에 박아둔 것은 죄다 씁쓸하고 역겨운 맛이었지만 못 먹을 정도는 아니었다. 기억은 대개 이런 형태였다. 엄마가 아침 인사를 해주지 않고 침대에 누워만 있다. 주미는 엄마에게 주려고 유치원에서 나눠준 간식을 먹지 않고 챙겨와, 여전히 침대에 누워 있는 엄마에게 건넨다. 엄마는 하얗게 부르튼 입술을 억지로 벌려 웃지만, 주미가 건넨 간식을 책상에 올려둔다. 썩을 때까지. 결국 주미가 버리게 될 때까지.

가끔 벽을 보고 말하기도 했지. 감싸두었던 기억은 녹았다 굳기를 반복해 형태가 우스꽝스러워졌다. 울지 않았으면 좋겠어. 엄마한테 해야 했던 그 말을 벽에다 했던 여섯 살의 주미는 좀 초라하고 웃겼다. 결과적으로 다를 건 없었다. 어디를 향해 말하든 주미의 속삭임은 늘 발화된 직후 휘발되었다.

어떤 땐 자신의 탓처럼 느끼기도 했다. 그게 문제였다. 하도 많이 들어 주미는 그 일이 자신의 탓이 아닌 것도 알고 있다.

귤 먹고 싶어.

초여름에 귤을 찾은 게 아무래도 문제 같았다. 다른 과일을 말했더라면 집에 있었을 텐데. 하필이면 귤이어서 엄마가 망에 담긴 귤을 사러 마트에 가야 했으니 말이다. 마트에 가지 않았더라면 그날 아무 일도 일어나지 않았을 것이다.

'아뇨. 귤이 먹고 싶다는 말과 그날의 일에는 아무런 상관관계도 없습니다. 둘을 억지로 엮지 마세요. 끊어내셔야 해요.'

주미는 그날부터 끊는 연습을 했다. 두 단어에 이어진 거미줄 같은 그 얇은 타래를 끊어내면 되는데, 그게 잘 안 됐다. 지금까지 끊어내지 못했다.

섭식 장애 역시 그것으로부터 기인한 것일지도 모른다는 말을 들었을 때, 주미는 지긋지긋했다. 부모와 멀리 떨어지면 병증이 좀 사그라들까 싶었는데. 거리와 상관없다는 걸 더 일찍 알았다면 부러 지구 반대편 대학에 입학하지 않았을 거였다. 부모의 간섭과 통제도 살갗이 닿아 있을 때보다 더 심해졌다. 시차가 열두 시간 넘게 나는데도 엄마와 아빠는 교대 근무를 서는 것처럼 연락을 해왔다. 주미는 무척 피곤하고 화가 났지만 주변인들, 그러니까 옆에서 오랫동안 지켜본 이웃사촌이나 친인척들은 주미를 나무랐다. 그런 일을 당해놓고 어떻게 부모와 떨어져 그 먼 곳까지 갈 생각을 했느냐고, 마치 주미가 그 사건의 원인이라는 듯이, 주미가 두 사람의 몫을 살아야 한다는 듯이, 주미가 곁에 있어야 부모가 행복하다는 듯이 굴었다. 다 아니면서. 주미의 역할은 그중 아무것도 아니었다. 사람들이 도대체 자신에게 뭘 원하는 건지 주미는 알지 못했다. 이것저것 다 해봤는데 전부 실패로 돌아간 뒤로 주미는 어떤 것도 하지 않기로 다짐했고 그렇게 도망쳤다. 완벽한 도망은 아니었지만 말이다.

케이트는 결국 감자튀김엔 거의 손도 대지 않고 식판을 정리했다. 그럴 거면 애초에 배식받지를 말지. 주미는 버려지는 감자튀김이 아까웠다. 솔직하게 말했더라면 열량이 낮은 음식을 먹으러 갔을 것이다. 하지만 케이트는 체중을 감량한다는 내색을 조금도 하지 않았다. 먹고 싶은 걸 다 먹고도 날씬하다는, 거짓된 문장을 휘감고 싶은 거겠지. 케이트 자신이 의식하지 못했더라도 그 생각은 어느새 깊숙이 침투해 있을 것이었다.

"의식 전이 리포트 내일까지던가? 교수 미쳤나! 그걸 어떻게 일주일 만에 해 오라고 해?"

"공지를 어제 했을 뿐 학기 초부터 기말 리포트로 대신한다고 얘기했는걸."

"설마, 주미 벌써 다 했어?"

주미는 웃음으로 대답을 대신했다. 케이트의 얼굴을 배신감이 뒤덮는다.

주미는 케이트와 헤어지기 전에 주말 동안 막히는 게 있으면 연락하라고 말했고, 케이트는 사랑한다고 팔로 하트를 크게 만들었지만, 서로가 연락하지 않을 걸 주미는 알고 있었다.

집으로 돌아가는 길에는 사고 현장을 목격했다. 차량 사고인지 오토바이의 부품이 여기저기 흩어져 있었고, 바퀴 하나가 맨홀 뚜껑처럼 덩그러니 놓여 있었다. 사람들은 대개 걸음을 천천히 멈추며 현장을 살폈지만 주미는 더 빠르게 걸었다. 이곳에서 일어나는 일들에는 관심을 가지지 않는 게 주미가 부모에게 보일 수 있는 그나마의 예의였다. 하루에도 몇십 번씩 집착적으로 미국의 총기 사건을 찾아보는 이들이었기에, 주미는 한밤중에 총성이 울려 깼다는 것도, 마트에서 물건을 사고 계산하는데 앞에 서 있던 사람 뒷주머니에 권총이 꽂혀 있어 울음을 간신히 참았다는 것도 다 말하지 않았다. 공포를 체화하는 법을 터득했기에 가능했다. 좋은 방향은 아니라고 생각한다.

하지만 주미는 저 덩어리를 지나치지 못한다. 하수구 냄새가 올라오는 골목 끝에 총에 맞은 곰 같은 덩어리의 인간을. 퀴퀴한 냄새 사이로 진동하는 비린내는 꼭 해부학실에서 양동이에 담긴 피를 하수구로 흘려보낼 때 맡았던 냄새 같다.

무시하고 가. 신경쓰지 마. 네 일 아니야. 그렇게 중얼거리지만 주미의 걸음은 점점 느려진다. 느려지고 느려지다 이내 멈춰 선다. 주미는 사라진 언니의 몫을 합해 살지 않겠다고 다짐했고 어느 정도 잘 지키고 있었으나 문제는 늘 이런 식으로 굴러왔다. 주미는 얼굴이라도 확인하기 위해 어둡고 퀴퀴한 골목으로 들어갔다. 어떻게 생겼었는지 이제 주미는 그 앳된 얼굴이 전혀 떠오르지 않지만.

*

빗소리에 섞여 펌프질 소리가 들린다. 하지만 빗소리인 줄 알았던 것은 수돗물 소리였고 펌프질인 줄 알았던 것은 뒤이어 들려오는, 연속적이고 짧은 물줄기 소리로 수건을 치대던 것이었음을 곧 알게 된다. 비는 오지 않는다. 여전히 어디에선가 패널 지붕에 떨어지는 물방울의 소리가 들려온다. 멀리서. 아까보다 훨씬 멀고 낮은 곳에서. 젖은 흙냄새가 풍기지 않는 곳이라는 걸 깨닫는다. 내가 누워 있는 곳은 시멘트 바닥이 아니다. 까슬까슬한 보풀이 손마디에 느껴진다. 그리고 희미한 나프탈렌 냄새. 눅눅하고 차가웠던 바깥공기와 다르게 코점막이 메마를 정도로 건조하고 뜨거운 공기. 라디에이터가 돌아가고 전기 포트의 물이 서서히 끓어오르는 소리가 들린다. 위층에서 들리는 아이의 뜀박질 소리와 아래층에서 올라오는 담배 냄새가 아주 잠깐 뒤섞이고, 그것들이 사라질 즈음 깨금발을 하고 걷듯 둔탁한 소리 없이, 그러나 걸을 때마다 마룻바닥이 삐걱거리는 소리로 동향을 추측할 수 있는 움직임이 포착된다.

눈을 뜨고 싶지만 되지 않는다. 무언가가 눈을 압박하고 있다. 때마침 낡은 나무판자들이 맞물린 듯한 문소리가 들린다. 이곳에 있던 누군가가 나갔다. 무거운 팔을 들어 눈을 확인한

264

다. 붕대가 감겨 있다. 나는 붕대를 풀지 않고 몸을 일으킨다. 몸은 여전히 무겁지만, 두 다리가 그대로 붙어 있다는 걸 손으로 만져 확인한 뒤 무거움 따위는 전혀 신경쓰지 않고 침대 옆에 선다. 이 정도면 괜찮다. 움직일 수만 있다면 두 눈을 가리고 있어도 저 문 너머에 있는 인간 하나쯤은 가뿐하게 없앨 수 있다.

하지만 예상치 못한 두통이 온다. 측두엽이 관통된 것만 같다. 아니, 실제로 무언가가 관통했을지도 모른다는 생각에 나는 두 손으로 머리를 감싼다. 다행히 머리에 구멍은 나지 않았지만 측두엽에서 시작된 고통이 전두엽까지 퍼지면서 이명과 함께 귀가 먹먹해지고 지축이 흔들린다. 시야가 확보되지 않아 나는 완전히 중심을 잃는다. 발이 땅에 닿지 않는다. 한심하게 부유하는 몸짓. 몸안의 장기가 입으로 쏟아져나올 것만 같다. 낯설지 않은 감각. 나는 언젠가 내가 이 고통을 겪어봤다는 것을 체감하며, 그러니까 뇌의 기억이 아닌 몸의 기억을 더듬으며, 이곳에 땅이 있다는 걸 잊지 않기 위해 두 손으로 바닥을 짚어 축을 찾는다. 관통했던 두통이 조금씩 잦아들고 소리가 들리기 시작한다.

인간은 아직 방문 너머에 있다. 쇠로 만들어진 사물들이 서로 부딪치는 소리 뒤로, 다시 한번 문소리가 들리고 물이 쏟아지는 소리가 이어진다. 수돗물 소리다. 좁은 구멍을 통해 힘있게 쏟아진다. 문손잡이를 돌릴 때 소리가 났지만 물소리에 금세 묻힌다. 소리가 들리는 곳, 아마도 화장실일, 그곳으로 다가간다. 그리고 화장실에서 나온 인간을 붙잡아 바닥으로 쓰러뜨려 두 팔을 무릎으로 짓누르고 목을 붙잡기까지, 지나칠 정도로 수월했고 그 수월함이 꺼림칙하게 느껴질 즈음 여린 미성이 들린다. 아파서 제대로 말을 잇지 못하는, 금방이라도 울음을 터뜨릴 것 같은 겁먹은 신음이다. 나는 순간 당황하고, 동시에 또다시 두통을 느낀다. 하지만 이번에는 머리를 부여잡지 않고 참는다. 두통을 참다보니 자연스럽게 목을 쥐고 있던 손에 힘이 들어간다. 컥컥, 토하듯이 내뱉는 숨에 이질적인 언어가 섞여 있다. 목덜미를 뻐근하게 하는 언어다. 처음 듣는 언어인데. 아마도 처음 듣는 언어일 텐데.

내가 인간의 목을 잡고 있는 것처럼 누군가 내 목덜미를 잡고 있다. 하지만 실체는 없다. 실체 없는 손이, 이따금 난데없이 나를 붙잡는 그 손이 이번에는 내 목덜미를 잡고 있을 뿐이고 손이 닿은 지점으로 머리를 조여오던 두통이 빨려들어 작은 점처럼 변했다가 이내 완전히 소멸한다. 인간을 붙잡고 있던 손에 힘을 푼다. 인간이 숨을 크게 몰아쉬며, 두려움이 잔뜩 달라붙어 제멋대로 떨리는 목소리로 말을 건다. 이번에는 영어다. 살려달라고 말한다.

어쩌면 인간보다 소녀라는 단어가 더 어울릴지 모르겠다고,

두려움 속에 깔린 여린 미성이 내게 말하고 있다. 이 목소리를 어디서 들었더라. 그런 생각을 하며, 나는 소녀에게 정체를 묻는다.

내가 이렇게 물을 때 제 정체를 단숨에 말하는 인간은 아직 한 번도 보지 못했다. 대개가 손가락 몇 개가 절단되거나 한쪽 안구가 적출되었을 때에야 수고스럽게 입을 열었고 이따금 목에 칼이 들어간 후에야 입을 여는 미련한 인간도 있었다. 그리고 아주 가끔 끝끝내 입을 열지 않고 스스로 목을 긋거나 혀를 깨무는 인간도 있었다. 그런 인간이 내 옆에도 있었다. 분명 있었는데 순간 이름이 떠오르지 않는다. 나를 보던 금빛 눈동자까지 또렷하게 기억이 나는데, 내가 알고 있는 사람인데 이름이 기억나지 않고 나와의 관계가 떠오르지 않는다. 머릿속에 거대한 파쇄기가 있다. 기억들이 마구잡이로 갈려 있다. 조합되지 않는 문장들이 멋대로 붙어 혼란스럽다. 그때 소녀의 목소리가 톱밥처럼 부스러진 기억을 날린다.

"내버려두면 죽을 것 같길래."

선량한 인간이야 어딘가에 실재는 하겠지만, 적어도 길바닥에 피를 흘리며 죽어가는 인간을 집으로 들여올 인간은, 아니 그런 인간에게 다가갈 인간은 없을 것이며 설령 있다 한들 이렇게 어린 목소리는 아닐 거였다. 나는 소녀의 말을 믿지 않는다. 어느 조직에 속해 있거나 누군가에게 지시를 받은 것이 분명하다고 판단 내린다. 고함을 치며 몰아붙인다. 목동맥이 지나가는 자리를 손가락으로 점점 세게 조이며, 끝내 손끝이 살을 뚫고 동맥을 끊을 때 쏟아질 피를 상상하며. 나는 얼굴도 보지 못한 소녀의 목동맥을 끊어 죽이는 상상을 쉼없이 한다.

"진짜예요. 당신이 데려가라고 했잖아요."

소녀의 목에서 손을 뗀다. 훈련받았거나 뇌를 조작당했다면, 마치 나처럼, 이 기회를 놓치지 않았을 테지만, 내가 손을 떼고 숙였던 상체를 세우는 동안 소녀가 하는 건 공포심에 안도감이 조금 뒤섞인 숨을 내뱉는 것뿐이었다. 소녀를 공격하지 않고 데려가달라 말했던 그 녀석의 입을, 내 입이기도 한 입을, 믿을 수가 없다. 한편으로는 기가 차기도 했는데, 그런 말을 내뱉을 수 있었다면, 진작 물에 처박히거나 귀가 찢어지거나 꼬챙이에 찔리기 전에 내뱉었다면 얼마나 평화로웠을 것인가. 그렇게 쉽게 목숨을 구걸할 줄 아는 입이었다면 진작 그랬을 것이지. 아니면 정말로 죽을 것 같았는지도 모른다. 물론 이전의 숱한 상황에서도 죽음은 언제나 실체를 가지고 주변을 어슬렁거리고 있었지만, 어쩌면 정말로 실체가 있었기에 피할 수 있을 거라 생각했다면 이번에는 달랐던 것이다. 죽음이 실체 없이, 안개처럼 몸을 감싸 호흡할 때마다 들이켜지는 듯한, 그런 위압감을 느꼈던 거겠지. 꼴에 살고 싶어서. 혹은 살리고 싶어서. 아직은 나를 쓸 만하다 여기는 것이다.

소녀에게 해치지 않을 테니 떨지 말라고 했지만, 소녀의 두려움은 그 이후로도 지속됐다. 이제 괜찮다고 말하는 소녀의 말 속에 섞인 적잖은 불안감을 느낀다. 애써 모르는 체한다. 나는 도로 침대에 걸터앉는다. 긴장이 완전히 풀렸다고 생각하자, 몸이 금방이라도 액체처럼 녹아내려 침대에 쏟아질 것만 같다. 흩어지려는 몸의 형태를 간신히 붙잡는다.

"치료는 네가 한 건가?"

"네."

"옆구리에 총알이 박혀 있었을 텐데."

"제가 뺐어요. 다행히 쪼개지지는 않았어요."

"무슨 수로? 의사인가? 너는 분명 어린데."

"의과대 학생이에요. 수술은 해본 적 없어요. 대충 어떻게 했더니 됐어요."

대충 했다는 말은 거짓말이 아니다. 손으로 더듬어 만져본 봉합 부위가 엉망이다. 하지만 그렇다고 돌팔이라고 할 수도 없다.

"소질이 있어. 천재한테 구해진 걸 보니 아직 죽을 운명은 아니었나봐."

"밖에 경찰이 돌아다녀요."

블라인드를 올렸다 내리는 소리.

"경찰은 원래 돌아다녀. 겁먹지 마. 나를 찾는 건 아니야. 아니면 신고라도 하려는 셈인가?"

창문에서 멀어지는 발소리. 쿵, 쿵, 약간은 성이 난 듯하다.
어딘가에 멈춰 서고 곧 물소리가 들린다. 개수대 앞인 듯했다.
수건이나 옷을 빠는 소리. 한참 뒤, 물소리가 그친 다음 소녀
가 다짐한 듯 묻는다.

"무슨 일이 있었던 건가요? 사람을 죽였나요?"

"죽이려고 했지. 근데 오늘은 실패했어."

소녀가 대꾸하지 않고, 불편한 숨을 뱉는다. 하지만 물건을
쥐었을 때의 진동이나 걸음걸이로 봐서는 소녀의 두려움이 거
의 사라진 것 같다. 소녀는 이제 나를 두려워하지 않는다. 경
계하고는 있지만 내가 자신을 해치지 않을 거라는 믿음이 생
겼다.

몸을 일으킨다. 소녀의 믿음이 내 등을 떠민다. 쿡쿡 찌르는
것이 탄환에 옆구리를 뚫렸을 때보다 더 아프다. 양심만이 줄
수 있는 통증인데 나는 내게도 아직 그것이 남아 있다는 사실
에 놀란다. 하지만 선한 의도로 접근한 인간이 그간 없었음을
생각하면, 내 양심은 사라진 것이 아니라 나설 틈이 없었던 것
이리라. 고이 잠들어 있던 것이 용케 고장나지 않고 제 역할을
해낸다.

"왜 일어나요?"

소녀가 소스라치게 놀라 묻는다.

"지금 갈 거니까."

"미쳤어요? 못 보니까 모르는 모양인데, 지금 당신 몸 최악이에요. 다 갈기갈기 찢어지고 뚫리고 난리가 났다고요."

소녀가 아는 걸 내가 느끼지 못할 리 없다.

"다른 것이 깨어나면 네가 난감해질 텐데. 지금 나를 붙잡은 걸 후회하게 될 거고."

"그러다 죽으면 어쩌려고 그래요?"

말문이 막힌다. 할말이 없어진 건 오랜만이었다. 입술을 들썩이다 아무 말도 하지 않았다. 어떤 말을 해도 소녀에게 통하지 않을 거였고 오히려 화만 돋울 게 뻔했다. 나는 다시 앉는다. 어쩐지 그러고 싶어졌고, 머리를 다친 탓인지 한동안은 의식을 통제할 수 있을 것 같았다. 소녀가 잠시 자리를 비운 사이, 나는 죽으면 어쩌려고 그러냐는 그 말을 반복해 중얼거려본다. 죽으면 어쩌냐니. 가당치 않았지만, 내가 무척 그 말을 그리워하고 있었음을 깨닫는다.

나는 죽어가는 에이든에게 죽음의 두려움을 묻지 않았다.

죽어가고 있어, 너. 죽을 거야, 곧.

에이든에게 말하자, 그가 웃으며 대답했다.

"죽어가는 건 누구보다 본인이 제일 잘 알지."

에이든이 죽었을 때 울지는 않았는데, 화가 났다. 지금 이 상황의 원인이 그곳에 있다. 에이든의 죽음과 에이든이 흘렸던 웃음에. 죽음이 처음으로 나에게 억울함의 형태로 느껴진 그 때에.

우리는 두 명이 한 팀이 되어 움직였다. 파트너는 한번 정해지면 잘 바뀌지 않는다. 호흡이 중요한 일이었기에 파트너 변동이 잦으면 일에 차질을 빚을 수 있다. 사람을 죽이는 데, 무엇보다 사람 간의 호흡이 중요하다는 말이다.

일의 대부분은 감춰둔 무언가를 빼앗아 오거나 발설하지 못하도록 누군가의 입을 막거나 한 사람의 존재를 세상에서 없애는 것이었다. 그런 일을 했다. 대개가 시장의 돈을 불법으로 빼돌리거나 주가를 조작하거나 정치가와 물밑에서 작전을 벌이는 기업가들이었다. 전해듣기로는 그랬다. 그들이 정말로 그런 짓을 벌이는지, 그 목숨 하나를 제거하는 것이 정말 더 나은 세상으로 가는 한 걸음인지는 알 수 없다. 알아본 적 없다. 알아보고 찾아내는 건 허락되지 않았다. 레이저의 붉은 점이 가리키는 방향만을 주시해야 했다. 눈동자를 함부로 돌려서는 안 된다. 함부로 몰두해서도 안 되고, 함부로 눈을 떠서도 감아서도 안 된다. 시선을 지배하는 것은 몸을 정복하는 것과 같다. 다시 말하자면 레이저의 붉은 점에서 시선을 돌리는 순간, 내가 죽여야 하는 대상의 이름을 알고, 표정을 보고, 대상이 머무는 공간을 알려고 하는 순간 그것은 몸이 일으키는 반항이자 폭동이 된다. 한번 바람이 분 몸에는 메울 수 없는 바람길이 생긴다. 그녀는 길을 없애기 위해 행성을 통째로 파괴시켰다.

떨리던 에이든의 손이 떠오른다. 에이든의 기억 속에서 유일하게 선명했던, 손목에 새겨져 있던 난초 잎사귀.

"그것만 기억나. 항상 금색 시계를 찼는데, 시계를 찰 때 나던 짤랑짤랑 소리가 나한테 꼭 장난감 소리처럼 들렸나봐. 그랬던 것 같아. 그래서 쳐다봤겠지. 금색 시계를 두르던 왼쪽 손목에 난초 잎이 있어. 그래서 누군가와 악수할 때 상대방의 왼쪽 손목을 보는 버릇이 생겼어."

그러다 진짜로 나타나면 어쩔 것이냐고 물었다. 손목에 난초 잎이 새겨진 사람. 에이든은 별로 신경쓰지 않았다. 그곳에 난초 잎사귀를 문신한 사람이 세상에 한 명일 리도 없고, 무엇보다 일을 진행할 때는 에이든의 의식이 아닐 확률이 높았으니…… 하지만 에이든은 손을 떨었고, 방심한 틈을 보여 쥐고 있던 칼을 빼앗겼고, 표적을 놓쳤다. 에이든은 급소가 찔리는 치명상을 입어 그 자리에서 숨을 거뒀다. 에이든은 죽기 직전까지 허탈하게 웃었다. 그 웃음이 무엇을 의미하는지, 나로서는 아직도 알 수 없다. 아주 오랫동안 떨어져 있던 누군가를 단번에 알아보는 일은 지나치게 아름다워 우리 삶에는 통 일어나지 않을 일 같았지만 다르게 생각해보면 우리의 삶이 보통의 삶은 또 아니라서 그런 일은 언제든 일어날 수 있을 것 같았다. 에이든은 알아봤을까.

소녀가 내 손에 컵을 쥐여준다. 차갑지도 따뜻하지도 않다.

"마셔요. 미숫가루라는 건데, 곡물을 갈아서 만든 거예요. 식사로 좋아요."

소녀가 준 것을 삼킨다. 마신다고 해야 할지 먹는다고 해야 할지 알 수 없는 식감이다. 수프보다 되직하지만 젤리처럼 씹을 필요는 없다.

"근데 궁금한 게 있는데, 뭐가 깨어난다는 거예요? 몸속에 외계인이라도 잠들어 있어요?"

"외계인이 차라리 나쁘지 않겠는데."

"의식 전이죠?"

내가 마시려던 행동을 멈추자, 소녀는 달래듯 입을 열었다.

"놀랄 필요 없어요. 의과대 학생이라고 했잖아요. 그 정도는 배워서 알고 있어요. 문제는 의식 전이가 금지된 행위라는 점에 있죠. 불법이잖아요, 그거."

"네가 보기에는 내가 그 법 안에 있는 사람 같니?"

"아닌 것 같으니까 의심한 거죠."

"눈썰미까지 있으시네."

"하지만 원래의 의식 전이라면 보통 죽은 사람의 의식을 복제된 몸에 넣는 거잖아요. 그런데 당신은 아닌 것 같아요. 나한테 데리고 가라고 했던 당신과 지금의 당신은 어딘가 달라요. 말투도, 성격도. 당신이 바랐던 일인가요?"

"타인의 의식이 내 머릿속에 들어와 나를 멋대로 조종하는 그 끔찍한 일을 누가 원하겠어?"

소녀는 말을 하려다 도로 삼킨다. 쉬라고 말하고 황급히 자리를 뜨는 것이 의식을 전이한 사람을 마주보고 있는 것에 대한 두려움이나 거북함일 수 있고, 원하지 않았다는 내 말에 대한 안타까움 때문일 수도 있다. 하지만 나는 아직 근처에 있는 소녀에게 계속 말을 건다.

"의과대생이라면 어느 정도로 알고 있지?"

"이론은 다 알고 있어요."

나는 우스갯소리처럼 말을 던진다. 농담이라는 듯이, 그냥 해본 말이라는 듯이.

"그럼 전이된 의식을 없애는 것도 할 줄 아나?"

"저는 아직 의사가 아니에요."

"의사가 아니지만 의사처럼 나를 치료해줬지."

"설마 지금 진심으로 하는 얘기 아니죠?"

"진심으로 하는 이야기인데. 아까처럼, 대충 어떻게 해봐."

소녀가 느끼는 당황스러움이 내게 전해진다. 정말로 진심은 아니었는데, 변덕스러운 내 마음은 진심이 되어버린다.

애당초 지금 이 상황에서 내 삶의 결말은 둘 중 하나다. 이 상태로 있다가 전이된 의식에 다시 조종당해 내가 아닌 내 삶

을 사는 것, 그러다 반항의 대가로 스스로 자결하는 것이겠고
(그녀는 그런 식으로 자신의 손에 피 한 방울 묻히지 않고 수
족을 죽였다) 또하나는 멀쩡한 정신으로 그녀를 찾아가 (암살
에 성공하든 실패하든) 나 역시 죽음을 맞는 것.

*

"전이된 의식을 완벽히 제거하는 것은 현재로서는 불가능합
니다. 결국 삽입된 인간의 의식과 본인의 기억이 함께 날아가
게 돼요."

주미는 수업을 들으며 교재 끄트머리에 뇌를 그렸다. 구불
구불한 뇌의 주름은 마치 출구가 없는 미로 같았고 기억은 미
로를 헤매는 방랑자 같았다. 끝내 출구를 찾지 못하는 기억은
미로에 갇힌 채 굶주려 있다가 새로운 기억이 들어오면 그것
을 공격한다. 그리고 먹거나 먹힌다. 먹힌 기억은 신체의 일부
분으로 자라고, 기억은 그렇게 미로 안에서 괴물이 되어간다.
좋은 기억과 나쁜 기억을 구분 없이 먹어치우며 미로를 헤매
다 이따금 길을 파괴하겠고 그럴 때면 인간은 끔찍하게 변해
버린 기억에 몸서리치며, 본래의 형태가 무엇인지 알 수 없는
기억에 잠식된다. 주미는 그런 생각을 자주 했다. 그런 생각을
하지 않으면 불쑥 떠오르는 옛날의 기억을 받아들일 수 없다.

"수술이 금지된 또다른 이유는 범죄에 악용되는 사례가 너무 많다는 거죠. 원래 의식 전이란 인간 복제를 위해 연구되었던 건데 지금은 독단적으로 사용되는 경우가 더 많아요. 이를테면 타인의 몸에 자신의 의식 일부분을 전이시켜 타인의 몸을 지배하는 거죠. 의식이 연결되어 타인을 조종할 수 있게 되는 겁니다."

누군가 물었다. 교수님, 만약 의식이 지배된 사람이 살인을 저지른다면 죄는 누구에게 물어야 합니까? 행위를 한 사람입니까, 생각을 한 사람입니까?

주미는 그 질문이 흥미로워 하던 낙서를 그만두고 교수를 바라보았다.

"살해를 주도한 사람에게는 살인죄가 적용되겠고 행위를 한 사람에게는 그 순간에 의지가 있었느냐가 중요하겠죠. 하지만 그 순간에 의지가 있었는지를 판단하는 것이 얼마나 어렵겠습니까?"

실제로 의식이 전이되어 본인이 원치 않던 살인을 저질렀던 사람에게 그 순간에 의지가 있었는지 확인하기 위해 새로운 수사법이 동원됐다는 이야기가 길게 이어졌지만, 그 뒷말은 귀담아듣지 않았다. 주미는 다시 교재 끄트머리에 뇌 주름을 마저 그리며, 행위자의 의지를 고려하는 것은 피해자를 배려하지 않는 관점 아닌가 생각했다. 그 순간 피해자가 느꼈을 공포에는 어떤 변명도 붙일 수 없고, 피해자가 죽었다는 사실 또한 바꿀 수도 없다면 살해한 순간 행위자의 의지가 있었는지를 판단하는 과정은 무의미하고 기만적이었다.

한동안 사로잡혔던 그 생각이 어느 순간 옅어졌을 즈음, 주미는 뉴스에서 의식 전이로 살인을 저지른 남성의 재판이 이 년 팔 개월 만에 무죄 선고로 끝났다는 소식을 얼핏 들었다. 주미는 그 판결에 며칠이고 화를 냈다.

케이트는 주미에게 범죄 사건에 지나치게 몰입하는 경향이 있다고, 그런 일이 있었구나 넘기면 되는 것에 자신의 감정을 깎아가며 화를 낸다고 지적했다.

"그렇게 모든 일에 내 일처럼 화내고 살면 피곤하지 않아? 너무 지칠 것 같아."

케이트는 그렇게 말해놓고 딴청을 피웠다. 주미는 케이트에게 언니가 실종돼서 그래, 어렸을 때 언니가 사라졌거든. 납치를 당한 건데 흔적도 없이 사라져서 삼 년을 꼬박 찾으며 이사를 다섯 번 이상 가서 그래. 경찰의 연락은 드문드문 이어지다 어느 순간 끊겼지만 부모님은 아직도 비슷한 사람만 봐도 이름을 물어서 그래. 그걸 너무 오랫동안 옆에서 봐와서 그래. 나는 그래서 그래, 라고 말해주고 싶었지만 자신의 상처가 누군가에게 원치 않는 피곤함, 또는 죄책감, 또는 미안함, 또는 거북함이 된다는 걸 너무 잘 알고 있었기에 아무 말도 하지 않았다. 이 대화의 참여자를 모두 상처받은 사람으로 만들 필요는 없다. 공격한 사람이 없는데 상처 입은 사람만 존재하는 것만큼 비참한 것이 없었으니까.

주미의 모든 생각의 끄트머리에는 얼굴조차 선명하지 않은 언니가 있다. 일곱 살에 사라져 영영 모습을 감춰버린 언니. 주미는 열 살의 언니가 궁금하다. 주미가 기억하는 언니는 '아이'에 가깝기에, 주미는 어린이가 된 언니가 궁금하고, 청소년이 된 언니가 궁금하며, 성인이 되어 언니가 어떤 직업을 가지게 됐을지도 궁금하다. 가끔 이 궁금함을 영원히 떨칠 수 없다는 사실에 구역질이 난다.

그러므로 주미는 모든 사건을 언니와 연결했다. 대형 화재 뉴스를 접하면 그 속에 언니가 있었으면 어떡하지 싶고, 신원을 알 수 없는 시체가 발견됐다고 하면 그후 신원이 밝혀졌는지 습관처럼 후속 기사를 찾아보았다. 막을 수 없던 재난이나 막을 수 있던 인재에도 꼭 한 번씩 언니를 끼워넣었다. 그리고 아주 가끔은, 분쟁 지역에서 무참히 민간인을 살해한 무장 단체, 은행을 습격한 강도단, 마약을 사고판 조직의 뉴스 같은 데에도 언니를 끼워넣었다. 주미의 머릿속에서 언니는 변화무쌍했다. 세계적인 스타처럼 화려했고 전쟁영화의 주인공처럼 처참했다. 어떤 모습으로든 살아 있기를 바라는 마음만이 변하지 않았다. 살아 있기만 하다면 그렇게 영영 언니의 모습을 상상하며 살아도 나쁘지 않을 것이다. 일곱 살의 언니가 주검이 되어 어딘가에 쓸쓸히 묻혀 백골이 된 상상보다야 나았다.

주미는 빗에 엉킨 머리카락을 뽑는 것 같은 일상의 사소한 순간들에도 최악의 상황을 가정해 자신에게 질문했다. 만약 언니가 돌아왔는데 살인마라면 나는 어떻게 할까? 죄책감조차 느끼지 않는 덤덤한 얼굴로 사람을 죽였다고 말한다면? 주미는 머리카락을 걸러내던 손을 멈추고 고민에 빠졌다. 그럼 그건 언니 잘못이지. 아무리 불우한 어린 시절을 보냈다고 해도 어떤 삶을 살아갈지는 본인이 선택하는 것이고, 또 불우했던 모두가 범죄를 저지르는 건 아니니까, 불행한 어린 시절이 범죄를 전부 정당화할 수는 없지, 라고 생각하며 머리카락을 마저 정리했다. 그리고 또다시 자신에게 질문을 던졌다. 언니의 의지가 아니었다면. 주미는 다시 동작을 멈췄다. 고민하는 시간이 이전보다 길어졌다. 삶의 방향을 바꾸거나 선택조차 할 수 없었다면. 굴레를 벗어날 수 없을 만큼 너무 어렸고 작았고 약했고, 살아남아야 했기에 악행을 저질렀고 그것을 후회하지만 삶을 바꾸기에 너무 늦었고 국가조차 언니를 보호해주지 않았다면. 주미는 스스로 만들어낸 상상 속에 갇혀 머리카락을 천천히 잡아뜯으며, 얼굴 없는 언니와 마주앉았다.

후회해?

주미가 물었다. 언니가, 그러니까 국가로부터 보호받지 못했고 누구도 구해주지 못했기에 살아남기 위해 범죄를 일으킨 언니가 고개를 끄덕였다. 주미는 마음이 약해졌고, 언니에게 무엇을 바라느냐고 물었다. 하지만 얼굴이 없는 언니는 입도 없어 대답을 할 수가 없다. 언니를 괴롭히는 게 기억이야? 라고 다시 묻자 언니가 고개를 끄덕였다. 미로에 갇혀 다른 기억을 먹으며 자란 괴물이 언니의 머릿속에도 있는 모양이구나. 범죄를 저질렀으니 남들보다 더 끔찍하고 추악한 형태로 있겠구나. 주미는 언니에게 말했다. 내가 그 괴물을 죽여줄 수 있어, 그렇게 할게. 그러니까 지우고 싶으면 나한테 와. 어딘가에 살아 있다면.

주미는 아무도 없는 대학교 실험실에서 약을 제조한다. 의식 전이를 위해 이식된 칩을 제거하는 방법은 두 가지가 있다. 하나는 머리를 열어 신경과 연결된 칩을 꺼내는 것이고 또하나는 약물로 녹이는 것이다. 뚜껑을 여는 외과적인 방법은 기억 손실을 최소화할 수 있으나 주미는 할 수 없었고, 약물로 녹이는 것은 주미가 해줄 수 있으나 약물의 작용 범위가 칩을 포함한 뇌 전반이기에 기억의 대부분이 함께 소실된다는 문제점이 있었다.

"당신의 기억이 사라져도 괜찮아요?"

그러자 여자는 느릿하게 고개를 끄덕였다.

"아까운 기억이 있기는 한데."

말은 그렇게 했지만 눈을 가려둔 탓에 아쉬워하고 있는지, 후련해하고 있는지 알 수 없었다.

"가지고 있어봤자 앞으로 쓸모가 없을 거 같아서. 이제 놓아줄 때가 된 것 같아."

주미는 약을 제조하며 여자가 했던 말을 되뇌었다.

기억을 놓아줄 수도 있구나.

때가 되면 놓아야 하는 것이구나.

주미는 집으로 돌아가는 길에 사고 현장이 정리된 것을 본다. 멀지 않은 곳에서 경찰을 마주친다. 주미는 주머니에 있는 약을 꼭 쥔 채 걸음을 서두른다.

*

에이든이 눈을 돌림으로써 내 의식도, 타인의 의식이 감싸고 있던 내 안의 평화도 함께 무너졌다. 도망가는 표적을 쫓지 않고 칼에 맞은 에이든을 붙잡은 순간 나는 다른 차원으로 넘어간 것이다. 에이든은 그것을 조금 미안해했다. 아마 머지않아 나도 죽을 것이라는, 어떤 방식으로든 나 역시 죽음을 피하지 못할 것이라는 걸 에이든도 알았다. 사후세계를 믿고 있던 에이든이었으므로 곧 다시 만날 수 있다고 믿었을 테니 그렇게 많이 미안해하지는 않았으리라. 괜찮다고 말해주었어야 했는데 그러지 못했다.

어느 날 갑자기 모습을 감춘 이들 모두가 그녀를 죽이려 했으나 실패했거나, 필요를 다해 죽임을 당했다. 누가 알려주지 않아도 모두가 암묵적으로 알고 있었다. 그녀는 버려진 우리를 거두어 자신이 키워줬다고 말했지만, 각자의 가장 오래된 기억이 그녀의 말이 거짓이라 말한다. 그렇다고 바뀌는 건 없다. 그녀가 우리를 거두어준 것이 아니라 누군가로부터 뺏어온 것이라 하더라도, 자신의 욕망대로 움직일 장난감이 필요했을 뿐이더라도, 우리는 대개 자신의 이름을 기억하지 못한다. 돌아갈 길을 알지 못하는 죄로 그곳이 집이라 여기게 됐다. 원했던 것은 아니지만 벗어나지 못했으니 어느 순간 그것은 우리의 선택이 되었다. 스스로가 책임져야만 하는.

나는 침대에 가만 누워 소녀를 기다린다. 소녀는 나의 구원자이자 심판자이다. 내가 어떤 형벌을 받을지 소녀의 선택에 달려 있다. 경찰과 함께 들어올 수도, 그녀와 함께 들어올 수도 있다. 나는 경건하게 소녀를 기다린다. 소녀가 나의 최후를 몰고 올 것이다.

나는 소녀의 냄새가 나는 이불을 얼굴에 뒤집어쓴다. 그리고 선과 채색이 묘하게 맞지 않는 캐릭터가 그려진 이불을 덮고 있는 꿈을 꾼다.

몸을 움직일 때마다 바스락거리는 얇은 여름 이불. 돌아가는 선풍기 바람에 닿을 때마다 이불이 얇게 펄럭이고, 열어놓은 창문을 통해 들어온 바람이 손등과 콧잔등, 이마와 무릎을 잔잔하게 쓴다. 식탁에는 미지근해진 수박과 붉게 익은 자두가, 식탁 밑에는 허물처럼 벗어둔 유치원 가방과 양말이 있다. 아이는 두려울 것이 없다는 듯 잔다. 안방에서 기척이 들린다. 누군가 외출 준비를 하고 있다. 한참 뒤, 진한 향수 냄새를 풍기며 안방에서, 아마도 아이의 엄마일 여자가 나온다. 아이를 부르는데, 이름이 들리지 않는다. 이름만 들리지 않는다. 아이가 대답 대신 몸을 돌려 눕자, 엄마는 웃으며 아이에게 다가온다. 훅, 끼쳐오는 진한 향수. 옅은 땀이 난 아이의 이마를 손바닥으로 쓸면서도 들춘 이불을 도로 덮어주며 아이의 귓가에 속삭인다.

현관문이 열리는 소리에 꿈이 깨지고 잠에서 깬다. 몸을 일으킨다. 밖에 비가 내리는지 소녀에게서 눅눅한 냄새가 난다. 소녀는 망설임 없이 걸어와 침대 앞에 선다.

"당신은 조종당하는 걸 끔찍한 일이라고 표현했잖아요."

울분에 찬 목소리. 말의 경위를 파악하지 못해 고개를 갸웃거린다.

"언니가 있었거든요. 어렸을 때 사고로 실종됐고 아직도 못 찾았어요. 누구는 죽었다고 생각하고 살라는데 그게 잘 안 돼요. 자꾸 살아 있다고 생각하게 돼요. 어떤 모습으로 살아 있을지 많이 생각해요. 그리고 나는요, 이런 질문들을 많이 해요. 급하게 실려온 환자가 누군가를 처참하게 죽인 살인마면 어떡하지? 심장 기증자가 여성이고 수여자가 무차별적으로 여성을 살해한 남성이면 어떡하지? 학대받고 자란 아이가 아버지에게 간을 떼어준다고 하면, 가정 폭력범이 실려왔는데 다른 가족들은 그가 살아나지 않길 바라고 있다면, 의식 전이로 뇌를 조종당했던 사람이 누군가를 살해했는데 그 기억을 내가 지워야 한다면, 그래서 그 사람을 안락하게 해줘야 한다면 어떤 선택을 해야 할지 생각해요. 언니 때문에. 어떻게 살아 있는지 알 수 없는 언니 때문에 나는 뚜렷한 답을 알면서도 항상 망설여요. 저 가해자가, 저 피해자가 어쩌면 언니일지도 모른다는 생각에 자꾸 몰입하고 고민해요. 어느 곳에 언니를 세워두느냐에 따라서 내 선택도 달라져요."

우는 것 같기도 하다. 감정이 어느 순간에 도달하면 우는지 화를 내는 건지 구분되지 않을 때가 있고, 그건 꼭 구분할 필요가 없는 상태이기도 하다. 소녀가 내뱉은 말 중에 유독 뚜렷한 문장을 되짚는다. 소녀는 내 기억을 없애주는 일이 그간의 행위를 지워주는 것 같아 죄책감을 느낀다. 그 마음은 과하거나 빗나가지 않았다.

"그런데 당신은 끔찍하다고 표현했고요. 끔찍한 걸 아니까 멈추고 싶은 거고요. 맞나요?"

내가 아무 대꾸도 하지 않자, 소녀가 다시 묻는다.

"맞냐고 묻잖아요."

답답해하고 있지만, 당장이라도 소리를 칠 것 같지만, 소녀는 참고 있고 나는 몸을 일으켜 약을 달라 손을 내민다.

"내가 어떤 마음으로 내 기억을 녹이겠다고 한들 결과는 달라지지 않아. 약을 먹지 않으면 나는 내 머리에 박힌 그 사람의 의지 때문에 스스로 목숨을 끊게 될 거고, 약을 먹는다면 그 사람을 죽이고 스스로 목숨을 끊겠지. 내 마음은 중요하지 않아. 결과는 달라지지 않으니까."

"그게 어떻게 같아요. 결과가 같다고 그 둘이 같은 건 아니에요."

소녀가 숨을 진정시킨 후 묻는다.

"어렸을 때 가족을 잃었나요?"

"응."

"기억나는 건요? 이름이나, 나이나."

"없어. 이름도, 나이도."

소녀는 다시 숨을 몰아쉬고, 거친 손짓으로 주머니를 뒤져 알약 한 알을 꺼내 내 손에 쥐여준다.

"여기 있어요. 하지만 나라면 약을 먹지 않고 신고를 할 거예요. 밖에 경찰이 있어요. 제가 잠시 기다려달라고 했어요. 사람을 죽인 죗값과 당신이 본 피해는 달라요. 죗값을 치르고 피해를 보상받으세요."

"그게 생각 많은 예비 의사가 내린 결론인가?"

"내일 또 이 결정을 후회할 수 있고, 언젠가 생각이 바뀔 수도 있지만 지금은 그래요. 내가 만일 당신의 가족이라면, 자신이 한 짓을 후회하고 괴로워하는 당신을 발견한 누군가가 당신에게 기회를 주길 원할 거예요. 당신을 찾을 수 있는 기회를 줄 거라고요."

"내가 해줄 수 있는 말이 딱 하나 있는 것 같네."

소녀가 대답 않고 내 말을 기다린다.

"당신의 언니, 가족을 잊었을 거야. 기억하지 못하고 그리워하지 않을 거야."

확실히 알겠다. 소녀는 울지 않는다. 울기에는 시간이 너무 많이 지나버린 것이다.

눈은 더이상 아프지 않았지만 붕대를 풀지 않았다. 소녀의 집을 나선 후에 계단을 천천히 밟는다. 한 걸음씩 내디딜 때마다 상처가 아프다. 에이든의 웃음은 후련함이었는데. 여전히 죽음에 대한 후련함인지 무언가를 알아차린 후련함인지 구별이 되지 않는다. 소녀는 지켜보고 있다. 숨을 죽이고 있지만, 문손잡이를 꽉 잡은 탓에 손잡이가 끽끽 돌아가는 소리가 들린다.

건물을 나가기 전에 붕대를 푼다. 소녀의 말처럼 건물 앞 교차로에 경찰차 한 대가 서 있다. 이곳을 주시하고 있다. 인도를 따라 걷다가 나는 문득 방향을 바꿔 경찰차로 향한다. 그간 경찰에 도움을 요청하지 않은 것에는 여러 이유가 있다. 예전에는 어려서 그랬고, 나중에는 익숙해져서 그랬고, 그다음에는 신고할 자격이 되지 않아서 그랬다. 우리는 평범한 삶을 살다 불의의 사고와 악의로 삶의 궤도에서 튕겨나갔고 돌아가는 길을 잃었다는 걸 알았다. 알면서도 아무것도 하지 못했다. 튕겨나가 닿은 그곳이 내 삶인 줄 착각해서. 경찰은 창문으로 나를 슬쩍 쳐다보다 옷에 묻은 피와 내 상태를 보고 심각성을 느꼈는지 벌컥 차문을 열었다. 빠르게 내 어깨를 감싸고 누가 나를 쫓아오지 않는지, 지켜보고 있지 않은지를 살핀다. 나를 보호하고 있다는 낯선 감각이 손을 떨게 만든다. 물론 그들이 그녀로부터 나를 지킬 수 있는지는 아직 알 수 없다. 그녀의 손은 워낙 커서 언제든 나를 소리소문 없이 죽일 수 있으므로. 하지만 결과가 같더라도 그건 같은 것이 아니라고 하지 않았던가. 그게 무슨 말인지 완벽하게 이해하지는 못했지만 나는 소녀의 말을 따라, 경찰에게 그녀의 이름을 말한다.

경찰차 뒷좌석에 탄 뒤 또 눈을 감는다. 줄곧 손에 쥐고 있던 알약을 만지다, 입에 넣는다. 혀에 녹아 사라지는 쏩쓸한 맛을 느끼며 나는 끊겼던 꿈을 이어 꾼다.

내 머리카락을 매만지고 귓가에 속삭이는 엄마의 목소리.

"……야, 과일 사 오면서 주미 데리고 올 테니까 자고 있어. 금방 올게."

　내 이름은 엄마의 입술을 벗어나지만 끝내 내게 닿지 못하고 추락한다.

쿠쉬룩

미국 텍사스 남동부에 위치한 소도시에서 아시안 음식점을 운영하는 딕시는 딸이 출근하지 않은 지 나흘째가 되어서야 그것이 증발이라는 것을 깨달았다. 딕시는 나흘 전 딸인 레지나와 작은 다툼이 있었고 그 일에 대한 반항으로 레지나가 출근하지 않은 것이라 처음에는 가볍게 여겼다고 말했다. 딕시가 흥분한 상태로 울고 있었기 때문에 말을 알아듣기가 어려웠다. 엔릴은 딕시를 진정시키며 신경망 속 레지나의 흔적을 추적했지만, 레지나는 나흘 전 딕시가 운영하는 가게 네트워크에 접속한 뒤 사라졌다. 어디로 갔는지 이동 경로를 찾을 수 없었다. 네트워크로부터 차단되거나 보호벽에 갇힌 것도 아니었다. 딕시의 말대로 그것은 증발이었다.

마인드 업로딩 고객들이 종적을 감추고 사라지는 일에 증발이란 단어를 처음 붙인 것은 일본의 한 익명 커뮤니티였다. 일본은 하루아침에 흔적도 없이 자취를 감춘 사람들을 증발했다고 표현했다. 1990년대 버블 경제 붕괴 이후 사회 바깥의 그림자로 살아가는 사람들을 칭하는 용어였다. 그것이 신경 네트워크에서 사람들이 사라지는 현상에도 옮겨붙은 것이다. 오류나 실종, 분실, 망실과는 달랐다. 그들이 말하는 증발한 사람들에게는 공통점이 있었고 그것은 다분히 자발적이고 의도적이라는 점이었다. 기업에서는 증발이란 단어를 쓰지 못하도록 공문을 내렸지만 그 단어가 퍼지는 것을 막기에는 역부족이었다. 증발은 상하이와 도쿄, 비엔티안, 방콕, 다낭, 발릭파판, 마닐라, 멜버른, 사나, 리야드, 프리토리아, 카이로, 모스크바, 함부르크, 로마, 부다페스트, 프라하, 파리와 마드리드, 리스본, 런던, 산티아고, 브라질리아, 멕시코시티 그리고 업로딩이 가장 많은 미국 모든 도시에서 동시다발적으로 하루에 수백 건씩 일어나고 있었다.

손바닥으로 가릴 수 없는 상태라는 것을 파악하자 기업은 사태 해결에 박차를 가했고 그렇게 엔릴은 보름이나 남은 휴가를 반납하고 일터로 돌아왔다. 일이 빨리 해결되면 포상 휴가를 더 주겠다고 했지만 며칠째 진척이 없었다. 증발 건수는 날이 갈수록 많아졌고 그 어디에서도 흔적을 찾을 수 없었으며 회사 홈페이지는 접속자가 몰려 이미 서버가 다운되었고 몇몇은 회사 앞으로 찾아오기까지 했지만, 마땅한 대안이 없다는 걸 알게 된 후 빨리 찾아내라는 말만 구간 반복처럼 되풀이했다.

엔릴은 신경망을 배회하며 딕시의 말을 들었다. 딕시의 말에는 여전히 울음이 섞여 제대로 알아듣기가 힘들었지만 엔릴은 성심성의껏 대답하며 키보드를 정신없이 눌렀다. 딕시는 근래 장사가 안 돼 레지나와 싸우는 날이 많았다고 했다가 곧장 그건 싸웠다기보다 자신이 일방적으로 레지나에게 분풀이를 했던 것이라고 고해성사하듯 덧붙였다. 지속되는 가뭄으로 재룟값이 비싸져 이제는 종일 장사해도 마진 남는 날은 극히 드물었고, 이 상태로는 두 사람 입에 풀칠도 하지 못할 거라고 딕시는 한숨쉬듯 토로했다. 딕시는 자신이 그 아이를 궁지에 내몰았다고 믿었다. 코앞에 닥친 암울한 현실에서 숨구멍을 트기 위해 내뱉은 말들이 하나뿐인 딸 레지나를 다른 세계로 밀어넣은 것이다. 자신의 숨이. 살기 위해 내뱉은 그 숨이. 엔릴은 그때 키보드를 두드리던 행위를 멈추고 딕시에게 레지나에게 했던 말이 정확히 어떤 건지 되물었지만 딕시는 본인 감정에 취해 엔릴의 말은 듣지 않고 중얼거렸다. 엔릴은 딕시의 말을 멈추기 위해 화를 냈다. 엔릴은 증발한 사람들이 가장 많이 들었던 단어에 순위를 매겨 그래프로 나타냈다. 이십여 개의 단어가 반복적으로 쓰였고, 그렇게 선별된 단어 중 상위 단어를 섞으면 이런 문장이 만들어졌다.

내일 오는 답답한 숨. 어둠에 흩어진 거리. 가시를 움켜쥔 손.

폭, 꺼진 것 같아요. 엔릴은 '폭'을 힘주어 말했다. 그러니까 이런 거예요. 밀도가 아주 높은 숨이 네트워크의 시공간을 일그러뜨리고 있는 거죠. 표면적이 0인 점으로 무한히 수축하다 사건의 지평선 너머로 가듯, 그들도 외부에서는 절대 볼 수 없는, 빛이 빠져나올 수 없는, 시스템의 가장 깊은 어딘가로 빠진 거예요. 스스로 꺼진 것인지 저도 모르게 빠진 것인지 아직 알 수 없지만 엔릴은 사라진 이들 모두가 스스로 꺼진 것이라는 직감이 들었다.

쉬는 동안 무엇을 했느냐고 동료인 수조가 물었다. 엔릴은 두 달 동안 서아시아를 돌았다. 티그리스강과 유프라테스강을 따라 이동했고, 기념사진 한 장 남기지 않은 채 지내다가 회사의 다급한 연락을 받고 서둘러 돌아왔다. 여러모로 여행을 다녀온 사람으로 보이지 않을 테지만, 엔릴은 이집트를 다녀왔다고 두루뭉술하게 말했다. 언니의 일 때문에 함께 다녀왔다고 말하자, 수조는 처음에는 의아해하다 곧 엔릴의 언니가 고고학을 연구하는 학자라는 것을 기억해냈다. 언니랑 나이 차이가 많이 난다고 그랬죠? 수조가 물었다. 엔릴은 고개만 끄덕였다. 수조가 집요하게 물어올까 걱정했지만 다행히 질문은 거기서 멈췄다. 나이 차 많이 나는 언니와 여행 가면 싸우지도 않고 걱정도 없어 좋겠다는 짧은 평을 남기고 수조는 자리를 떴다.

엔릴은 시스템에 의식을 업로딩하는 것에 고민하지 않고 자진했다. 사라진 무언가를 찾는 일이라면 넌더리가 났지만 그런 감정과 행위에 익숙해져 있기도 했다. 사라진 사람을, 그것도 스스로 종적을 감춘 사람을 찾는 일에는 어느 정도의 태연함과 상황을 받아들이는 태도가 필요했다. 찾지 못할 것이라는, 이 길도 아닐 것이라는, 어디로 가든 다시 만날 수 없을 것이라는, 지극히 행위의 목적을 배반하는 다짐을 가져야 했다. 순례길을 걷는 순례자의 마음이 깃들어야 한다는 걸, 몇 년째 길을 걷고 있는 엔릴은 잘 알고 있었다. 어차피 걸어야 할 길이라면 차라리 실체가 없는 길을 걷는 게 더 나을지도 모른다. 엔릴은 이십 킬로그램짜리 배낭을 메고 발이 푹푹 빠지는 사막 길을 걷다 숨을 몰아쉬며 그런 생각을 했다. 차라리 질량이 없었더라면 얼마나 좋았을까. 가방에도, 다리에도, 마음에도……

해방이라 여겨졌지만 엔릴은 시스템 속에 들어온 뒤 깨달았다. 이것 역시 언니의 부재로부터 멀어지기 위한 필사적인 집착임과 동시에 언니를 찾아내겠다는 또다른 방향의 간절함이라는 것을. 이곳에서는 걷고 싶지 않아도 걸을 수 있다. 걷는다고 생각하면 걸어지고, 걷지 않지만 나아간다고 생각해도 걸어진다. 생각만이 행동을 지배한다. 육신의 허락 없이 이루어질 수 있는 공간. 그것의 한계나 상태는 어떠한 영향도 끼치지 않는다. 자유롭다고 해야 하나. 어딘가 맞지 않는데. 처음에는 그런 생각을 하며 걸었다.

끊임없이 이어지는 사각형 방을 지났다. 지나치게 무료한 공간이었다. 너무 하얗고, 너무 밝았다. 지겨워. 엔릴이 낮게 지껄였지만 발락은 들은 체도 하지 않는다. 발락은 시스템을 관장하는 인공지능으로, 이곳에 있는 모든 인간과 교감한다. 이곳에서 일어나는 모든 일을 발락은 알고 있다. 그래야만 한다. 그런 역할을 위해 만든 인공지능이었고, 어쩌면 발락은 여전히 그 일을 정상적으로 해내고 있을지도 모르지만, 무언가 감추고 침묵하는 일도 해내고 있다는 걸 엔릴은 안다. 발락이 무엇을 함구하고 있는지 엔릴을 포함한 저 바깥의 인간들은 알 수 없다. 발락을 창조한 이들은 인간이지만, 이제 인간은 발락의 생각을 읽을 수 없다. 증발이 처음 일어났을 때 제일 먼저 발락을 찾았다고 전해들었다. 그리고 엔릴이 물었을 때와 마찬가지로 발락의 대답은 일관됐다.

찾을 수 없습니다.

그것은 삭제되었다는 말과는 다른 말이었다. 찾을 수 없다는 건, 어딘가에는 있다는 말이었다.

찾을 수가 없어. 어디 있는지 모르겠어. 하지만 너무 비관적으로 생각하지 마. 너희 언니가 어떤 사람인 줄 알잖니.

엔릴은 호우에게 되물었다. 그 말은 죽지 않았다는 말과 같은가요?

그럼. 모든 죽음은 흔적을 남겨. 생명뿐 아니라 문명도 마찬가지지. 아무것도 남기지 않는 소멸은 없어. 찾을 수 없다는 건 살아 있다는 결정적인 증거지.

호우는 언니의 동료 학자로 올해 쉰이 되었고 언니와 같은 나이였다. 엔릴은 스물다섯 살 차이 나는 언니의 친구들을 언제나 어려워했다. 이모라고 불러야 할지 언니라고 불러야 할지 늘 고민했고, 끝끝내 어떤 호칭으로도 부르지 못하고 쭈뼛거리며 언니의 뒤에 숨고는 했다. 친구들은 언니를 엄마로, 엄마를 할머니로 알았다. 중요한 건 엔릴에게도 언니는 엄마 같았고, 엄마는 언니가 발굴하는 고대 유적 같았다는 사실이다. 엄마는 시간에 수분을 빼앗겼고, 흙에서 꺼낸 것처럼 메말랐으며 머릿속에 존재하는 기억의 바위에 기록된 글자만 반복해서 읽었다. 언니는 엄마의 몸이 어떻게 쓰였는지 맞히려는 학자였다. 손으로 머리를 빗게 하고, 다리로 바닥을 디뎌 걷게 하고 입술을 오므려 소리 내는 법을 알려주었다. 하지만 깨진 유물의 형태를 되찾아준다고 해도 그것은 이미 본래의 기능을 잃었다. 엔릴이 기억을 되짚을 수 있던 시절부터 엄마의 입술은 단 한 번도 엔릴의 이름을 부른 적 없었다. 없었기에 엔릴은 엄마가 자신의 이름을 지었다고 생각하지 않았다. 엔릴은 자신을 엄마의 캐스트라 생각했다. 흔적만 남은 화석에 품어져 길러진 것이 아닌 어쩌다 틈에 들어가 똑같이 자라버린 생명. 엔릴을 꺼낸 이는 언니다. 언니는 엔릴이 사람이 될 수 있도록 오랜 시간 엔릴을 붓으로 털었다. 정성스럽게, 고집스럽게.

오므린 입술과 눈가의 가느다란 주름, 얼굴을 뒤덮은 주근깨와 기미가 덮인 관자놀이. 엔릴이 기억하는 언니의 첫 얼굴이다. 그 얼굴이 떠오를 때마다 엔릴은 생각에 잠겼다. 웃고 있었던가? 옅은 웃음을 머금고 있었던가? 무표정이어도 이상할 건 없지. 그런데 왜 자꾸 울었던 것만 같은가. 언니가 정말로 내 얼굴을 붓으로 문질렀던가. 그럴 리가 없다. 그렇게 엔릴은 여러 번 생각한다. 언니는 울었던 것 같고, 얼굴은 간지러웠다. 붓처럼 얼굴에 닿는 것, 붓의 촉감, 붓의 질감과 같은 것. 언니의 머리카락. 언니의 머리카락이 얼굴에 닿는다. 간질간질하게. 콧방울 옆이나 뺨이나 귓바퀴에. 나는 누워 있고 언니의 머리카락이 얼굴에 쏟아지고, 햇볕에 핀 꽃 같은 얼굴을 한 언니가 울고 있다. 언니가 거동하지 못하는 엔릴의 위에 올라타 울고 있다.

엔릴은 몸서리를 치며 눈을 떴다. 여전히 사각형의 방이다. 등뒤가 조금 전 기댔던 벽인지, 잠든 사이 이동한 것인지 알 수 없다. 무언가를 구분할 기준점이 존재하지 않는다. 바깥에서 엔릴의 소식을 기다리고 있을 수조에게 연락을 취해봤지만 받지 않았다.

외부와의 연락은 들어온 지 얼마 지나지 않아 끊겼다. 더 정확히는 이 사각형의, 무한대로 증식하는 방에 들어온 이후부터.

엔릴은 계속 걷기 위해 몸을 일으켰다. 그리고 숨소리. 목덜미를 감쌀 정도로 길고 깊은 숨. 엔릴이 뒤돌았다. 저것이 언제부터 저곳에 있었던가. 거대한 입. 잿빛의 끈적한 액체가 끊임없이 입천장에서 떨어지고, 작은 소용돌이 수십 개가 입안에 휘감겨 있다. 흘러내리는 점액질이 입술의 형태를 뭉개고 지나갔지만 입은 커다랗게 자리잡아 끈질긴 숨을 내쉬고 있다. 그것이 엔릴을 보고 있는지는 눈이 없기에 알 수 없다.

"발락?"

그러자 창처럼 점액질이 튀어오른다. 화살처럼 엔릴에게 날아온 창은 엔릴의 얼굴 바로 앞에 멈췄다. 쩌억, 소리를 내며 창끝에 눈이 생긴다. 점액질에 둘러싸여 혼탁한 눈동자. 그것은 엔릴을 물어뜯듯이 훑어본 뒤 도로 점액질에 흡수되었다. 그것이 지나간 자리에는 검은 흙먼지 같은 것이 우수수 떨어져 있었다. 눈동자는 입가에 스며든 뒤에도 사라지지 않고 엔릴을 쳐다보았는데, 엔릴은 그렇게라도 눈이 있는 것이 나았다. 점액질은 계속 흘러내렸지만 어딘가에 고이지도, 어딘가로 흘러가지도 않았다. 그저 흘러내리기만 할 뿐이었다.

"발락, 맞지?"

엔릴이 다시 물었다. 그것이 눈을 깜빡였다. 엔릴은 그 행위를 긍정이라 읽었다.

"왜 그런 모습으로 왔지?"

"당신이 상상했으니까."

발락의 목소리는 바깥에서 듣는 것보다 훨씬 공허했고 울림이 컸다. 말의 속도는 느렸으나 발음은 부자연스러울 만큼 정확했다. 그런 모습을 상상한 적 없어. 엔릴이 단호하게 대답했다. 눈동자가 뒤집혔다 돌아온다.

"했어. 끊임없이. 잠을 자는 동안. 규칙적이고 반복적으로."

소용돌이의 회전 방향이 반대로 바뀐다. 튀어오르는 점액질. 바닥에 떨어지면 모두 흙으로 변해버린다. 엔릴은 대화의 주제를 바꾼다. 발락의 말을 깊이 생각하고 싶지 않았다.

"모두 어디 있지?"

"찾을 수 없어."

"아니. 그들은 아직 시스템 안에 있고 너는 그걸 알아. 아는데 감추고 있어. 알려줘. 가족들이 애타게 찾고 있어."

소용돌이가 전부 안구로 바뀌며 몇십 개의 눈동자가 순식간에 엔릴을 응시했다. 그 눈은 엄마의 눈빛과 묘하게 닮아 있었다. 감흥 없는 눈동자.

"찾아지길 원하지 않아. 숨었어, 깊이. 아주 깊이."

"당사자의 선택이라는 말인가?"

"그곳에는 원하던 목소리와 창문, 포근한 공기, 느리게 흘러가는 구름과 거실에 깔린 조각된 노을빛이 있지. 기다렸던 사람이 머지않아 오고 아무런 생각 없이, 내일에 대한 걱정 없이 식사하고 있어."

"그런 것들은 현실에서도 충분히 누릴 수 있어. 이유가 되지 않아."

"여기는 내일이 오지 않지. 시간이 흐르지 않으니까. 너도 여기 온 지 벌써 열흘이 지났는데 시간의 감각을 느끼지 못하고 있잖아."

"웃기지 마. 한 시간도 지나지 않았어."

엔릴은 그렇게 말하며 손목시계로 고작 한 시간이 흐른 것을 확인했다. 그러자 발락은 또다시 점액질을 길게 뻗어 엔릴의 시계를 함께 바라보았다. 그러다 홀연히 돌아가 흡수되었고, 점액질은 소용돌이치며 천장을 타고 올랐다. 모든 점액질이 천장을 전부 뒤덮은 뒤에야 사라졌던 입이 나타났다.

"바깥의 시간은 소용없어. 너도 잘 알 텐데…… 내가 열흘이 지났다고 말을 한 순간, 열흘이 지났어."

엔릴은 발락의 말을 반박할 수 없다. 시간이 흐르지 않았음을 주장하려면 변하지 않았음을 증명해야 했다. 엔릴의 배가 고프지 않은 것, 엔릴의 손톱이 자라지 않은 것, 엔릴의 몸이 피로하지 않은 것. 하지만 이곳에서 엔릴의 육체는 모방에 불과했다. 열흘이면 손톱이 길었어야 한다. 그렇게 생각하자 엔릴의 손톱이 빠르게 자란다. 더 자라는 생각을 하자 손톱이 이내 바닥에 닿는다. 엔릴은 고개를 젓는다. 자라라는 뜻이 아니었다고 생각하자, 싹둑, 잘린 손톱이 바닥에 떨어져 날카롭게 박힌다. 손톱에 자잘한 거스러미가 돋아나더니 구불구불하게 뻗어나갔다. 손톱이 왜 그렇게 자라는지 알 수 없었으나 엔릴은 생각을 멈추기 위해 노력했다. 자신이 하지 않은 생각들. 숨을 천천히 내쉬며 마음을 진정시키자 손톱이 성장을 멈추었다. 땅에 박힌 손톱들은 괴사한 선인장 군락 같았다.

"그들이 있는 곳을 알려줘. 만나서 이야기해봐야겠어. 왜 나오지 않는지, 무엇 때문인지."

"미래는 위험해."

발락이 대답했다.

"통계적으로 미래는, 인간을 불안하게 만들어. 미래는 평온함을 품지 않아."

"무슨 말이 하고 싶은 거지?"

"나는 인간을 위해 움직여. 내 동력은 그거 하나다. 인간의 미래는 불안, 불확실성, 절망, 나아지지 않음 그런 것들로 가득해. 누구도 미래를 기대하지 않아. 누구도 미래를 바라지 않

아. 누구도 미래에서 희망을 느끼지 않아. 인간에게 미래는 그렇다. 그전에는 어땠는지 알 수 없어도, 인간이 내게 준 데이터는 그렇지. 적어도 지금은."

점액질이 이내 바닥으로 투둑투둑 떨어지기 시작했다. 엔릴의 발치에 잿빛 소용돌이가 요동쳤다. 아무도 미래를 기다리지 않아. 아무도 미래에 희망을 걸지 않아. 아무도 미래를 바라지 않아. 발락은 세 문장을 반복해 말했다.

엔릴은 힘주어 말했다.

"만나게 해줘. 증발한 사람들."

휘몰아치던 소용돌이가 멈췄다. 은은하게 몰아치던 바람이 순식간에 멈추고 사각형의 방에 정적이 찾아왔다.

점액질이 한곳으로 모이더니 엔릴의 키만큼 탑처럼 쌓인다. 꼭 진흙을 뒤집어쓴 인간이 서 있는 것만 같다. 입술이 정수리에서 뻐끔거렸다.

"정말로 보고 싶은 사람이 그들이야?"

그게 무슨 뜻이냐고 되묻기도 전에 방이 분열된다. 무한으로 증식하고, 계속 경계를 밀어가며 넓어진다. 엔릴은 이 공간이 무엇을 만드는지 금방 알아차렸다. 어디선가 끊임없이 휘몰아친 모래가 땅을 뒤덮어 어느새 풀 한 포기 가까스로 고개를 내미는 황량한 대지가 되고, 두 사람을 겨우 가릴 수 있는 희미한 햇빛 가림막이 펄럭였다. 우뚝 솟은 높은 바위까지. 엔릴은 이 풍경을 본 적 있다. 밟아본 적은 없지만. 애초에 밟을 수 없는 공간이지만. 언니가 엔릴을 위해 만들어준 모형 유적 터다. 다른 아이들이 공주와 왕자의 성을 짓고 꾸미는 동안 엔릴은 유적이 묻혀 있는 대지 위에서 두 사람의 살림을 꾸렸다.

빗물을 받을 수 있는 수조를 놓고, 주방과 화장실을 철저히 분리해 표시해두고. 야생 짐승이 오지 못하도록 기둥을 세워 밧줄로 연결한 뒤 깡통을 달아두는 것이다. 밧줄에는 두 사람의 빨래가 널려 있고 다 타버린 장작 잿더미 속에는 잘 익은 감자와 옥수수가 숨어 있겠지. 그 옆에 세워진 또다른 천막에는 커다란 테이블 다섯 개가 연이어 붙어 있고, 그 위에는 흙덩이인지 보물인지 구분하지 못할 덩어리들이 번호가 매겨진 채 진열되어 있다. 하늘에서 목소리가 천둥처럼 퍼진다.

'상상을 하는 거야. 이건 뭐였을까. 무엇에 쓰던 물건이었을까? 이건 이빨일까? 아니면 발톱일까? 이걸 모아두었을까? 모아두었다면 왜 모아두었지?'

'그건 진짜가 아니잖아.'

'하지만 그게 가짜라고 말할 수도 없잖아. 진짜가 아니라고 가짜인 건 아니야. 얼마나 진실에 가까운지가 중요한 거지.'

어린 엔릴과 언니의 대화였다. 엔릴은 고개를 들어 위를 올려다보았다. 혹시나 두 사람의 모습이 보일까 싶은 기대감이 있었지만 청정한 하늘뿐이었다.

"봐, 너도 진짜를 찾고 있잖아. 가짜인 줄 알면서도."

엔릴의 뒤에 언니가 서 있었다. 언니는 엔릴이 기억하는 모습보다 수척했고, 머리카락이나 옷이 전부 너저분했다. 오랫동안 떠돌아다닌 사람 같았다.

"여기서 만나네, 우리."

언니는 반갑게 웃었지만 엔릴은 경계심을 풀지 않았다. 점액질의 형상이 보이지 않는다.

"나를 찾으러 여기까지 온 거니? 기특도 해라."

"언니는…… 언니가 아니잖아."

"너는 아직도 거짓을 더 바라는구나."

언니는 엄마라는 역할을 흡수했기에 엔릴에게 '언니'라는 단어가 가진 의미보다 훨씬 컸다. 엔릴에게 자신이 그런 존재라는 걸, 언니도 알았다. 그러니 기다렸던 것이다. 엔릴이 다 자랄 때까지.

혼자 잘 수 있느냐고 물었던 게, 언니가 사라지기 전 엔릴에게 건넨 마지막 말이었다. 커피를 마시며 일을 하던 엔릴은 노트북에서 시선을 떼지 않은 채 뜬금없는 소리라며 덤덤하게 대꾸했고 언니는, 좋아하던 히비스커스 차를 한 모금도 마시지 않고 그저 웃었던 것 같다. 확실히 기억은 나지 않는다. 그때 엔릴은 언니를 힐끔 쳐다보고 금방 시선을 거두었다. 언니는 자주 그런 소리를 했다. 혼자서 먹을 수 있겠어? 혼자서 잘

수 있겠어? 혼자서 고지서를 보고 돈을 이체할 수 있겠어? 엔
릴 역시 그 물음의 이유를 어렴풋이 느꼈지만 단 한 번도 묻지
않았다. 납부 완료한 고지서를 언니 방 책상 위에 올려두는 식
으로 대신했다. 그렇지만 정작 언니는 잠시 외출하는 것처럼
나가선 영영 떠났다. 가스 요금 이체 방법이나 악몽을 꿨을 때
스스로를 달래는 법이 아닌, 조금만 기다리면 돌아올 거라는
여지를 남기고 말이다.

언니는 햇빛 가림막으로 다가가 수조에 든 물을 컵에 담아
마셨다. 엔릴은 이곳에서 나가기 위해 주위를 둘러봤지만 그
어디에도 통로가 보이지 않았다. 저멀리 구름을 뚫고 올라가
는 절벽이 보였고, 주변은 온통 메마른 대지뿐이었다. 그리고
거대한 뭉게구름.

"여기에 집을 지을 거야."

언니는 굵은 나뭇가지를 엮어 만든 테이블 위에 컵을 올려
두고 그 옆에 놓인 나무의자에 앉는다. 바닥에 떨어진 나뭇가
지를 주워 집 여러 채를 그리고, 호수를 그리고, 광장을 그리
고, 그렇게 마을을 그린다.

"오래전부터 계획했거든. 너도 알지? 우리 같이 계획했었잖
아. 우리의 도시. 그날의 햇살을 만끽할 수 있는 하루. 사냥을
하고, 그렇게 잡은 짐승의 이빨을 목걸이로 만들어서 선물하
는 거. 딱 그 정도면 좋겠어."

지나온 것을 들여다보고 있으면 마음이 편안하다고 했다. 언니가 만지는 모든 것은 정해져 있고 변하지 않는다. 언니는 깊게 고민해 본질을 파악하고 그것의 형태를 찾아주는 일을 좋아했다. 다가오는 내일은 알 수 없고 예측도 통하지 않지만, 과거의 물건은 정답을 정해두고 기다리고 있다고, 너무 오래 헤매지 않게 이따금 단서를 던져주면서 차분히 진실의 세계로 인도한다고 말하며 언니는 행복해했고, 엔릴은 그럴 때마다 언니가 두려워하는 미래는 무엇인지, 혹은 언니에게 이미 당도한 미래가 처참한 것은 아닌지 생각했다.

언니가 나무상자 안에서 식기를 꺼냈다.

"밥 좀 먹는 게 좋겠어."

"나는 갈 거야."

언니가 아닌 줄 알면서도 엔릴은 친절하게 굴었다.

"찾아야 할 사람들이 있고, 해야 할 임무가 있어."

언니는 대꾸 없이 구겨진 종이로 식기를 훑었다.

엔릴이 자리를 떴다. 하염없이 걷다보면 언젠가 허상은 깨질 것이다. 구름이 저토록 두껍게 뭉쳐 있는데 햇빛은 구름 한 점 없다는 듯 땅에 내리꽂혔다. 뒤통수가 뜨겁게 달궈졌지만 발밑에 그림자는 없다. 하지만 그 생각을 하는 순간 검고 긴 그림자가 엔릴의 발에서 뻗어져나왔다.

엔릴은 한참을 걸었다. 아무리 걸어도 절벽은 가까워지지 않았고 길은 컨베이어벨트 위를 걷는 것 같았다. 힘들거나 배고프지 않아 다행이었다. 이런 생각을 해도 그런 감각은 생겨나지 않았다. 그쯤에서 엔릴은 시계 보는 것을 그만두었다. 시침과 분침이 엉망이었다. 시침은 빠르게 흐르다 엔릴이 쳐다보면 급격하게 속도를 늦췄고 분침은 이따금 숫자판을 역행했다.

"적응하면 괜찮아져. 걱정하지 마."

발락의 목소리가 들렸다. 주변을 살피자, 몇 걸음 떨어진 땅에 소용돌이가 치고 있었다.

"장난은 그만 쳐. 재미없어."

"내가 만든 공간이 아닌걸."

"네가 만들진 않았더라도 네가 없앨 수는 있을 텐데."

"무얼 위해서?"

"나를 위해서."

"너를 위해서 이 공간을 없앨 수 없어."

엔릴은 계속해서 앞으로 나아갔다. 소용돌이가 엔릴을 쫓았다.

"여기를 만든 것도 없앨 수 있는 것도 내가 아니고 너야, 엔릴."

그렇다면, 하고 엔릴은 저멀리를 바라본다. 원래의 모습으로 복구되기를. 지긋지긋한 이 공간을 빠져나갈 수 있기를. 증발한 인간들을 끄집어낼 수 있기를. 하지만 아무런 일도 일어

나지 않았다. 엔릴은 어느 순간 걸음을 멈춘다. 걷는 행위가
지겨워졌다.

"여기에는 네가 두려워하는 것이 아무것도 없어."

"나는 미래를 두려워하지 않았는데."

엔릴이 무신경하게 대꾸했다. 이제는 발락의 어떤 말도 귀
담아듣지 않았다. 발락은 열흘이 지났다고 했지만 엔릴은 고
작해야 두 시간이 지났다고 믿었다. 발락의 말을 빌리자면, 엔
릴이 그렇게 믿는 순간 시간은 두 시간밖에 지나지 않은 것이
된다. 엔릴은 눈살을 찌푸리며 하늘을 올려다보았다. 햇빛을
여과 없이 통과시키는 뭉게구름. 저건 뭐지? 하고 묻자 순식간
에 소용돌이가 증식한다. 흥분한 것처럼 보였다.

"네가 감춰둔 것."

엔릴은 뭉게구름이 감춰둔 어떤 것을 본다. 햇빛에 빛나는
날카로운 직선. 뭉게구름 속에 무언가 있구나. 어쩌면 이곳을
나갈 수 있는 단서일지도 모른다. 뭉게구름이 사라졌으면 좋
겠다고 생각하지만 변하는 건 없었다. 맑은 하늘이 보고 싶다
거나 구름 속에 감춰둔 것을 보고 싶다는 바람도 소용없었다.
엔릴은 자리잡고 앉아 본격적으로 구름을 응시했다. 햇빛이
쨍한 하늘을 바라보고 있어도 눈물이 맺히지 않는다. 모방은
감각을 완벽히 흉내내지 못한다. 텅 빈 얼굴로 종일 허공을 응
시하던 엄마와 같은 것이다. 엔릴은 잠시 눈을 감았다. 바람이

불었으면 좋겠다고 바라자, 머리카락을 헤치며 따뜻한 바람이 불어왔다. 천천히 쓸려가는 구름을 상상했다. 그 안에는 크고 커다란, 정육면체가 있다. 엔릴은 머릿속에 이미지를 떠올린 뒤 눈을 떴다. 고개를 들자 어느새 뭉게구름은 사라지고 희고 커다란, 의미를 알 수 없는 그림이 뒤덮인 정육면체가 하늘에 덩그러니 떠 있었다.

그것은 엔릴이 감춰둔 것이라기에 너무 생소하고 낯설었다. 엔릴은 한숨을 내쉬며 자리에서 일어났다. 정육면체는 아무런 단서도 되지 못했다. 계속 걷는 게 나았다.

작은 변화라도 있었으면 좋겠는데. 적어도 컨베이어벨트 위를 걷고 있다는 기분만이라도 들지 않았으면 했다. 이렇게 삭막한 곳을 좋아하는 인간은 없어. 황량하고 쓸쓸하잖아. 이번에도 엔릴이 원하는 것이라 반박할 줄 알았는데 땅에서 풀이 솟아나기 시작했다. 땅을 뚫고 올라오는 힘이 경이로울 지경이었다. 순식간에 땅은 무릎까지 오는 풀로 뒤덮였고, 멀리 보이는 절벽에서도 억센 뿌리가 표면을 뚫고 올라왔다. 절벽에 매달리듯 나무들이 자랐다. 뿌리와 가지를 제대로 뻗지 못한 나무들이 엉망으로 엉겨붙었고 절벽은 곧 푸른 잎을 뒤집어 썼다. 엔릴은 나무들이 엉키고, 서로의 몸을 뚫고 자란 이유를 안다. 어릴 적 엔릴이 했던 상상이다. 숲에 나무가 엄청 많으면 저 날카로운 나뭇가지가 서로의 몸을 뚫지 않을까? 살기 위해 서로 엉겨붙어 배배 꼬여 자라지 않을까?

여전히 하늘에는 정육면체가 떠 있었다. 엔릴은 문득 정육면체에 새겨진 그림이 궁금해졌다.

"저것도 내가 만든 건가?"

"응."

풀들이 높게 자란 탓에 소용돌이가 보이지는 않았지만 풀들이 요동치는 곳에 발락이 있을 거라 생각했다.

"나는 저런 그림을 본 적이 없는데."

"있어. 여기에 있는 모든 것은 네 기억에서 뽑아져나왔어. 네가 보지 않은 것도 아무것도 없어. 그런 건 존재하지 않아."

엔릴은 그림을 유심히 본다.

"증발한 인간들, 그들도 이런 곳에 있는 건가?"

"각자가 만든 세계에 있지."

"……행복해하나?"

"불안하게 하는 모든 불확실성이 없으니까. 이곳은 확신만이, 뚜렷하고 단단한 것만이 있으니까."

"그럼 왜 누구도 작별인사를 하지 않은 거지? 본인이 원했다면 바깥에 있는 사람들에게 인사 정도는 해줄 수 있는 거잖아."

발락은 한동안 말이 없었다. 엔릴은 발락이 더 할말이 없을 거라 생각했으나 그게 아니었다.

"본인의 행복을 위해 떠나는 인간은 말을 남기지 않아."

이번에는 엔릴이 입을 다물었다. 발락의 말을 사실이라 믿고 싶었다.

자리에 앉으니 풀들의 높이가 엔릴의 어깨 언저리까지 왔다. 아늑하다고 느꼈다. 엔릴은 정육면체를 바라보았다. 밤이 왔으면 좋겠다고 생각했다. 스위치를 내리듯, 하늘이 탁! 어두워졌다.

바깥에서 볼 수 없는 별들이 빛나고 정육면체는 은은하게 빛났다. 엔릴은 표면에 새겨진 형상을 주시했다. 낱개로 보자면 그림이었지만 그것은 의미를 품고 있는 쐐기문자일 가능성이 높았다. 비슷한 모양이 조금씩 변주되고, 반복적으로 나열되어 있었다. 머리 달린 생선 가시 같은 것, 별자리 같은 것, 표시와 기호, 그리스어와 유사한 것들이 보였다. 낯설어도 규칙이 있다. 모든 글자에는 반드시 규칙이 있다. 그 규칙을 찾아내기 위해서는, 상상하고 또 상상해야만 한다.

엄마의 마음을 상상하는 거야. 미간을 찌푸리면, 어디가 불편하겠다고 추측하는 거지.

하지만 그런 능력은 결국 쌓인 경험에서 나온다. 언니는 엄마의 메시지를 몇만 번 오독한 후에야 제대로 된 해독법을 찾은 것이다.

하나만 찾으면 돼, 엔릴. 모든 의미는 하나의 규칙만 찾으면 바로 알 수 있어. 돌조각 하나가 사냥을 할 때 쓰였다는 걸 알면 그들의 삶을 상상할 수 있고, 엄마가 불편함을 느낄 때 어떤 비음을 내는지 깨달으면 다른 의미도 알 수 있어. 엔릴, 모든 것에는 가장 단순한 규칙이 있어.

엔릴은 하염없이 정육면체를 바라보았다. 그러면서 언니가 자신에게 남긴 의미가 무엇이었는지를 상상해보았다. 울고 있던 언니의 얼굴. 고여 있던 엄마의 시간. 과거를 파헤치고 이해하던 언니의 삶. 엔릴은 무심결에 중얼거렸다. 언니가 원하지 않았다. 엔릴이 존재하는, 모든 시간을. 언니가 원했던 미래가 아니었다.

아주 오랜 시간이 흘렀다. 엔릴의 생각이다. 몇 분, 몇 시간이 아니라 몇 달과 몇 년이 흐르도록 엔릴은 정육면체를 노려봤다. 그러자 그림들의 규칙이 보인다. 아주 작은 진실 하나. 변하지 않는 고정값.

'쿠쉬룩.'

언니의 목소리가 귓가에 스쳤다.

'쿠쉬룩은 수메르어로 상자를 뜻해. 이 상자의 이름은 쿠쉬룩이야, 알았지?'

'이 상자에 뭘 새길 거야?'

'엔릴과 언니의 암호를 새길 거야. 우리가 글자를 만들자. 소원을 비는 거야. 그럼 아주 먼 훗날 우연히 이걸 발견한 학자가 이 뜻을 파헤치기 위해 골머리를 쓰겠지.'

'글자를 어떻게 만들어?'

'우리만의 규칙이 있으면 돼. 언니는 기역을 이 작대기로 고정할 거야. 점 하나 찍은 걸 니은으로, 점 두 개면 디귿, 사선이 더해지면 리을로……'

엔릴이 자리에서 일어났다. 정육면체의 다른 면에도 글자가 새겨져 있었다. 엔릴은 정육면체의 주위를 돌며 글자를 해독했다. 자음 기역과 모음 아, 자음 지읒과 모음 오, 그리고 다시 자음 기역. 그것은 언니와 엔릴이 만든 글자가 맞았다.

엔릴은 정육면체 주위를 한 바퀴 다 돈 뒤 걸음을 멈췄다.

"약속 장소야."

엔릴이 중얼거렸다.

"언니와 만나기로 했어."

"어디서?"

발락이 되물었다.

"……두려움이 없는 곳."

정육면체에 새겨져 있던 글자가 하나씩 바닥으로 떨어졌다.

"헤어지지 않을 수 있는 곳. 내가 언니한테 말했지. 언니, 늙지 마. 죽지 마. 엄마처럼 멈추지 마. 나는 언니에게 계속 내 옆에 있어달라고 말했고, 언니는 그걸 이 행성이 허락하지 않는다고 했어."

모든 글자가 다 떨어지자 정육면체가 점점 작아지기 시작했다. 집채만했던 것은 어느덧 엔릴의 주먹만큼 작아지다, 어느 순간 점이 되어 툭, 공간을 뚫고 사라졌다. 뚫린 구멍에서 빛이 뿜어져나왔다.

"어서 언니를 만나러 가."

발락이 말했다.

"하지만 그건……"

언니가 아닐 텐데. 언니를 찾고 싶은 엔릴이 만들어낸 가짜일 뿐일 텐데.

"하지만."

발락이 이어 말했다.

"진짜가 아니라고 가짜가 되는 건 아니잖아."

'하지만 그게 가짜라고 말할 수도 없잖아. 진짜가 아니라고 가짜인 건 아니야. 얼마나 진실에 가까운지가 중요한 거지.'

"끊임없이 상상하고 상상해서, 세계를 만드는 거지. 두려운 것이 없는 완전한 세계를. 그렇게 우주를 만드는 거야, 이곳에서. 그럼 이곳이 진짜가 되겠지."

엔릴은 다시 걸었다. 한참을 걷다, 손목시계를 확인했다. 시침과 분침이 모두 정상적으로 움직이고 있었고 그렇게 오래도록 걸어 아침이 찾아왔을 때,

햇빛 가림막 아래서 불을 피우고 있는 언니의 뒷모습이 보였다.

작가의 말

지구를 여행하며 경계에 선 사람들을 만났다. 정체성, 가치관, 국경, 그리고 삶과 죽음. 그들이 위태롭게 선 경계에 한 발 올렸다 내리기를 반복하며 지냈다.

이 소설은 그들에게 길잡이가 될 수 없다. 그러길 바라지만, 비통하게. 그렇지만 홀로 버텨야 하는 그 경계에서 조금은 덜 외롭게 할 수 있지 않을까. 누군가는 영웅이 되고, 누군가는 숨고, 누군가는 지키고, 누군가는 이름만 남겨놓고 홀연히 사라지는 세상에서.

몇 편의 소설은 독일과 태국, 캐나다 그리고 영원히 떠나버린 누군가의 빈자리에서 썼다.

소설 뒤에 숨은 작가가

이제 어렴풋이 얼굴을 알 것 같은 독자에게,

2024년 11월

천선란

| 수록 작품 발표 지면 |

얼지 않는 호수 …… 미발표작

모우어 …… 미발표작

너머의 아이들 …… '우주라이크소설' 시리즈(리디, 2024)

뼈의 기록 …… 앤솔러지 『내게 남은 사랑을 드릴게요』(자이언트북스, 2023)

서프비트 …… 앤솔러지 『슈퍼 마이너리티 히어로』(안전가옥, 2020)

사과가 말했어 …… 『자음과모음』 2024년 가을호

입술과 이름의 낙차 …… 웹진 『크로스로드』 2022년 11월, 12월호

쿠쉬룩 …… 앤솔러지 『림: 쿠쉬룩』(열림원, 2023)

문학동네 소설집
모우어
ⓒ 천선란 2024

1판 1쇄 2024년 11월 15일
1판 4쇄 2024년 12월 10일

지은이 천선란
책임편집 강윤정 | 편집 황예인 이희연
디자인 김유진 이원경 | 저작권 박지영 형소진 최은진 오서영
마케팅 정민호 서지화 한민아 이민경 왕지경 정유진 정경주 김수인 김혜원 김예진
브랜딩 함유지 함근아 박민재 김희숙 이송이 김하연 박다솔 조다현 배진성
제작 강신은 김동욱 이순호 | 제작처 영신사

펴낸곳 (주)문학동네 | 펴낸이 김소영
출판등록 1993년 10월 22일 제2003-000045호
주소 10881 경기도 파주시 회동길 210
전자우편 editor@munhak.com | 대표전화 031) 955-8888 | 팩스 031) 955-8855
문의전화 031) 955-2696(마케팅) 031) 955-2678(편집)
문학동네카페 http://cafe.naver.com/mhdn
인스타그램 @munhakdongne | 트위터 @munhakdongne
북클럽문학동네 http://bookclubmunhak.com

ISBN 979-11-416-0144-7 03810

www.munhak.com